凯茜妈妈的重生日记

The Wife Who Got a Life

〔英〕特蕾西·布鲁姆（TRACY BLOOM） 著
胡晓凯 译

中国出版集团
中 译 出 版 社

图书在版编目（CIP）数据

凯茜妈妈的重生日记 /（英）特蕾西·布鲁姆（TRACY BLOOM）著；胡晓凯译. —北京：中译出版社，2022.8

书名原文：THE WIFE WHO GOT A LIFE

ISBN 978-7-5001-7091-4

I. ①凯… II. ①特… ②胡… III. ①中篇小说—英国—现代 IV. ①I561.45

中国版本图书馆CIP数据核字（2022）第092703号

版权登记号： 01-2022-2331

出版发行： 中译出版社
地　　址： 北京市西城区普天德胜大厦主楼 4 楼
电　　话：（010）68359101　（010）68357328
邮　　编： 100088
电子邮箱： book@ctph.com.cn
网　　址： http://www.ctph.com.cn

出 版 人： 乔卫兵
策划编辑： 郭宇佳　马雨晨
责任编辑： 邓　薇　马雨晨
文字编辑： 马雨晨　邓　薇
营销编辑： 张　晴　张梦凯
封面及插画设计： Ms. Li. Art
版权支持： 马燕琦　王立萌　王少甫

排　　版： 北京中文天地文化艺术有限公司
印　　刷： 北京中科印刷有限公司
经　　销： 新华书店

规　　格： 880mm×1230mm　1/32
印　　张： 10.5
字　　数： 241千字
版　　次： 2022年8月第1版
印　　次： 2022年8月第1次

ISBN 978-7-5001-7091-4　　**定价：** 59.00元

凯茜·柯林斯惊得目瞪口呆，遭遇中年危机的丈夫向她投下了一枚“重磅炸弹”。

在围着孩子和家务忙碌多年后，是时候掌控生活了，不然生活就要掌控她了。她列了一个年度行动清单，每月给自己设定一个目标，期望获得自己真正想要的生活。

春天，她能成功甩掉煮饭婆的帽子吗？

夏天，她能在家庭之外拥有自己的生活吗？

10 月，她计划进行一场非常非常重要的谈话，她的丈夫能听进去吗？

12 月，她能再次坠入爱河吗？

…………

凯茜很快意识到，搞定清单上的事情并不像看起来那么简单，但她是一位身负使命的妈妈，现在没有什么能阻止她了……

献给我的丈夫布鲁斯

结婚15周年快乐

本书既算礼物又算贺卡哦!

这本日记属于：凯茜·柯林斯

年　　龄：~~接近50，40多岁，~~48岁。

婚姻状态：紧张，有时牢骚满腹，偶尔有高兴的时刻，极少，比如，嫁给迈克19年。

住　　址：英国西米德兰兹郡的布莱多顿。这里慈善商店和酒吧的数量一样多，并且以此闻名。

家庭成员：儿子——弗雷迪，17岁（幼稚得像8岁的孩子）；

女儿——柯斯蒂，15岁（成熟得像25岁的大人）；

母亲——朱迪，74岁（贤妻，渣母；至今没夸过我一句）；

父亲——约翰，78岁（很好的父亲，很渣的丈夫；至今不会干任何家务活）；

姐姐——丽兹，51岁（住在洛杉矶，天天耳提面命告诉我要怎样生活，快把我逼疯了）；

妹妹——妮可拉，42岁（和我住一条街，不听我指导她怎样生活，让我很恼火）；

狗狗——芭芭拉·史翠珊，9岁（名字是我那个不成熟的儿子起的）。

工作地址：厨房桌子——做会计，服务的客户包括阿斯科特大道上的薯条店、闪电艾迪的出租车公司，以及拉尔夫·弗雷明——世界上最不出名的犯罪小说作家。

兴趣爱好：老年人喜欢的我都喜欢。

行动清单：
崭新的一年，崭新的你

现在就设定你的目标。

如果你一个月能完成一个目标，明年的今天，

你的生活就将彻底改变。

目标要简单、明智，还需要你时刻铭记。

1 月	制订目标只会让人失望和苦恼。我决不干这事！
2 月	
3 月	
4 月	
5 月	
6 月	
7 月	
8 月	
9 月	
10 月	
11 月	
12 月	

目　录

1月

January

1月1日

我不能说自己过得不开心。我只是正常而已。

谈不上开心，也谈不上不开心。介于两者之间吧，就是一天接一天地过日子，不会太在意自己的心情。说实话，要不是我姐在圣诞节时送了我这本行动日记，我其实根本就没怎么想过这回事。哦，日记！上一次写日记时我才十多岁，有个叫保罗·巴克敦的男生，他眼里只有我脸上的青春痘、嘴里的牙套和身上20世纪80年代的荧光色衣服，我迫切需要在日记里发泄自己的焦虑。

首先，我感觉自己受到了侮辱。她凭什么认为我需要一本行动日记？她住在加州，成天忙着练瑜伽、吃甘蓝沙冰，居然觉得自己有资格给我当人生导师？圣诞节时，我还特意管她要来了《马戏之王》①（*The Greatest Showman*）的伴唱版，在让人不舒服的家庭聚会上，假装和休·杰克曼一起载歌载舞，希望借此逃过一劫，但显然她根本没领会到。我打开这本令人失望的日记本后，马上给她发了一条充斥了本人不满情绪的信息，同时往嘴里塞了一块费列罗巧克力——圣诞假期的卡路里摄入又升了一格。

一本行动日记？这是什么玩意儿？

没过一会儿，她要跟我视频通话。

要知道，当你向别人发信息，而对方要跟你视频时，就说明事态比较严重了。这表示对方要跟你说的话比较严肃，甚至比较复杂，仅靠文字和表情符号已无法表达。当然了，在视频里，她看起来健康又阳光，容光焕发；而我这边的天空是灰扑扑的，衬得我也

---

① 《马戏之王》是一部由好莱坞全能巨星休·杰克曼主演的歌舞片，讲述了身处社会底层的巴纳姆依靠自己的无穷想象力和锲而不舍的精神，从经营博物馆到一手开创世界上第一家马戏团的故事。——译者注

灰头土脸的，身体因为摄入了太多碳水化合物而有些浮肿，头发因为天天围着锅台转也是乱蓬蓬的，身上穿的这件圣诞节毛衣，料子是 100% 丙烯酸纤维，磨得脖子上起了一圈难看的皮疹。

她先发制人："你先别说话，让我猜猜你是怎么想的：我姐姐住在洛杉矶，学了那边'高大上'的生活方式，结果就送给我这么个破玩意儿。对吧？"

哈哈，没错，我心里就是这么想的。

"其实不是的。我一个闺蜜，贾妮儿，你知道她的，就是嫁给'喷火战机乐队'[①]鼓手的那个，我过 50 岁生日的时候，她送了我一本行动日记，这本日记彻底改变了我的生活。是真的，凯茜。它让我把自己放在第一位，让我开始思考到底什么能让我开心，这对我们这样的人真的很难。"

"你什么意思，什么叫'我们这样的人'？"

"就是：女人，母亲，妻子。"

我沉默了。

"你要这么说的话，好吧。"我开口道，顺手拿起了这天晚上的第 8 块费列罗巧克力。她从视频里仔细盯着我看，我希望她没看到我怀里那个雪人毛绒玩具身上的肉汁。她继续说："我们习惯了围着别人的生活转，完全忽略了自己。"这话太戳心了，我心里想。

"我们让别人过他们想要的生活，我们总在适应他们。现在，是时候把我们自己放在第一位了，凯茜。现在就行动起来吧，想想怎样做才能让自己开心，别等来不及的时候后悔。"

"你为什么会觉得我不开心呢？"

"圣诞节你过得怎么样？"她问。

---

① 喷火战机乐队是一支美国著名老牌摇滚乐队，即 Foo Fighters，成立于 1994 年。——译者注

“哦，你知道的，跟往年差不多。我花了几个星期一直在准备吃的，一趟一趟地买，就怕到时候不够吃，最后发现准备多了。准备礼物也是一趟一趟地买，怕到时候不够送。然后一个人在厨房里花了好些时间准备大餐，接着又一个人花了几个小时在房间里把礼物包装好。你知道的，这两件事我都很讨厌，也做不好。唉，圣诞节好啊，真的。跟往年一样，非常享受。”

“我听着你有点抑郁呀，凯茜？”

我有点震惊。

“我没有呀！这个圣诞节我过得非常平常，丽兹。它没让我抑郁。”

“如果圣诞节像你说的那样，那你应该抑郁，”她说，“当然也可能是更年期快到了，所以你的情绪有点低迷。”

“天呐，丽兹！我本来觉得这个圣诞节很好，它本来就一直是让人失望的，现在好了，你突然来给我做心理咨询、过度分析，反而让我感觉很糟糕。”

“我只是想说，在你这个年龄，需要注意一下自己的更年期症状。焦虑和抑郁就是其中的一部分。”

“是你让我焦虑了，丽兹，不是我的生殖系统。”

“你现在晚上有盗汗吗？或者有睡眠困难、阴道干燥、性欲减退的症状吗？”

“你是在看什么手册吗？”

“不是，我打开了一个网页。”

“听着，我没有任何更年期的迹象。我的例假都是完全正常的。”

“你还有例假！”我姐姐惊呼。她看起来吓坏了，好像我在坦白自己其实是一个斧子杀手。

“是的！例假还是每月正常来，本来就应该这样啊。”

“但是凯茜，你为什么没吃药？我生了艾莉西亚之后立刻就吃上药了。这18年我一次例假都没来过。”

我沉默了，我意识到这是个很正常的问题，但我不知道该怎么回答。

“嗯，我呢，我想过这么做，但……但我没抽出时间来。一直忙忙叨叨的，你知道的，过日子嘛。”

“你的意思是，忙着满足别人的需求，而不是你自己的，”丽兹说，“你看，这正是我送给你这本行动日记的原因。就是为了让你不再这样自暴自弃。”

“我没有自暴自弃，”我继续反驳，“我状态很好。”我边说边拿起第9块费列罗巧克力。

“听着，你在日记本上不需要写任何难以做到的事情，”她说，“一些简单的事情就会完全改变你的生活。”

“那你在自己的日记本上都写了些什么呢？”我问她，“你1月的目标是什么？”

“呃……其实我在计划锻炼身体参加马拉松，但这不意味着……”

我放声大笑。这我打死都做不来。

“我不会用那个日记本的，”我坚决地说，“我只会让自己失望，然后就会真的不开心了。”

她叹口气，向后靠在椅子上，两只纤细的手臂交叠在胸前，身后是一片蓝盈盈的天空。

“反正这看你自己，”她说，“但明年如果你感觉糟糕时，不要过来跟我哭诉。你就试一试嘛，老妹，求你了。”

“我本来没觉得糟糕，”我说，“是跟你聊完天后我才感觉糟糕呢。”

打完这通视频电话后，我的反应显然就是再多吃几块费列罗巧克力，然后陷入了深深的郁闷。姐姐对我的生活压根儿不了解。我的状态明明很好。而且，我很清楚那些胡说八道的“行动目标”究竟会把我带到哪里去——自我厌恶和失望，就是这样。有目标意味着要提高你的期望值，这通常会导致不满足和不开心。我觉得我自己的方法更管用，它也不需要我坐下来对着一个清单挠头，因为清单上的事情我永远也不会抽出时间去做。

相比之下，降低自己的期望值明显要容易得多。

我的人生经验告诉我，设置期望只会导致失望。截至目前，我人生中超越期待的事，一只手都能数过来。

第一件：12 岁时，我在一家正宗的意大利餐厅第一次吃到了比萨，不是超市里那种 4 份装的速冻比萨。那味道，真的好吃到爆！

第二件：生孩子有多疼。那感觉就像一辆挖掘装载机开进了我的子宫。

就这两件，没别的了。

但是说到人生中有多少事情没有达到我的期待，有多少次我感到失望和沮丧，那就算一只蜈蚣有手有脚，也是数不过来的。

这就是我不愿意列一个行动清单的原因。我知道它们的结果会是怎样的糟糕。所以，我不会写行动日记的。谢谢你，丽兹。我状态很棒，日子过得挺好，我不需要什么愚蠢的目标来让我徒增烦恼。

1月5日

圣诞节后，生活开始回归正常，伴随着喊叫、责骂、大哭和完全的绝望。是的，新学期第一天来到了。

> 放松点儿，老妈。我的地理老师要去看牙医，所以晚点儿去学校没问题。
>
> ——爱你的儿子弗雷迪

这是我儿子从被窝里发给我的短信，这时候，我已经在楼上喊了20分钟，让他起床。我儿子连老师5分钟前跟他说的话都记不住，更别提两周以前的话了，所以我怀疑他在撒谎，但我没有证据。这就是我跟两个孩子之间的常态。

我怀疑你在喝酒，但我不确定。

我怀疑你应该有更多作业要写，但我不确定。

我怀疑你之所以老上油管①（YouTube）或者浏览照片墙②（Instagram，简称Ins），不只是在调研未来的就业机会，但我不确定。

我怀疑你不是不爱吃肉，只是不喜欢我做的炖锅菜，但我不确定。

猜测真相就像买彩票一样：猜对了你就好像中了大奖，孩子会说我是一个耳聪目明、值得尊重的老母亲；猜错的话，你就在信任这个问题上丧失了宝贵的立场。这在任何一场争论中都是一个大规模杀伤性武器。

---

① 油管是一个国外知名视频网站。——译者注

② 照片墙是一款国外知名社交应用软件。——译者注

“你不信任我！”这句话我听了太多遍，以致感觉自己应该投身政界。

当然，对女儿柯斯蒂，我根本不必催她起床。今天早晨，她的闹钟 6 点就响了，然后她开始捯饬，一个半小时后，一个随时准备好自拍的模特从她的卧室走了出来。我简直不敢相信这位美女是从我寒碜的子宫里爬出来的。她为圣诞节买的修容刷，比我化妆包、浴室柜和珠宝盒里所有的东西加起来都要贵。我真搞不懂，为什么我的化妆水平赶不上我 15 岁的女儿？其实原因我也清楚。她的化妆技术是跟油管上的专家学的，而我是从《女孩世界》（*Girls' World*）杂志上用绘儿乐画笔学的。

我本想跟她说，我很欣赏她画的精致腮红和眼线，但我想起我是她妈，为了实施自己早就制订的青少年抗挫力训练计划，我应该把这话咽进肚子里，想一些更合适的话来说。圣诞节前，我读到有关专家分析说，现在青少年的心理问题越来越多，部分原因是他们从小就被父母过度保护，就像被包在药棉里一样，缺少抗挫力。这让我开了窍，决心不让孩子们有好日子过，以前我习惯捧着他们夸赞，人们不总说这样有助于建立自信心吗？现在不了，我要改成对他们冷嘲热讽，嘴下毫不留情！

“你的脸看起来就像是《狮子王》（*The Lion King*）里那只斑马。”我告诉她。

她停下脚步，转身盯着我，然后回了一句：“你的脸看起来像是打卡了唐纳德·特朗普同款美黑沙龙店。”

我吃惊地倒抽了一口气。我一直希望没人注意到我“低调”和“秘密”地做了美黑，因为我实在受不了自己苍白得像英国寒冬那样的皮肤。不过，看在她的行为是符合青少年抗挫力训练计划的，我还是放过她了。当然，在此之前，我还是跟她说了，她很漂亮，我爱她。

柯斯蒂离开时，身上弥漫着一股设计师香水的味道，我知道自己永远做不到这一点，而弗雷迪呢，还在楼上。我决定今天早上惩罚一下这个“撒谎精”，因为在圣诞节被迫全家聚会后，我现在无比想要一个人在家里独处。我走上楼，站在他的房门外，打开了那台特意藏好的收音机，把音量调高到震天响。果不其然，他没过一会儿就出来了，大喊道：“关机，艾力克萨①（Alexa）。”这个指令当然没有效果，这时，我提出只要他起床去上学，就关掉收音机。

“你这个巫婆！”他鼻孔喷火地看着我，然后跌跌撞撞走进了浴室。

“你今天又变成谁了？”我在浴室门外冲他喊道。

“一个可怜的受折磨的儿子，他的母亲根本不理解他，”他喊道，“你儿子最后会到邓弗里斯的一家工厂里往香肠卷里塞香肠！”

“是个好消息，”我回击道，“你总算对未来职业有想法了。”

弗雷迪一出门，我就立刻冲向手机，开始每天浏览他人生活的例行活动，然后对自己的生活更加不满。不出所料，我的社交媒体被各种信息轰炸，有健身教练②（Couch to 5K）手机软件的打卡提醒，复归职场宣言、呼吁支持慈善事业，还有新年伊始的“鸡血”誓言。我确认自己是人类有史以来最没有奋斗精神、最懒惰、最没爱心的那个。这时我想起了丽兹努力劝我写下的行动清单。我有种冲动，想把自己的动态更新如下：**凯茜·柯林斯今年没兴趣制订任何愚蠢的目标，因为她知道这只会让自己徒增苦恼和失望，而且会让所有人等着看笑话，发现我到2月中旬连一个目标都没实现。**

---

① 艾力克萨是一款亚马逊人工智能语音助手。——译者注

② 健身教练是一款跑步入门训练的手机应用软件，字面直译为“从沙发到跑完5千米”。——译者注

我正在选一个彩色背景，纠结是用气球还是派对彩带，这时我意识到，我应对不来汹涌而至的评论，他们都会鼓励我或者欺骗我，让我相信自己是那种可以有所成就的人。我当然可以写下真相。我即将开启在这个星球上的第49个年头，此时，还有一堆家务活儿等着我干，而我对其中任何一项都没有一丁点儿兴趣。我在脑子里过了一遍上午可以做的事，比如：把圣诞装饰收纳到阁楼里，找个水管工修理一下已经差不多漏了5年的水龙头，采购一些食物，打电话给我妈，在电脑上干点工作相关的事，而不是一直盯着右移①（Rightmove）网站发呆。

我确实需要工作一会儿。说起“工作”，不知怎的，总让我感觉像是上学时的家庭作业。我的工作地点是在家里，占用我自己的时间，但在干其他事的时候，它们也一直在我脑海里挥之不去，令人心烦。这些工作顶顶无聊，我一点都不喜欢。

可我不能抱怨。我的意思是，居家做兼职工作，这不是每个父母的梦想吗？这样可以多陪陪孩子，不是吗？特别是因为孩子他爸——迈克工作很忙，在家的时间很少，我在职场晋升上也没他有竞争力。我们夫妻有一个必须要后退一步，照顾家庭。所以我放弃了我的财务事业，开始做一名自由会计。我虽然不喜欢大公司的工作压力，但我的确想念去一个有人的地方工作的感觉，特别是那里的人不会只围着孩子转，那是一群年轻人。他们会谈论晚间电视节目，哪家新的酒吧开张了，谁跟谁对上眼了——那个词叫什么来着？八卦，对吧？而现在我只有一把水壶和自己，没人可以聊天。

我打开笔记本电脑，叹了口气，然后登录邮箱。薯条店老板弗兰克给我发来一封信，说他有一袋子的收据要处理掉，问我是否能

① 右移是英国最大的房地产门户网站。——译者注

过去取走它们。也许我可以在午饭时间过去，买份萨维罗猪肉熏肠让心情好起来，然后再处理那堆像小山一样的消费小票。然后我打开一封拉尔夫写来的信。他是我另一个客户，是一位 70 多岁的作家新秀。他没什么收入，但喜欢告诉别人他需要一位会计来帮他打理版税。在过去 5 年里，他一直在写一部犯罪惊悚小说，素材来源是他干了一辈子的土木工程工作。他问我圣诞节过得好不好，然后想知道他是不是有资格领取免费的巴士票。

就在我要登录那个有趣的税务局网站时，电话响了，我不禁松了口气。但是，我发现是座机，我猜这通电话会强迫我做我不愿意做的事情。

我猜对了。

“我是你妈。”电话里传来我母亲大人的声音。

“你好，妈妈，”我说，“你怎么样？”

“我不能聊天，因为我必须给杰拉丁打电话，告诉他爱德华的葬礼是哪天，这样她才好订火车票。她要过来跟我们一起住几天。”

“那真是太好了，妈妈。”

“你出去的时候能帮我买点洁厕剂吗？我本来想让你妹妹买，但是她要上班，孩子也比你家的小得多，她太忙了。”

“没关系，妈妈，我给你买。”

“你能来帮我一起做春季大扫除吗？你知道杰拉丁的，她隔着一英里[①]都能看到霉菌。我看到马桶后面有一些，但是我膝盖不好够不着。你下次来的时候能帮我擦一下吗？那个地方如果让杰拉丁看到了，她会心脏病发的，我们今年冬天可不想再多参加一场葬礼了。”

“可以的，妈妈。”我说。

---

① 英里是英美制长度单位，1 英里合 1.6093 千米。——译者注

“好，好。我马上给她回电话，告诉她可以住在我这里。那就今天下午见了，再见！”

我坐在桌前，列出了下午要做的事：取萨维罗猪肉熏肠以及薯条店小票；回家吃萨维罗猪肉熏肠；去商店买洁厕剂，然后去我妈那儿刷马桶。

1月8日

今天晚上迈克打电话回来，问我过得怎么样，好像我不习惯他不在家的日子一样。其实我早就完全习惯了，他工作日基本都在外出差，给某个地方的可怜公司办破产手续。他的工作几乎不需要“咨询”，很多时候就是告诉别人他们被解雇了。迈克随时准备要出差，在外过夜、点餐吃，作为妻子我没有怨言，一点都没有。显然他后面几个星期都会待在利物浦——一家邮购公司需要办破产手续。又有孩子们要丢饭碗了。

“我想你，”他说，“我习惯了在家过圣诞节。”

说实话，我和两个孩子的相处并不轻松。我们 3 个人的常态就是互相大喊和冷战，然后各自不情不愿地做原本就该做的事。迈克接受不了冷战后的叫喊，他期待着回来看到一家人其乐融融，还会提议说：“吃完晚饭，我们全家一起玩会儿纸牌吧？”这时弗雷迪就会躲回自己房间，迈克把厨房翻个底朝天寻找纸牌，柯斯蒂一直在给他录像，还说要把这段视频放到她的照片墙主页上，迈克还傻乎乎地以为是在夸奖他。“老爸灾难”这段视频随时都可能火遍网络。

“我烦透了一直出差的生活，”他说，“我真的特别想多陪陪孩子，帮帮你。我知道他们两个现在是让大人觉得很棘手的年龄。”

帮帮我？之前我让他跟弗雷迪谈谈“性教育”，因为我跟弗雷迪说，前提是你要再三确认女方是同意的。显然弗雷迪问了迈克，究竟什么时候才能确定对方是同意的。迈克跟他说，要等到结了婚，喝了三四杯酒的时候，但是他不清楚其他情侣是否也是这样。

“我在考虑是不是要‘把毛巾丢进去’[①]。”他在电话里轻声说。

我一时以为他说的是宾馆浴室里那条超级蓬松的毛巾，他在纠结是为环保而重复利用，还是用一次就扔进浴缸里让保洁人员去洗。他每天都要做一些艰难的决定，这就是迈克。

“我希望多一些时间在家里。其实，圣诞节期间我就在考虑了。我甚至可以转行。现在的工作真是让我忍无可忍了，什么‘组织结构变化’这些无用的东西。我需要一些新东西。我也许可以去参加再培训……我想我会喜欢教书的工作。凯茜，我想做点有意义的事，对社会有点积极贡献。”

我惊得下巴都掉到了地上。这件事影响太大了，我都不知道从哪里说起。

教书！他能教什么呢？作为一个中产阶级的中年男人，他怎么保证自己在教室里一直掌握话语权？

他已经51岁了。这个年纪不可能再当学生了。他如果穿上休闲装、运动鞋，背上背包，看起来会很可笑。

而且，要是他去参加再培训，我们的贷款怎么还呢？还有，他之前坚持要扩建厨房，现在从哪里搞到钱？现在这年月，家里没个开放式厨房都没法过。他在埃德巴斯顿的一个同事家里看到了，回来非要也弄一个，说这样一家人可以一起做饭一起吃。

我们一家人几乎从来没有一起做饭一起吃过。

“嗯，亲爱的，你想做什么都是可以的，”我告诉他，“如果你

---

① “把毛巾丢进去”是一句英文习语，此处原文为“throwing in the towel”，意为“辞职、放弃努力”。——译者注

认为你可以忍受站在一群臭烘烘、闹哄哄的14岁孩子的班里，那就去吧。”

“嗯，”他说，“我觉得我能为教师行业做出很大贡献。昨天还有人跟我说，我做的那个关于后流动工作站时代组织文化的演示文稿很让人受启发呢。”

这就是迈克——对自己有绝对的信心，认为自己什么都能干；不发牢骚，不犹疑，完全信任自己。我思考了一下，如果迈克成为老师后我是什么感受。然后得出了一个吓人的结论。

嫉妒！

怎么会呢？我对于站在一群孩子面前，教一些他们永远用不上的东西可一丁点儿兴趣都没有，这在我听来简直是地狱般的工作，但是……但是我居然感到嫉妒。嫉妒什么呢？嫉妒他居然有这样的想法？嫉妒他居然认为这是可能的，而没有想到那一百个不能做的理由，还是嫉妒他没有想过这会对家人和他们的生活造成怎样的影响？难道我只是嫉妒他把自己和自己的需要摆在全家人前面？

“等我回家后，我们能好好谈谈这件事吗？”他问。

“当然。”我咕哝道。

“太好了。要是真能那样就好了。我真的受够了天天住宾馆的生活，你知道的。”

“我知道。”我答道。我扫了一眼那堆要熨的衣服，我本来计划要熨的，后来看起了垃圾电视剧，就忘了。“你今天晚上要干什么？”

“嗯，我想去泳池游几圈，因为今天中午吃了自助餐，我得通过锻炼甩掉一个小龙虾法式面包的热量，然后再去酒吧吃块牛排。今晚还有比赛，我可能会看看，然后就早点睡了。”

“嗯，没事，”我说，“做个好梦。”

1 月 15 日

今天坦妮娅过来了。我圣诞节后就没见过她，迫切需要跟她聚一聚。坦妮娅是我的邻居，她聪明、幽默，是我最好的朋友之一。她比我年纪大一点儿，今年 55 岁，我遇事都愿意向她请教，特别是她还是一位令人敬畏的社工。她还参加了两个读书会！其中一个我也参加了，另一个小组是真的在读书，有时会读一些非虚构图书。

我给她发了个短信："昨天的甜点呢？" 5 分钟后，她就敲门了，手上拿着吃了一半的柠檬脆派。我已经在厨房餐桌上放好了两个勺子和两杯咖啡，我们两个没说一句话，就开吃了。这是我们周一的传统节目。坦妮娅周末会给家人做一顿大餐，剩下的则在周一被我俩吃掉。她负责喂饭，我很乐意做那个吃货。

"圣诞节过得还好吗？"我咕哝着问，努力不把脆皮喷出来。

"哦，跟往年一样，牙买加和英国风格混搭的圣诞节，"她说，"还有火鸡，从声田[①]（Spotify）上听'雷鬼'（Reggae）音乐和圣诞颂歌。"

我真希望我能在她家过圣诞节，而不是我家。坦妮娅经常跟我谈到她小时候在加勒比地区过圣诞节的故事，听起来棒极了。

"你呢？"她问。

"我也跟往年一样啊，英式风格。不到中午没人起床，没人真的饿，因为没人真的喜欢吃火鸡，弗雷迪动不动就'过敏'，柯斯蒂在减肥，我顾不了那么全面，所以很多吃的都浪费了。更不用说我不会做饭，这点你是知道的。礼物最多就是凑合吧。迈克也还是

① 声田是一个在国外较流行的在线流媒体音乐服务平台。——译者注

老样子，不到最后一分钟是不会准备的，临时从网上给我买了条裙子，穿着也不合身。但那条裙子确实漂亮，特别可笑，弗雷迪穿上正合适，他就穿着去参加一个除夕派对了。”

“化装舞会吗？”她问。

“可能不是。”

“他现在怎么样？”

“嗨，他可是弗雷迪。他这个年纪，有一大堆事要干。大学、学徒、工作、间隔年。”

“他也不是很糟糕。”她露齿一笑。

“他用我全新的美容剃毛器，在节礼日上给猫剃了个莫西干头。”我告诉她。想到这里，此刻我简直要哭出来。

她把手放在我的肩膀上安慰我。

“你那边呢？”我咕哝着说，“跟我说说，玛贝尔和克雷西节礼日干什么了？”

我问道，做好准备听最糟糕的消息。

“他们两个在一个无家可归者收容所帮忙。”她边说边同情地揉着我的肩膀，我的眼泪不知怎的开始流下来。坦妮娅的女儿这么可爱，我一点也不吃惊。毕竟，她们这一个妈妈可以当两个用，这是她们的优势，而我连一个妈妈都算不上。

不知为什么，我的眼泪流个不停。我怎么了？我甚至尝试想象那只猫报复弗雷迪，把他喜欢的黑胶唱片尿了个遍的好笑场景，但即使这样想，眼泪也止不住。

“你怎么了，亲爱的？”坦妮娅问我，往我嘴里塞了一口柠檬派。我就说吧，她是喂饭的那个。

“我也不知道。”我双手捂住脸，上面都是泪痕。

“来吧，吐出来。”她说。

我知道她的意思不是把派吐出来，所以我必须跟她说点什么。

“迈克在考虑辞职，重新培训，去当教师。”我告诉她。

“你老公迈克？”她问。

“没错。”

“但他要教什么呢？”

“就是说啊。”

“我以为他喜欢他的工作？”

我耸耸肩：“我也以为呢。”

“你怎么想？”

“我觉得这主意糟透了。”

“为什么呢？”

“不知道。”

“是不是因为他在进行新的职业规划，让你感觉自己落后了。甚至可能有点嫉妒？”

“不！”我的天呐，她是我肚子里的蛔虫吗？

她扬起了眉毛。

“是的。”我说着低下头，感觉有点羞愧。

“那你也可以做些计划啊。弗雷迪和柯斯蒂要不了多久就会离开家了。你真的要好好想想，以后不需要每天 24 小时扮演妈妈的角色时，你想要做什么。”

“唉，别说了，”我说，“你跟我姐姐一样坏。她一直在劝我给自己设立目标，告诉我应该把自己放首位，说我有抑郁症。她甚至居然还提到那个什么 M 危机[①]。”

“对。”坦妮娅郑重地点点头。我不需要向她解释 M 危机是什

---

① M 危机，此处指更年期（Menopause）。——译者注

么，她也是个女人。

“你有什么症状吗？”

我吸了一大口气。也许我应该和坦妮娅分享让我心烦的几件事，我担心那是更年期逼近的症状。虽然不是什么大事，但都足以让我不安。我起身走出厨房，来到客厅，拿出一件我圣诞节前买的深蓝色羊毛衫。

“看看这个，”我说，“这是羊毛衫！深蓝色的！我喜欢它！它温暖又……又舒适！这不正常，对吗？我脑子肯定出问题了。”

“这件羊毛衫很好看啊。”她平静地说，嘴角挂着一丝微笑。

“还有……还有……”我说，“我开始酒精过敏了。”

这句话让她呆住了。

“昨天我看《妈妈咪呀！》[①]（*Mamma Mia!*）的时候感觉很糟糕。”我继续说。

坦妮娅盯着我。“不会是在播到‘那段’的时候吧？”她惊恐地问。

“我不断地回放那一段……”

“梅丽尔边给女儿涂脚指甲，边唱‘从我的指间溜走’那段？”她问。我看到她眼泪涌了上来。“那段我必须快进。我受不了。”她补充道。

我们两个都在努力抑制情绪。

“我哭得太厉害，后来就把它关了。”我哭着说。

我们两个在吃了一半的柠檬脆派的前面拥抱了对方。两个老

① 《妈妈咪呀！》是一部于2008年在美国上映的歌舞剧电影，由梅丽尔·斯特里普、皮尔斯·布鲁斯南等一众明星出演。该片讲述了一个温情的故事：年轻女子索菲在结婚前寻找生身父亲，却和妈妈唐娜在希腊的海岛上迎来了3位陌生男子，最终，母女间的误解烟消云散，双双得到了幸福。——译者注

母亲一想到将来女儿会离开我们，去到广大世界中，已经在暗自伤心了。

坦妮娅抽身出来，看着我，我已经哭得无法自抑了。

“世事在变化，”她平静地说，“孩子们在长大。听起来迈克也需要变化。你担心被落在后面，陷在刻板的生活中无法自拔。也许你姐姐是对的，你真的需要一些行动目标？”

“不！”我坚决地摇摇头，“我在这方面糟透了。毫无希望。我会失败，然后真的抑郁。听着，我挺好的，各方面真的都挺好。我也不知道为什么我会这么沮丧。”我边说边去拿厨房的卷纸，擤擤鼻子。

“你一直在说自己挺好，但我的柠檬脆派上全是你的眼泪。”坦妮娅指出。

“等这阵情绪过去了就好了。”我说着，努力挤出一个笑容给她看。

“可你也不该把现在的情绪不当回事。也许是时候发挥你的主观能动性了，凯茜。听你姐姐的话，把自己放在第一位，然后想想接下来要做些什么。”

她看起来真的有点担心。我无法忍受任何人脸上出现担心的表情——不应该有任何人担心我！我不值得占用别人的担心。我身体健康（稍微有点超重），我有一个养家的好丈夫，我有两个健康且快乐（十几岁孩子的快乐）的孩子。担心、着急，这件事既占时间又占精力，我不能忍受想到有任何人会浪费她们的时间和精力担心像我这样卑微的人。

“我就是一时情绪上来了，没什么大不了的。”我摇摇头说。

她一直盯着我看，脸上写满担心的表情，然后她的手机响了一下，她扫了一眼屏幕。

“对不起，”她说，起身把裙子捋了捋，“我要走了。工作来了。

你自己没问题吧？”

“没事的。”我答。坦妮娅经常被叫走，在一些棘手的社工纠纷里做一些非常艰难的决定。我送她到门口，我们拥抱了一下，然后她走了。太戳心了，我一边往空荡荡的厨房走一边想。想到坦妮娅要处理那些现实世界中的问题，再想到自己还沉浸在不那么现实的问题里顾影自怜，我再次感到戳心。

1 月 20 日

迈克今晚要回来，他说想跟我好好谈谈。我真的没法接受他完全不考虑我们以后的日子，所以想出了一条妙计，拖延他那个“放弃薪水优厚的工作”、多陪陪家人的计划。

我要确保这个家让人一点都不想多待。

所以，等到了弗雷迪和柯斯蒂放学回家的时间，我并没有像往常那样待在厨房。他们回家后通常都要打一场架，而我要在场调停，保护冰箱里的食物，阻止他们把厨房操作台和地板搞得乱七八糟。今天，我特意离得远远的，躲在卧室，直到听到了警报的信号。

我没等多久——他们回家才不到 10 分钟，火警报警器就响了，我听到喊叫声，快步跑了出去，不出所料，吃的扔得到处都是，烤面包机里冒出了烟。在接下来的 5 分钟里，场面简直乱成了一团：我到处找扫帚去击打报警器，与此同时，柯斯蒂和弗雷迪继续大吵着。

“我只是问她塔塔酱在哪儿。”报警器被我打坏了，在地板上一声不响，弗雷迪对我说。

“你要塔塔酱干什么？”我问。

“做鱼条三明治。”

“家里没有鱼条啊。”

“我买了一些。”

“你是怎么做的呢？”我终于搞清楚火警报警器是怎么响的了。

“就烤呗。”

“烤鱼条？”

“对。烤一烤。”

“你为什么不阻止他？”我转身问柯斯蒂。我以为她能长点脑子。

“我不知道怎么做鱼条，”她说，“别觉得我就一定知道怎么做鱼条，这是典型的性别歧视。凭什么在鱼条这件事情上，我就该比弗雷迪知道得多？”

“因为你更聪明。”我说。

“会做鱼条也说明不了什么。”弗雷迪插嘴道。

“你就不会看看说明吗？”我喊道，“差点把房子给烧了！做个鱼条又不难！你上大学了可怎么办？”

“那我就不上大学了，”他说，“我要去南美。”

我的心脏漏跳一拍。我努力保持镇静。“什么时候决定的？”

“我在照片墙上关注了一个临时小组。他们要去南美远足，我要去加入他们。他们已经采纳了我的评论。”

“南美？”

“是的。”

“就是那个随便拿枪杀人的地方？”

“谢天谢地，枪支犯罪导致死亡率居高不下，”柯斯蒂插嘴说，她看着手机，“维基百科上是这么说的。”

“闭嘴！”我和弗雷迪都冲她喊道。

我努力让心情平静下来。我一点心理准备都没有，再过 18 个月，弗雷迪就要离开家了（前提是他真的开始认真准备）？我唯一的安慰就是想象他去到一所美丽、安全、小巧又草木葱茏的英国大学，而不是去地球上最危险的大陆。这简直让我这个当妈的无法接受。

我看着他小心地把鱼条放在切得乱七八糟的面包片上，然后涂上蛋黄酱。鱼条外面烤焦了，里面很可能还没解冻。

“不错，”他咬了一口说，“顺便说一下，我计划为大斋期[①]开始吃素了。你能不能从奥乐齐超市[②]买点素食回来？”

“明明是我先开始吃素的，你别学我！”柯斯蒂说。

“你什么时候开始吃素了？”我们又同时问道，我现在真有点晕头转向了。

“上周。”她咕哝着说。

“是因为卡尔才决定吃素的吗？”弗雷迪问，一坨蛋黄酱掉到了地板上，他仔细地用脚把它来回擦没了。

“不是！”

“卡尔又是谁？”我问。

“谁也不是。”柯斯蒂说。

“他是我同级的一个到处传教的嬉皮士，柯斯蒂想跟他滚床单。”弗雷迪告诉我。

“不，我没有！”柯斯蒂大喊。

---

① 大斋期（亦称大斋节期；天主教会称四旬期；基督新教信义宗称预苦期）是基督教的教会年历一个节期，英文写作 Lent，意即春天；拉丁教会称 Quadragesima，意即 40 天（四旬）。大斋期由大斋首日（也称圣灰星期三、涂灰日）开始至复活节前日止，一共 40 天。——译者注

② 奥乐齐超市是一家以经营食品为主的德国连锁超市。——译者注

“你有！我看到你在食堂对着他流口水了。”

“柯斯蒂，”我要窒息了，“我想你不——”

“什么也别想，妈妈。求你了，什么也别想。”

“你真的不应该——”我开口说。

“没关系啦。他不接受婚前性行为。”弗雷迪知道得可真不少。

“哦，我的老天！”我吓坏了，对柯斯蒂说，“你要加入‘邪教’了！”我真想大喊大叫。

“‘邪教徒’柯斯蒂！”弗雷迪一遍遍地念着，“‘邪教徒’柯斯蒂！‘邪教徒’柯斯蒂！‘邪教徒’柯斯蒂……”

“你为什么不能闭上你的臭嘴？！”柯斯蒂对她哥哥喊道。她捡起掉在桌子上的一个冻鱼条，对着弗雷迪扔过去。就好像排练好一样，不早不晚，迈克就在这时走进门，那个冻鱼条结结实实地砸在他脸上。我女儿的时机真是掌握得“顶呱呱地好”，幸好，她的投掷命中率是“顶垃圾地糟”。

如果此刻非要我夸一下这俩熊孩子，那就是房间确实安静了一小会儿。我屏住呼吸，看下面会发生什么事。考虑到我跟这根鱼条完全没有任何接触，我认为我不应该第一个有任何动作。

“你们这是干什么呢？”迈克用手把冻面包屑从额头擦干净，终于问道。

“弗雷迪刚才骂我，”柯斯蒂尖叫道，“他向来都那副臭德行，多管闲事，胡说八道，讨厌死了！”

“柯斯蒂的命中率太低了，”弗雷迪也不甘示弱，“真的，如果连站在那儿冲我扔鱼条都扔不准，那我就完全理解为什么她进不了投球队了。”

“我根本就不想进投球队！”柯斯蒂冲他喊道。

“你别嘴硬了，”弗雷迪笑道，“钱特里小姐做教练时，你们这些女孩全都排着队要当她的助攻。”

“不是那样的！”柯斯蒂说，她的脸变得通红，看起来好像要哭了。弗雷迪显然又一次击中了她的痛点。

我看着迈克，想看他怎么平息这场战斗。他那天晚上不是说想要在家多陪陪孩子们吗？好啊，那就请吧，“世纪老爸”。

“你肯定猜不到我昨天晚上去哪儿了。”他边说边脱掉夹克，好像刚才那场争吵根本没发生，他的眼睛好像也没有被鱼条打着一样。“洞穴俱乐部！就是甲壳虫乐队[①]被发掘出道的那家俱乐部。”他看着孩子们，期待他们的反应，但没有得到任何回应，于是他又继续说：“你们知道吗，它开始是一家爵士乐俱乐部，约翰·列侬在那儿第一次翻唱了猫王的一首歌曲，下面的观众冲他喊‘别搞摇滚乐了’！”他轻笑着抬脚跨过地板上躺着的鱼条，把他的夹克放在椅背上。“你能想象万一他把这话听进去了会怎样吗？我们可能根本不会看到甲壳虫乐队，或者只有今天听到的一半乐队成员。你知道诺尔·加拉格吗？他是绿洲乐队的主唱。绿洲乐队，那可是20世纪90年代大红大紫的摇滚乐团。他经常说起他们的音乐是怎么从甲壳虫乐队得到灵感的……”

他抬起头，吃惊地发现他的孩子们不知何时已经从房间里蒸发了。只有我还在。迈克刚刚分享的，是他自己认为的“最新新闻”，结果它还有另一个功能，那就是让孩子们以闪电速度消失。我无比羡慕这种能力，迈克却无比失望弗雷迪和柯斯蒂没有受到他传播的知识的启发。

“他们去哪儿了？”他问我，好像他把他们烦走，是我的错。

---

① 甲壳虫乐队是一支成立于1960年的英国著名摇滚乐队，即The Beatles，由约翰·列侬、林戈·斯塔尔、保罗·麦卡特尼和乔治·哈里森4名成员组成，出道初期常在洞穴俱乐部演出，1970年乐队解散。——编者注

“不知道。”我耸耸肩膀，一肚子怨气地开始打扫弗雷迪的创意海鲜烹饪留下的烂摊子。

迈克继续讲其他有关甲壳虫乐队是如何崛起的激动人心的段子，那是他在洞穴俱乐部的收获，但我已经走神了。一面生气于迈克居然就这样轻而易举地平息了孩子们的争吵（还不是有意为之）；一面生气于虽然我跟这根“鱼条导弹”没有半毛钱关系，但最后想着把它从地板上捡起来的却是我，他们 3 个人全都抬脚跨了过去。

1 月 21 日

我半夜醒来上洗手间是常有的事，事实上，像小孩子那样能够一觉睡到大天亮，对我来说已经是值得欢欣鼓舞的事了。而今天我半夜上卫生间时，意外发生了。我来例假了。万岁！我一定要打电话告诉姐姐丽兹。

我回到床上，脑子里又重新回放了前一天晚上所发生的事，这足以让我失眠到天亮，因为我不停地在回想那个依然躺在厨房地板上的该死的鱼条！我能感觉到它在房间里的存在，就像有人在那里埋了一个地雷。我决定不去收拾那个令人心烦的东西，因为我想看看当我不主动收拾时到底会怎样——然后那天晚上，全家人在它身边来来回回地走，却都完全没有要捡起它的意思！怒气在我心中开始慢慢升腾。一想到所有的家务都要由我来做，我就感到隐隐的头疼。它让我焦虑，偶尔还会发展为偏头痛，然后我就会大发脾气，开始扔东西，对所有人大喊大叫，这时他们会口头许诺会更努力、会分担。这会让我的偏头痛降到头疼的水平，直到我意识到他们所有人又一次在撒谎，然后偏头痛就会再次抬起它丑陋的“头”。我想这个循环已经贯穿了我整个的婚姻生活。

我知道，对一根掉在地板上的鱼条耿耿于怀，这很小家子气，但是把精力放在它身上，至少可以让我不去想那天晚上的事。

公平点说，我们全家人一起吃了一顿还算愉快的晚餐。我们全都在厨房和餐厅坐定，这可是一件要庆祝的事。我们吃着同样的食物——又一次，这在我们家真的是个奇迹。那块白沙司和几乎无法入口的土豆泥基本被无视了，同时被大家推到了盘边，我没有烹饪天分，这是家里人已经接受的事实。迈克和我不动声色地开了一瓶酒，决定推迟我们不在孩子面前喝酒的约定，等到阴沉的一月份过完了再说。

孩子们的盘子一空，就立马离开了，只剩下迈克和我清理房间里的烂摊子。

“你能捡起那根鱼条吗，还是说一定要我捡？”我说，努力把语气放得轻松一些。

他抬头看了一眼那个烦人的东西，说：“我来捡。”然后一动也没动。我知道这个晚上没戏了。

“对了，我要见一个生活导师。”他说。

“生活导师？”

“是的。”

“生活导师是干什么的？”

“我就知道你可能会问这个问题，所以我给你带回了一张宣传单。”他从夹克的内兜里拿出一张塑封的宣传单，递给我，那上面是一个表情严肃的金发女士，不到40岁的年纪，盯着我看。

“嗨，我叫海伦，”我学着美国芭比娃娃娇滴滴的口音念道，“我是在政府注册的生活导师，我帮助人们找到自己的目标，制订实现目标的策略，克服障碍，在生活中做出变化或调整。”

“我觉得你对待这件事的态度不严肃。”他说。

“嗨，我叫海伦，”我用那种做作的声音又重复了一遍，学着机器人的样子向他挥着手，“我会解决你所有的问题，只要甩一甩我漂亮的头发。”

“她有博士学位。”迈克说，脸上带着不悦的表情。这样的表情总让我想要表现得更加愚蠢。“她之前从事人力资源方面的工作，”迈克继续说，“她发现许多高管在50岁左右会突然对他们的工作状态不满意。她非常有同理心。”

“你已经跟她见过面了？”

“是的。”

“什么时候？”

“昨天晚上。”

“你没跟我说。”

“她有个预约临时取消了，跟我说可以见面初步聊一聊。”

一阵尴尬的沉默。我在想该说些什么。

“你昨天晚上去参加读书会了，是吗？”他补充了一句。

“没有。”我说。这个理由真是蹩脚，他在努力解释为什么没告诉我自己跟一个年轻女人秘密见面。

我向下扫了一眼地板。鱼条还在那儿。

“她说什么了？”我问。

“她说我应该做一个7年规划。”

“为什么是7年？”

“我猜是因为这个时间足够长，让你相信大的变化是真的可以实现的，但又不算长，让你感觉——”

“你可能已经死了。”我打断他。

“这真是有用的建议。”他叹了口气。

“她给你什么有用的建议了吗？”我问。

他看着我，那眼神就像一个老师看着一个怎么也听不明白他讲课的学生。他是已经在为未来的职业做练习了吗？

“我只是想，旁观者的视角可能有用，所以才想跟一个能给我提供一些思考方法的人聊聊。”他说。

一个跟你老婆思考方法不一样的人，我心想。一个没有一千零一件事要考虑，却可以决定我们命运的所谓生活顾问。一个不需要考虑对我生活造成什么影响的人。一个会无视所有，而只跟你说“去吧，做让你开心的事”的人。

叮！

也许我也需要一位生活顾问？也许我需要他口中的这位“海伦”顾问？也许我需要有人帮助我扔掉一切照顾他人的无私想法，想想我应该怎么过自己的生活？甚至，也许她可以帮助我制订一些愚蠢的行动目标？丽兹和坦妮娅似乎认为这是个好主意。

“我能见见她吗？”我问。

“凯茜，你真的不需要嫉妒。”

我看着他。我不是嫉妒，但是他这样一说，反倒让我觉得我应该嫉妒。我低头再次看了一眼照片上那位看起来年轻聪慧的金发女士。太年轻了，我想。迈克最近一直在纠结他白头发变多了，现在又想重新规划事业，这突然让他身上有了一种“中年危机”的气质。当雄性遭遇中年危机，我们都知道意味着什么。也许我的确应该嫉妒呢？

“我不是嫉妒，”我语气坚决地说，“我只是觉得我也应该找个生活导师咨询一下。”

“为什么呢？”

“嗯，因为……”我捡起那份宣传单，重启芭比娃娃模式，“也许我也想要找到自己的目标，制订实现目标的策略，克服障碍，在生活中做出变化或调整。”

他吃惊地张大嘴，然后说：“她只接待高管客户。”

什么！我的意思是，你——在——说——什——么？

他能看到我的怒火在升腾。我不需要多说一个字。

“我刚才表达得有点问题，”他很快说，“我不是说，因为你不是高管，你就不能有生活导师，或者说，她不能有多元化的客户……我只是说，她的宣传单上是那样写的，她的专长在……对，就是这里写的，专长……不仅限于高管，所以她可以见你。我是说，我可以让她——需要我问问她吗？”

“不！”我加重口吻，抱着双臂，“如果她不想见我，我也不想见她！”现在就算是一群野马也别想把我拉到她的窝里，听什么针对“高管”的精英建议了。

“好吧，”他说，看起来稍微放松了一些，“所以你要……我是说，你从没说过你想要制订目标，然后取得什么成就。”

我屏住呼吸。我要放过他吗？我现在抓住他失言的证据了，我能看到他在瑟瑟发抖。但他说的是真的吗？我可能是不太热衷于制订目标，但这不意味着我从未取得过任何成就——比如，在过去17年把两个孩子抚养长大？

“我的意思是，我知道养大弗雷迪和柯斯蒂是一项终极成就。”他结结巴巴地说。

我要怎么跟他解释呢？

“我开始意识到，弗雷迪和柯斯蒂不会在我们身边待太久了，所以生活要改变，我也要改变。”

“你所谓的‘改变’是什么意思呢？”

“这个嘛，”我低下头，说，“显然我已经快到更年期的年纪了。”

“你在说什么，你怎么了？”他说。

“这不是病。对女人来说，它是自然规律。很奇怪，男人似乎不需要经历这个过程。你只需要担心有勃起障碍的可能，不过没想到啊没想到，人们发明了一种药来治疗这种病。”

“我会吃的，”他说，“如果我有这个问题的话。”他说这话感觉似乎是在同意给我捐一个肾。

“太贴心了，”我说，“你只需要意识到，在不久的将来，在家里只有我们 3 个了——你、我和更年期。孩子们会离开家，没有什么必须让我们分神的事情了。所以，是这些让我开始思考，像你一样，我也需要考虑我的选择，我需要想想在接下来的人生里，我到底要干什么。”

他身体往后靠在椅子上，显然在思考我的话。这个动作我看了太多次，我确定这是他在工作上取得成功的原因。他能够很迅速、机敏地判断形势，然后想出一个精心设计的解决方案，就好像花了好几个小时思考出来的一样。

“嗯，我觉得这样非常好，”他说，一面探身向前，握住我的手，“你一定要见见海伦。她一定会帮助你找到你的选择，我肯定她有足够多的人脉关系，这些对你也会非常有用。”

“好的。”我点头说，但是感觉有点迷惑。

“这个时间点卡得正好。我是说，仔细想想，你重新做回全职工作真的很重要。如果我想重新接受培训成为一名教师，我可能有两年不能挣钱，之后当然我挣的工资要比现在做咨询顾问少得多，而你做回全职工作，情况就完全不同了。没错。这真是太好的消息了，”他停了一下，盯着我的眼睛看，“而且，也该你上场了。我是说，这些年你一直支持我忙于自己的事业，现在你终于有机会回归职场了，这是公平的。”

什么！

不！

这不是我想要的！想到要回归竞争惨烈的职场，我心里就恐惧地缩成一团。好吧，我确实怀念和有趣的、跟我过着不一样生活的人一起聊天打趣，但是我想要挑起全职工作的重担吗？我不想。再也不想。我想成为养家糊口的那个人吗？不——我很乐意由迈克承担这个角色。我知道这听起来非常具有性别歧视色彩，但是当在家有尿布要换、有呕吐物要清理的时候，他选择了做那个外出狩猎采集的人，所以他最好坚持到底。我确定、一定以及肯定不想自己在孩子离家后成为狩猎采集人，而让他自由地做自己想做的事情。

“听着，”我终于站起身说，“我觉得你没听懂。柯斯蒂要加入‘邪教’，弗雷迪想去南美挨枪子。如果还没人打扫那根该死的鱼条，今天晚上在这个房子里就要发生一起谋杀案了。也许你可以向那个什么‘海伦’倾诉自己对现在这份薪水又高又有趣的工作有多不满意，让她来帮你搞定所有的事。可你没有意识到，你有多幸运，能在自己成年生活的大部分时间里，集中精力发展事业，而你的老婆我，为了让这个家运转下去，承担了所有要做的事。”

1月30日

今晚的读书会在坦妮娅家里举行，走着去不远。而且，她在照顾无家可归的孩子和培训志愿者的同时，还能做一个蛋糕出来招待大家。读书会在我家举办时，她们能吃上放久了受潮的品客薯片就不错了。

6个人里面有4人提前读完了书，比例挺高的。索尼娅向我坦白说，她们曾经用“我要读完读书会指定的书”作为逃避圣诞节家庭混乱的借口。露易丝说，每个圣诞节她都会放一部“读书会指定阅读书目”的大部头在咖啡桌上，想给傲慢的公公留个好印象，但都徒劳无功，那些书压根没被翻开过。不过在一次神秘的圣诞老人交换礼物活动上，一个同事送给她一张浪漫喜剧的电影票，那场电影她看得非常过瘾。我们一致赞同，要把这个活动添加进我们明年的清单。

菲奥娜努力跟我们解释“主人公”的意义，显然这是个隐喻，指耶稣降生故事中的那头被镇压的驴[①]，但我们更想听露易丝圣诞节活动上的八卦——她的同事在一家希腊餐馆的洗手间里亲热的故事。露易丝比我们所有人都要年轻得多，做着一份律师的全职工作，孩子还小，但她平衡得还不错。在工作中，她与很多“90 后”打交道，对我们来说，“90 后”就像来自另一个星球的人。我们都热切地想知道这个事件里的人物细节，显然这些人的生活让他们有需要（而且能够）在洗手间里亲热。在那个空间，激情凌驾于对于舒适和装饰的所有需求之上，率性而为就是王道。我们所有人都感到“肃然起敬”。

“我觉得雷不再喜欢我了，”菲奥娜讲完那件事后难过地说，“实际上，我确定他不喜欢我了。我们最近唯一一次亲热是在他看了菲奥娜·布鲁斯主持的《鉴宝路秀》[②]（*Antiques Roadshow*）之后。”

坦妮娅点着了火苗，但也贴心地在开着的窗户旁留了一个角落，方便葆拉和索妮娅讨论更年期，她们两位正在经历更年期的热潮红症状。

---

① 在描述耶稣出生的文字或绘画作品中，马厩中通常没有马，只有牛和驴。有些画作中，牛注视着婴儿耶稣，而驴则扭头看着别处。这种处理方式，是用牛来代表当年相信基督教的人们，而驴则代表拒绝接受基督教教义的人们。——译者注

② 《鉴宝路秀》是一档由英国广播公司（BBC）制作并热播的鉴宝节目。——编者注

我从新的视角观察她们，有些恐慌，知道自己离更年期也不远了。她们从外表看很正常，但是，显然心里在翻江倒海。

“我总是感觉筋疲力尽，”葆拉承认道，“我无比想要减少工作时间，但我们需要钱。我刚刚被提拔，责任又加重了。我 55 岁了。我要更多的责任干什么？我想要一份可以每天午睡一会儿的工作，而不是在晚上陪客户吃饭，表现得精力充沛又令人愉快。我想要的是穿着睡衣看《爱情岛》[①]（*Love Island*）。”

然后索妮娅说到她有生以来量最多的一次例假。“那就像是暗红色的海浪，”她说，“感觉就像是有人在我的阴道里被谋杀了。”

“我太庆幸自己生了爱丽丝以后就吃药了，”露易丝插进来说，“我起码有 5 年没来例假了。”

索妮娅转身盯着她。我觉得她真的有杀了她的想法。我非常理解索妮娅的感觉。她看起来精神快要崩溃了，我站起身，抱住她，她用 V 领套衫的底边使劲扇着风，努力让自己透透气。

“这还不是最糟糕的，圣诞节的时候杰克就回家待了两天，”她眼睛里含着泪，声音微弱地说，“他交了一个新女朋友，但是不让我们见她，圣诞节那一周，他宁愿跟女朋友的家人一起过，也不和我们过。生孩子的折磨什么时候能结束！”

我努力向她挤出一个同情的微笑，但被葆拉分散了注意力，她躺在角落里睡着了，口水流到了下巴上。

这些女人看起来要崩溃了，她们在边缘挣扎。但有一件事可以肯定：她们都不开心。

就这样，在我听着葆拉疲惫的呼噜声，看着索妮娅扇着她的腋窝、抱怨她的儿子时，我做了一个决定。

---

① 《爱情岛》是一档英国热播真人秀节目。——译者注

我必须要有所行动了。

更年期不像我起初想的那样容易度过：我的孩子都有可能做出危险的选择，而我的丈夫……唉，他期望我的生活能服务于他自己的中年危机。所有这些都让我感到悲伤、恐慌和焦虑，我要采取行动，否则我一定会抑郁，就像丽兹预测的那样。我必须在生活掌控我之前，掌控我的生活。我姐姐说得对。我需要思考一下什么能让我开心，不管这对像我这样的人来说有多难。

女人，母亲，妻子。

但我知道我不需要一个通常意义上的行动清单。我很清楚我无法通过这样的清单寻找幸福，相反，我只会收获令人沮丧的失望。我需要一类不同的清单：它要更实际，更容易做到，能把所有让我不开心的事都反转过来。我不需要去蹦极、跑马拉松，或者干诸如此类的蠢事。我需要的是列一个在我变老之前要做的事项清单，让它能够切实提升我的生活质量。而且我现在已经非常清楚要列上清单的第一件事是什么了。

1月31日

行动清单：
崭新的一年，崭新的你

~~现在就设定你的目标~~。

~~如果你一个月能完成一个目标，明年的今天，~~

~~你的生活就将彻底改变~~。

~~目标要简单、明智，还需要你时刻铭记~~。

在变得更老之前我真的需要做的事情

1 月	列出这份清单
2 月	告别例假
3 月	告别做饭
4 月	在家庭之外有自己的生活——最好是跟“年轻人”一起
5 月	搞定我儿子的未来，比如，在他屁股上安个火箭
6 月	搞定我女儿的未来，比如，教她如何避免在恋爱关系里受伤
7 月	减少我的碳（既指碳水化合物又指碳）足迹
8 月	确定谁负责打扫爸妈家的洗手间
9 月	关于更年期做出必要的声明
10 月	进行“特别谈话”（非常非常重要的一次谈话）
11 月	再次坠入爱河
12 月	和休·杰克曼一起跳舞

2月

February

告 别 例 假

2 月 1 日

我算了一下，我已经来了 189 次不必要的例假。

189 次！

也就是说，我的阴道里有 756 天都在遭遇不必要的流血。

更不用提 756 天经受不必要的肚子痛。

我根本不愿意去思考，其实每月例假带来的压力原本可以避免。任何时间，任何地点，任何地方。

这一切都毫无意义！

我以前的脑子是被驴踢了吗？

在意识到自己在例假这件事上浪费了 15 年后，今天早晨 8 点整，我终于拨通了医生办公室的电话。

“请问您哪里不舒服呢？”接线员问我。

“我忍受了差不多 16 年不必要的疼痛和折磨。”

“我能问问是哪里吗？”她追问道。

“主要是在西米德兰兹郡，”我回答，“不过我成年后在东南部也住过一段时间。”

“我问的是身体的哪里？”她叹了口气说。我知道她的意思，但是，嘿，谁想错过一个惹恼医生接线员的机会呢？

“哦，主要是肚子疼。”我说。

电话那头沉默了一会儿，接线员在查看我的病史。我感觉她需要更多的信息。

“我认为，这个病一直拖延至今，部分要归咎于贵司没有提供这方面的信息，”我补充道，“我迫切需要把这个问题解决掉，不然……不然——”

“10 点半这个时间可以吗？”电话那头问道。

医生还没开口问，我就告诉了他我过来的原因。

“我想开那种神奇药片，让它带走我忍受了 16 年的痛苦和折磨。”

“我不确定是否有这种药片。”医生说，他满腹狐疑地皱眉看着我。

“哦，有的，”我说，“我在我的读书会上听说了这种药片。”

“您的读书会？”他问。他看起来有点不自在。他肯定认为我是个脑子不正常的老女人，想快点把我打发走。

“是的，我的读书会。”我答道。

“我不确定读书会上得到的医学建议是否可靠。”

“参加读书会的成员都有很好的教育背景，”我告诉他，“菲奥娜的母亲和朱迪·丹奇[①]是校友。”

“很有意思，”他说，“您读书会的成员说这种神奇药片叫什么名字了吗？”

“避孕药。吃了就不会来例假的那种。”

医生咬了一下嘴唇。“这个，您不需要读书会的成员告诉您有避孕药的存在吧？”

“是的，不需要，”我表示赞同，“您说得完全对。但是……但是我忘记了它们能让例假停止。彻底完全地忘记了。但这种东西真的是太棒了，不是吗？我是说，人们为什么不站在房顶上不停地大声喊出这一点呢？这种药的宣传真是做得糟糕透了。”

---

① 朱迪·丹奇是一位获奖无数的英国著名女演员。——译者注

“这个嘛，我……”医生开口道。

“我想，都是因为跟性有关，是吗？”我继续说，很想分享我在这个事情上的观点。“之前的宣传一直是，吃了药之后你可以放开亲热，不用担心会怀孕。但是它也可能让例假停止。我是说，这太棒了。对于一个女人来说，真的太棒了。我能理解为什么男人不太关心这一点，因为例假来不来跟他们的关系不大，‘生不生孩子’的问题对他们来说可能更重要。但是，我可以跟您说，‘停止例假’这个事，真的是，棒极了！”

“它们不保证一定能停止例假，”医生说，“每个人的情况不一样，而且有其他潜在的副作用和……”

“但是有一种药是能够停止例假的，我说得对吗？”我问道。

“是的，某些药可以。”

我不可置信地摇了摇头。

“在过去的16年里，我已经明确自己不想再要孩子了。我对于例假已经没有任何需求了。就因为对避孕药的其他作用不清楚，我无端地多来了189次例假。您知道这让我有什么感受吗？”

医生现在已经不再看我了，只是盯着眼前的电脑屏幕来研究我的病例。

“柯林斯太太，您的年龄？”他问。

“48岁。”我想了一小会儿才回答。现在我处在这样一个人生阶段，要费点儿劲，脑子里算一下才能记起我的年龄。比起回答我的年龄，记住我的手机号码要容易得多。

医生把血压带缠在我的上臂上，动作比给一个过于兴奋的学步儿童带上手腕带还要快。他一边低头看着计数器，一边顺口说道：“在您这个年纪，需要检测一下更年期的症状。”

“我知道，我知道，”我说，“我知道已经有点儿苗头了。这也是我想吃药的原因，这样我自己就能控制例假停止的时间，而不是交给讨厌的更年期。”

“这种药会有副作用的，您知道吗？”他说。

“我知道，我知道，”我嘀咕道，“但您刚才说‘是的，它能停止例假’，这击中我了。我肯定已经过了来例假的年纪，对吧？我是说，您什么时候看见卫生巾广告中出现过中年妇女？显然卫生巾不是为我们准备的。它们是给那些踩着旱冰鞋、穿着比基尼的女人用的。我不该被允许来例假了。”

医生摘下他的眼镜，揉着他的额头。“好，我给您开一种能让您的例假停止的药。现在高兴了吧？”

我坐在那儿，思考了一分钟，然后咧开嘴灿烂一笑。

“是的，”我点头道，“我很高兴。”

2 月 3 日

我读了药物说明书，有点挫败感，因为发现我不能马上就服用，而要等到下次来例假时。这感觉有点残忍，因为我吃药唯一的原因就是不想再担心下次例假什么时候来。但是，我想这一次，是一段值得庆祝的日子，因为这有希望成为我最后一次例假。

我逐字逐句地阅读了说明书，生怕自己漏看了什么信息。比如可能会告诉我说：*对不起，面对现实吧，因为你常年喝白葡萄酒，所以这种神奇药片对你不起作用。*

所幸什么也没有。我倒是意外发现了：*没有迹象显示，这种药对反应力和注意力有任何影响。*这是个好消息，因为反应敏捷和注意力集中对现在的我来说都是奢侈品。我越来越发现，我能记住 20 世纪 80 年代某些鲜为人知的流行歌曲的歌词，却记不住我为什么会走进一个房间。我在副作用一栏的确注意到了以下文字：大约 1/10 的女性会有情绪变化、心情抑郁、性欲减退、头痛、恶心、痤疮、乳房疼痛、不规律月经或月经停止以及体重上升等症状。鉴于其中许多听起来像更年期初期的症状，我决定还是冒险一把。

2 月 5 日

外孙游行庆祝日到了！虽然推迟了很久，但肯定躲不过。

上星期我妈打来电话，说她都忘了弗雷迪和柯斯蒂长什么样了，还问他们喜欢她送的圣诞礼物吗。这话隐含的意思：你这个女儿真让人伤心，从不带孩子来看望我们。圣诞节送他们的礼物，过了两个月都没听到声谢谢，这两个孩子太没教养了。你这个妈是怎么当的！

我想办法说服柯斯蒂上了车，条件是回来的路上带她去逛博姿药妆店[①]；然后又去找弗雷迪，想不到他一口答应，说很愿意去看外公外婆。难道弗雷迪浪子回头，终于学会为别人着想了？我心里暗自庆幸，但显然是我想多了。他走过客厅，一把抓下门口挂钩上的车钥匙，说："条件是我来开车。"

弗雷迪只上过 5 节驾驶课。

弗雷迪的开车技术很烂，他觉得开车是好玩的游戏，不是生死攸关的大事。

我带弗雷迪在外面练过两次车，第一次他在一条单行道上逆行，坚持说如果对面没有车，这样做是允许的。第二次他"闪"了一辆警车。"闪"的意思是他撩起上衣露出胸脯，冲警察挤了挤眼睛。我至今没搞懂他怎么没被抓去蹲班房。

---

① 博姿药妆店是一家英国美容及护肤品牌连锁店，也是一家超过 150 年历史的百年老店。——译者注

就这样，弗雷迪奔着驾驶座的车门走去，柯斯蒂坚持要坐副驾驶，我只能往车后门走。我们站在各自的车门旁，开始僵持。

就谁坐在哪儿这个问题，谈判进行了10分钟。弗雷迪说除非他来开车，否则就不上车，柯斯蒂拒绝坐后面，因为弗雷迪开车时，她最轻的症状就是晕车。我告诉她，一个驾驶新手旁边一定要坐一个合法的老手。柯斯蒂回应说，在弗雷迪达到法定条件前，压根儿就不该让他开车。我们就这样吵着罗圈架，直到我说了一句："今天重要的不是谁开车，而是要去看望你们的外公外婆，所以你们能不能赶紧上车！"

我的态度很坚决，要他们上车，哪个座位无所谓。他们盯着对方看，然后弗雷迪把拳头伸了出来，我以为他要打她，结果她也出了拳头，他们开始石头剪刀布。

我屏住呼吸。弗雷迪出了剪刀，柯斯蒂出了布，真没脑子，所以弗雷迪赢了，他用剪刀打开了车门，坐进了驾驶座。柯斯蒂坐在后座，采取了安全姿势，对此我无比理解；如果不是我还要盯着路况，我也会跟她一起。

我们都完了。

就在这时，我注意到弗雷迪穿着一件黑色T恤衫，上面写着"力挺特殊人群"，而且用的是亮黄色，不能再显眼。我考虑是不是要求他下车坐到后座去，但如果这样做，他肯定不会乖乖跟我走。等到了地方再和他聊聊这件引人眼球的衣服吧。

"我需要在6点前回到家。"我们上路后，柯斯蒂说。

"为什么？"我问。

"凯莉要过来找我做生物作业。"

弗雷迪嘲弄地大笑起来。

"小心那辆车！"他开到路中间时，我大喊道。他方向盘打得太多，差点冲上人行道，撞上一位推着婴儿车的女士。谢天谢地，我爸妈家只有10分钟的车程。

“生物作业，别名‘网上偷窥卡尔·皮特斯’。”弗雷迪嘲讽地说。他眼睛一直盯着后视镜，就是不看挡风玻璃。“走那条路！”我使劲地打着手势。

“其实，我知道他今晚去哪儿。”走到我们通常左拐的路口，弗雷迪选择了直行。我决定保持沉默。因为现在他车开得还算比较稳定，最好不要挑事。“他要去基姆·王家里，名义上帮她调研大学，实际上是想和她滚床单。”

“弗雷迪！”柯斯蒂和我同时尖叫道。

“红灯！”我大喊道，紧张地盯着仪表盘，“红灯！”

“哦，好的。”他说，随意地踩了一脚急刹车，车戛然停下。

“出故障了，”他边说边使劲地踩着油门，“车怎么走不动？”

“你把车停住了，”我努力保持镇静地说，“挂空挡，放下手刹，点火，挂挡，出发。”

车里很安静，直到弗雷迪再次挑起关于卡尔的话头。

“对，所以卡尔对基姆有意思，柯斯蒂，我就是想告诉你这个事情。”

“弗雷迪，”我严肃地说，“你话太多了。”

“‘太多’是什么意思？这消息又相关又及时又简洁，怎么会太多呢？”

“我不需要知道这种事。”

“你当然需要了。所有父母都想了解孩子的性生活。我在这方面这么开放，你应该感到幸运。”

“你时不时是否应该想到自己还未成年，弗雷迪，你应该想要瞒着我一些事情，这才正常。”

“那是20世纪80年代的思维方式。我们早就不那么干了。过度分享是新的保密方式。所有事都藏着掖着只会让老人家们更怀疑。什么都跟你们分享，我们就可以往后一靠，看着你们畏缩，然后慢慢地闭上眼睛，捂住耳朵。”

“下个路口左拐。”我叹了口气。弗雷迪总是这样自作聪明，这对他没好处。老天，现在我说话像极了我妈。

我们的车终于驶进了我爸妈那栋平房外的车道，10年前他们退休后搬到了这里，离我长大的房子不到半英里。我每次去看他们，不回趟那个“家”，总会觉得怪怪的。我多么渴望再在我家花园那棵巨大的橡树下荡一荡轮胎秋千，让我姐姐或妹妹再推我一下；爸爸那时候的工作是开着卡车全国各地跑，每次他回到家，都要至少按10遍门铃，我多希望再听一次那门铃的声音啊。我们在金博路的房子充满了回忆，而眼前这栋崭新的平房却没有那种怀旧感。小时候每个周日，妈妈都会让我擦洗一个老旧的餐具柜，现在它就摆放在一面平整干净的墙边，爸爸那把旧躺椅放在平板电视前面，看起来很不协调。所有东西都好像只是临时放在那里，包括我爸妈，这让我从心底感到悲伤。

我转身对弗雷迪说：“我记得你说过卡尔不接受婚前性行为。”弗雷迪脸上露出怜悯的神情。“母亲大人，母亲大人，我的母亲大人，”他说，手放在我的胳膊上，“你什么时候能明白啊？”

“明白什么？”

“那都是骗人的话。男生说自己不接受婚前性行为，对女生是最大的诱惑。突然他成了一个挑战。有的是女生暗下决心想证明他是错的，包括您的女儿。”

“弗雷迪！”柯斯蒂喊道，一拳打在他脑袋上。我回头看着她。她瘫倒在座椅上，泪水涟涟，满脸通红。他又一次击中了自己妹妹的痛点。我从没看到过她对一个男孩这样。想到 4 个月后那面红色的旗帜将高高飘扬，她 16 岁的生日就要到了，啊……我不敢想。我只想抱住她，不让她再长大。我伸手握了一下她的膝盖，表示我知道弗雷迪没有权利说那些话。我无助地看着望向窗外的她，一滴眼泪从她脸颊上流了下来。突然我意识到情况可能比我起初预想得要更糟糕。这真是史诗级别的灾难，这简直糟糕透顶！这不只是一时的暗恋，这可能是爱情。这可怕的、邪恶的、心碎的、焦虑的少女们的爱情。

如果我猜得不错，那我们全都完了。

按理说，现在需要立即启动青少年抗挫力计划了。我需要告诉她，青春期的爱情只会让人痛苦，因为她的心还没经历风雨，抗挫力不强，所以这种痛苦会让她非常非常受伤；我需要告诉她，那个人可能是个浑蛋，她会心碎的。

她的历史将就此开启。这就是真相。

但是我知道，真相不是对抗少年爱情的武器。我说的任何话都没办法阻止她将要经历的恐怖。

那我只能在她身旁表示关心和同情了。

哦，上帝啊！

“我们正要喝茶呢。”我妈妈在门口这样迎接我们。

翻译过来就是……你们迟到了。

向来如此。

我对你很失望。

向来如此。

她的风格就是现代为母之道的反面教材，对我毫无“鼓励自信”的陈词滥调，不关心我的心理健康或者幸福指数。我妈似乎认定了当妈最好的方式就是不计任何代价地阻止我从生活中获得任何满足感，因为这种满足感会导致“太自我”的罪恶性格。我的母亲喜欢弱者，她对每一个弱者都充满了温情。

“嗨，姥姥，”弗雷迪说，他像及时雨一样跳着进了客厅，“您看起来真是红光满面。”他双手叉腰站着，正面全开，胸前那行前卫的标语暴露无遗。

妈妈撮起了嘴唇。

“颜色很漂亮。”

“我的姨母基蒂是一个妓女。”爸爸说。

“约翰，”我妈低声咕哝，“别在孩子面前讲这种话。”

“阿尔茨海默病。”弗雷迪指着我爸，用口型跟我说。

“她就是，”我爸对他说，“人人都说她周五晚上是去参加合唱团练习，但实际上她是去那个屠夫家里兑现饭票，你懂我的意思吧。”他冲弗雷迪挤挤眼睛。

“我认为这跟卖淫不是一码事。”我说。

“当然是一码事，”弗雷迪说，“只不过一个是给现金，一个是给肉排。本质上都是一回事。”

“实话说，我觉得她乐在其中。”我爸说。

这话一出，我们都不知该怎么接。

“嗯，肯定的——她最后嫁给了他。”他补充道，呵呵笑起来。

“所以你是说，她在跟那个屠夫约会，他为表示心意，额外多给了她一些香肠。爸，这不叫卖淫。”

“但他俩肯定上床了，”他辩解道，“她本来应该去参加合唱团练习的。”

我心里默默想着，稍后一定要跟弗雷迪说，再也不要在他姥姥姥爷面前穿这件“力挺特殊人群”的T恤衫了。

“我去烧壶水吧？”弗雷迪说。

我恼怒地摇摇头。弗雷迪在家里连根手指头都不抬一下，到我妈面前突然秒变天使宝宝，好像他嗅到了某种遗传味道还是什么的。

“你真不该给他穿那样的T恤，”他一离开房间，我妈就跟我说，“这孩子以前多乖啊。”

我一般都会为自己辩解，告诉她我尽了最大努力告诉他要怎么做，但他压根儿就不听我的。他很固执，跟他姥姥一样。

说到这儿，我决定单刀直入，跟她谈谈。圣诞节过后，每个星期我都过来帮忙打扫收拾，只要我妈有需要，我就带她去购物，这些我一点都不介意，但我知道在未来的某个时间，他们年纪更大的时候，我们姐妹3个要做更多事来照顾他们。我介意的是，我现在就需要为他们做更多，因为我妈自尊心太强，不愿意去医院治疗她的膝盖。而她现在显然饱受疼痛折磨，影响了生活质量，这件事本身就不对。

“你去找医生看你的膝盖了吗？”我问她。

“没有，这周感觉好一些了。”

我能感觉到怒气一下子在心里升腾起来。我狠狠地瞪了她一眼。她几乎都走不到街上去，厨房壁橱里放了一大堆的止疼药，种类多到让任何一个药贩子都自愧不如。她坚决不承认自己已经到了可以做一台老年人换膝盖常规手术的年纪。比起这个，让我围着她跑来跑去，她心里似乎更容易接受。

“让医生给看看总没什么坏处，是不是？”我对她说。

“我的膝盖没事。我还能走到邮局呢，没事。”

“迈克的爸爸换了新膝盖后，到处跑来跑去，活跃得不得了。”

“迈克的爸爸比我的情况严重得多。”

“你怎么知道的——你上次见他还是迈克过50岁生日的时候。”

“你叔叔泰德情况很糟，你知道的。”她说。

“他现在又能开车了，自己啥都能干。”我反驳道。

她搓着双手，低头看着手，对我说：“丽兹说我应该做做瑜伽，可能有帮助。她还寄了一些药给我，也许我应该吃吃看。”

“丽兹什么时候说的？”

“她今天早上打电话过来。”

啊哈，原来如此。大女儿发话了，老母亲当然要听。我妈虽然看不上我，但挺听丽兹的话，我姐姐有本事，嫁给一个有钱的美国人，常给她寄钱，把她哄得高高兴兴的。丽兹不了解家里的情况，却喜欢远程指挥我怎么过日子，而且也喜欢遥控爸妈怎么过日子。她还曾经鼓励爸爸买一辆复古的名爵汽车，让爸妈一起开车去巴黎！丽兹，这个身材苗条、天天练瑜伽的大女儿，应该滚回家来，看看她母亲是怎么负重前行的，就因为她拒绝治疗膝盖，再看看她父亲一天能干掉多少个奶油甜甜圈。想到要把他们俩塞进一辆小跑车，就像要把两条河豚塞进一个沙丁鱼罐头里。

在另一个大洲当父母最喜欢的孩子，真是容易太多了。

“姑娘，你谈恋爱了吗？”我听到爸爸跟柯斯蒂说，她一直没参与我们的谈话，只是坐在电热器旁边的凳子上，盯着手机看。

我想冲过房间，挡在她和我爸之间。这种谈话可是要命的。

她抬头看了他一眼，然后离开了房间，脸上都是泪。“跟男朋友吵架了？”他问我。

“她挺敏感的，是不是？”妈妈说，“你必须得看着她。她需要小心对待。”

小心对待！在这方面我妈有什么发言权？！

她小心对待我了吗？

没有。

“连例假都没跟我谈”叫小心对待吗？我 11 岁时，她在超市递给了我一包卫生巾，一句解释的话都没有。我还以为它们是胸垫，我当时是A罩杯，对自己的“飞机场”感到很自卑。

她也没有跟我谈过性。我的性知识完全来自杰姬·科林斯、吉丽·库珀和雪莉·康拉德写的故事[①]。很长一段时间，我都以为只有拥有私人马匹或住在洛杉矶的人才会滚床单。

现在她居然跟我说，要小心对待我青春期的女儿。

“你能帮我个忙吗？”弗雷迪把茶端进来时，我妈对我说。你看吧，我心想，她给我攒了一堆活儿，都是她因为膝盖干不了的活儿。“你能帮我把客房的床单被罩换一下吗？今晚我要帮忙照看你的外甥女和外甥。”

我瞪着我妈。不用开口她也知道我的意思。

“妮可拉需要社交生活，这个你知道的，”妈妈说，“本离开她以后，她一直很孤独。”

简直是胡说八道。在伴侣离开的震惊期过后，我这个妹妹过去半年一直在“火种”[②]（Tinder）软件上“约会”。她过得简直不要太逍遥，每个周末都要出去约会。她可没有像我一样待在家里，每晚毫无目的地连刷几个小时网飞[③]（Netflix）剧，消磨生存意志，或者看某个烹饪节目——而我其实很讨厌烹饪！

“她跟你说，本拖着不给她生活费了吗？”她补充了一句，“为什么，唉，为什么她当初不跟他结婚呢？”

我惊骇地看着我妈，回答：“因为他是个蠢货。”

“如果她当初跟他结婚，就没后面这些事了。”

---

① 杰基·柯林斯、吉丽·库珀和雪莉·康拉德都是畅销书作家、好莱坞电影编剧。——译者注

② “火种”是一款火爆国外的交友类手机应用软件。——译者注

③ 网飞指美国奈飞公司，是一家会员订阅制的流媒体播放平台。——译者注

我感觉自己失去了耐心。

“如果她跟本结了婚，她就嫁给了一个蠢货。”我必须指出这一点，但我妈摇头表示不赞同。

“我是不会结婚的，”弗雷迪宣称，“跟谁都不结，不管是不是蠢货。谁知道那人最后会变成什么样，而你要跟他们绑在一起。这真是荒唐。”

我们全都看着他。他满脸的坚定和决心。

这让我认真思考，婚姻（就像现如今社会的许多标准一样）也会受到挑战，会被重塑和重新建构来适应现代生活的需要。也许将来我们会加上一条逃避条款，等到被抚养人像小鸟一样离巢之后；也许我们会发展出一种兼职婚姻模式或者法定婚姻，而不是基于感情的婚姻；也许我们会全部住在一起，分工合作，过集体生活，有人负责当母亲，有人专门做情人，有人负责养家，每个人做自己最擅长的事情，而不是一个人做所有事——专业化也许会是未来的主流婚姻状态。

尽管如此，我们依然庆幸妮可拉没有嫁给那个叫本的蠢货。

在我气喘吁吁地为我妹妹的孩子换床单被罩时，我感到自己必须采取极端措施了。我连给自己孩子换床单被罩都很少，所以完全不明白为什么我会给别人家孩子换。为什么不等着妮可拉过来，让她换呢？为什么大西洋对面的丽兹不能给点有用的帮助，尽出些不切实际的主意？等哪天把我累死了，我妈的膝盖就该好了。

2 月 10 日

关于妈妈的膝盖，我考虑了一下该怎么办。

最直接的办法是代她给医生打电话，强迫她到医院，让医生告诉她，她必须换个新膝盖。但是我知道她不会去的，她必须自己下决心才行。所以需要有个人来说服她，但我知道那个人不是我。

我要请我的姐姐和妹妹来帮忙。

我想过给丽兹打电话，但很怕她提起行动清单的事。我这阵子一直没联系过她，她还不知道我已经制定了自己的目标，否则肯定会刨根问底，看到我没有把学日语之类的荒唐事列上，又会目瞪口呆。我的目标跟她的不同，她不理解，还会让我改，然后我就又会回到起点，这些无法完成的目标会让我失望。当然我也可以打电话给妮可拉，但担心自己压不住火，想到她在外面风流快活，我却要在家给她的孩子换床单。最后我选择了一个处理棘手问题的明智方法。

我发起了“瓦次艾普”[①]（WhatsApp）群聊，邀请丽兹和妮可拉进来，一起商量妈妈的膝盖怎么办。

我：嗨，两位。你们还好吧。昨天我去咱妈那儿了，她的膝盖疼得厉害，止疼药大把大把地吃，就像吃聪明豆一样。她需要去看医生，我认为她可能需要做个换膝盖手术，但她就是不愿意去医院。你们有什么想法？

现在是美国西海岸早上 6 点半，但丽兹是个健身狂魔，所以我知道她肯定已经起床了，可能正在干什么烤藜麦之类的荒唐事。

丽兹：我刚给她寄了一些草药，让她报个舒缓瑜伽课程。

我想写：“哦，真棒啊，问题全解决了，我怎么没想到这个好

① “瓦次艾普”是一款用于智能手机之间通信的应用程序，全称为 WhatsApp Messenger。——编者注

办法。”但是我不想在群聊开始就开启讽刺模式。也许聊到第 10 句或 12 句的时候再说，但不是第 2 句。

我：很好，丽兹。但我认为碾碎的白菜叶和买个橡胶垫解决不了她的问题。

我实在没忍住。然后大概 15 分钟没有回音，我猜测丽兹是在思考这个难题。我想她可能打开纽崔布里特料理机，做了一杯健康的奶昔，而我正要伸手拿一大块牛奶巧克力。我有时都觉得不可思议——我们怎么会是姐妹俩。

丽兹：我以为他们在计划买一辆名爵汽车，然后开车去巴黎？

看吧，她在逃避现实。待在国外真的有很多便利。

我：妈妈现在已经不能开车了。情况已经严重到这个地步了。

又是 10 分钟的沉默。妮可拉到现在都没说话。

丽兹：但是爸爸还能开，对吧？我刚才用谷歌搜索了一下，开到多佛只要 4 个小时，穿过隧道，然后差不多就到了。他们可以中途停下来过夜。那样只需要开 2 个小时。这听起来是不是可行？

我：我觉得你没听懂我的话，丽兹。在妈妈的膝盖治好之前，她哪儿也去不了。巴黎就别想了。

她现在应该有点郁闷了。提议买个跑车开去巴黎，让我姐姐感觉她是世界上最棒的女儿。而我刚刚在她庆祝的道路上倒满了低脂酸奶。

丽兹：我不知道你想让我干什么。

我：我觉得你需要跟她谈谈。她听你的话。跟她说点什么，让她去看医生。

丽兹：说什么呢?

我：我不知道!

妮可拉：抱歉，亲爱的们，刚看到。我昨晚在劳伦斯家里过的夜。

她发了一个挤眼睛的表情。天呐，我们现在可是在聊妈妈的膝盖。认真的吗!

丽兹：哇哦——谁是劳伦斯?

妮可拉：我正在约会的男人。他是个医生。

丽兹：哇哦——真有你的，妮可拉！赶快说说，你有他的照片吗?

妮可拉：没有——但他长得有点像“美梦先生”[①]（Mc Dreamy）。

丽兹：天呐，是《实习医生格蕾》里面那个吗？哇哦哇哦!

① “美梦先生”指美剧《实习医生格蕾》（*Grey's Anatomy*）中的男主角德里克·谢普特，由帕特里克·德姆西饰演。——译者注

她发了一个鼓掌和香槟酒瓶的表情。我承认我也曾经暗恋过帕特里克·德姆西，他是我的偶像。出于好奇我本来也想多问几句，但感觉如果我现在问了，这次群聊主题就完全跑偏了。

我： 我们能先讨论一下“妈妈的膝盖”这个话题，然后再让妮可拉跟我们分享她最近的约会内幕吗？

然后就冷场了10分钟。

妮可拉： 他不只是我最近的约会对象，凯茜。他可能是我的真爱。

我： 我真的希望如此，妮可拉。我真的很期待和那位性感医生见面，我肯定妈妈也会……如果她能走路的话。所以大家有什么想法吗？

这次直接冷场半小时了。

丽兹： 我离家这么远，感觉很无能为力。

妮可拉： 这不是你的错。

丽兹： 如果我能帮上忙，我会的。

我： 你能给她打个电话吗，丽兹？她偏爱你。尽力去劝劝她吧。

丽兹： 她也喜欢你们两个。

我： 我知道，但是你一直给她寄礼物什么的。她天天把这事挂在嘴边。

妮可拉：没错，她确实老说起你。

丽兹：那好吧。我试试看。我明天给她打电话。

我：谢谢你，丽兹。

妮可拉：嗯——谢谢你，丽兹。

丽兹：我要挂了。10分钟后我有节课要上。代我向“美梦先生”问好，妮可拉。

妮可拉：好的。

我：嗯——也代我问好。期待跟他见面。

我本想加一句“希望你们能坚持到那时候”，但想想还是算了，这不利于增进姐妹感情。

2月12日

今晚迈克在利物浦的一家饭店跟我视频通话了。当时我正在把香肠上烧焦的部分刮下来。不知道怎么回事，我做香肠总是把外面烧焦而里面还是生的。香肠就是蠢货，就在我咒骂香肠的时候，迈克打来了视频，让我看他正在吃的甜点。我想说，它看起来真的很美味，但我此时真的不需要看这份高端的、大厨品质的布丁。饭店里特别吵，我听不清他讲话，他便从座位上起身，背对着桌子上的美食，还有身旁闹哄哄的同事。

“你这几天干什么了？”他问。

“没干什么，跟往常一样。呃……哦，我前天去看医生了。”我说。

“什么！天呐，没事吧？”他的脸因为恐惧而变形了，“你不是……是吗？你没有什么事吧？”

“没有，不是，我没什么事。”我说。上帝，我们现在要这样了是吗？一提到医生，就想到严重得要死人的病。

“我只是去开那种药了。”

我从来没见过他那么困惑的表情。他扭头看了一眼身后，然后把脸凑近手机屏幕。

“你……你想要更多性生活吗？”他小声说。

“不是！”我说。他看起来像霜打的茄子，我继续说：“为什么避孕药一定跟性有关呢？我只想让月经停止，而避孕药可以做到。”

他往后退了退。“哇哦，”他说，“那太好了。你之前怎么没想到呢？我是说，我们本来也不打算再要孩子了。想想我们可以省下多少买避孕套的钱。”

“还有卫生巾。”我补了一句。

他身后的桌子突然爆发出一阵大笑，我彻底听不清他说话了。这不是正经谈话的好时机。可能这就是他为什么选择在跟同事聚餐时给我打电话，这样我们就没法正正经经地聊天。自从那天我冲他发完火，还摔了厨房壁橱的门，他就没再提起过海伦，也不提要换工作和让我重回职场的事了。但是，我十分怀疑他只是在等待一个更好的时机，为达到目的正在制订什么策略。他会在我最意想不到的时候反扑，我需要随时做好准备。

我们都认为现在不是谈话的好时机，我挂了电话，让他去享受大餐，和同事一起欢聚。我把烧焦的香肠放在盘子里，站在楼梯下面，喊楼上的弗雷迪和柯斯蒂下来吃饭。他们下来了，一人端走一个盘子，一言不发，又回到楼上。

这又是一个我独自与电视为伴的夜晚，我决定去坦妮娅家，看看她家在干什么。临走前我复印了一份我的“行动清单”，心想她一定会为我取得的进展感到惊讶的。

我打扰她们吃晚饭了。果不其然。

坦妮娅和黑泽尔正在边吃晚饭边聊天，分享白天的事。她们甚至还点了一支蜡烛。这可是工作日！这真是一幅和谐美满的画面。当然，坦妮娅也邀请我加入了她们的谈话。我想到那些正躺在垃圾桶里烧焦的香肠，便不客气地坐下了。

“光临寒舍，有何贵干？”黑泽尔问。讲真，黑泽尔吓着我了。她是某个高深学科的讲师，脑瓜非常好使，在她面前，我说出的任何话都像是个傻瓜说的话。

“呃，嗯，我想让坦妮娅看看这个清单，是我写的，请她留一份，监督我执行。”

我怎么会说出这种官话！

“你写完你的行动目标了？”坦妮娅问，她把一碗香喷喷的饭放在我面前。“真的吗？这真是太好了。我真的觉得这是个好主意，凯茜。绝对值得一试。”

“坦妮娅说，你最近情绪有点低落。”黑泽尔关心地问。

天呐，我想，坦妮娅又跟她说了，在她眼里我就是个可怜虫。

“有点难，是吧，人生这段时期？”她继续说，“给自己设立目标真的有帮助。我当时更年期开始的时候，决定在学校同事中做一个调查项目，题目是女权主义和心理分析理论。这真的分散了我的注意力。”

我吞了吞口水。我知道下面她会说什么。

“你决定在哪里发挥你的才智呢？”她问，给了我一个温暖的微笑。

“呃，嗯，不值一提的。”我结结巴巴地说。也许我该拿着我的清单马上回家。

“哎，别啊，”黑泽尔说，“让我们看看。我敢肯定只要你用心，想干什么都能成。”

我把清单递给她，就像一个学生递交一份明知不合格的论文一样。

她接过来，越往下看眉毛皱得越紧。然后她微笑起来。对着我的清单微笑。也许它没那么糟。然后清单被递给了坦妮娅，她一边读我写的那些在变老之前想做的事，一边微笑。

接着，一件意想不到的事情发生了。黑泽尔问我，能否把我的清单纳入她对女权主义和心理分析的理论研究中来。

“当然了。”我灿烂地笑着。她起身拥抱了我。

“祝你好运！”她在我耳边轻声说。

2月15日

“鱼条门”事件已经过去26天。

我努力想把那件事放下。我真的努力了。我放下了一点，但不是全部。

那根鱼条被用作导弹两天后，它消失了，我以为事情解决了，我以为有人终于受不了，把它清理掉了。然而，我后来才知道，原来是芭芭拉·史翠珊干的，就是我们那条波士顿梗犬，是它发现了鱼条并把它吞到了肚子里。不幸的是，芭芭拉又在杂物间的地板上把它吐了出来，混合着宝路狗粮和它的口水。我打扫时把这黏糊糊的一团放到了便便袋里，告知家里其他人鱼条最新的位置，便便袋现在放在后门外的墙上，需要有人把它扔到垃圾桶里。

这已经是3个星期以前的事了。

今天，我实在忍无可忍了，在带芭芭拉出门散步前，我跟弗雷迪摊牌了。

“顺便说一句，”我说，“芭芭拉吐出来的鱼条还在后面墙上呢。

在我回来之前我希望它已经在垃圾桶里了。”

他看着我，一时有点迷惑。

“为什么让朕干呢？”他问。

“鱼条是你买的，芭芭拉是你的狗。”

“这两个罪名都不成立。”

“你说什么！”我火了。

他思考了一会儿，说：“我买鱼条，用的是上次心理学野外考察时你给的钱，本来要买吃的，后来没用上，因为杰克把他的火腿三明治给了我，他妈妈在上面涂了他不爱吃的芥末。所以买鱼条的钱是你出的。你非要说芭芭拉是我的狗，因为史翠珊的名字是我给起的，这不过是一个方便的借口，目的是让我有负罪感，因为我从来不遛它。我说得对吗？”

“芭芭拉是你的狗，”我咬牙切齿地说，“你9岁那年因为想要它哭了一星期。你还绝食了一天。你几乎就是要挟我们买的它，现在……现在你……你……”

“你刚才提供的证据我完全没印象了，”他说，睁大了无辜的眼睛，“像我说的，这不过是方便的借口，就为了让我去扔那根反刍后的鱼条。”他起身走出了厨房。

“如果我回来时发现它还在那儿，我就把你的美利奴羊毛内裤扔进滚筒烘干机，”我在他身后大喊，“它们会缩水到不成样子。”

“你敢！”他怒气冲冲地转身冲回来。

“不信就试试看！”我说，无畏地迎着他的目光。

“我会自己洗的。”他反驳道。

“你和我都知道这是谎话。”我说。

他点点头。“你在要挟我。”他用手指戳着我的胸口说。

“我也该学着聪明点了，”我说，“来吧，芭芭拉。我带你去散步，虽然你的主人是一个不负责任的撒谎精。”

当然了，我肯定不会跟我儿子承认，我其实很喜欢带芭芭拉·史翠珊散步，它让我感觉到生命中有狗为伴真是一件幸事。我猜测，芭芭拉起码帮我减掉了一磅[①]肉，因为遛它是我唯一的锻炼方式，也有助于防止我沦为“沙发土豆”——这可太容易了。最重要的，也是意料之外的是，我因为遛狗认识了非常有趣的人，在我们的狗嗅着彼此的屁股时，我们会非常愉快地聊天。

尤其是最近，我认识了托比。

托比是一只可爱的灰色灵缇犬的主人，周六早晨我在树林遛狗时经常能碰到他。大概有一年的时间，我们见面时会点头打招呼，因为他长得太帅了，我好像变回了花痴少女，没有像跟其他人那样跟他开玩笑。后来有一天，我发现他情绪有点低落，一问知道是“雪暴”（显然是他妻子给狗起的名字）丢了，我自然主动表示要帮他找狗，结果还真找到了，原来它的鼻子卡在了一个狐狸洞里。托比对我非常感激，微笑着做了自我介绍，还说，以后在小河桥上遇到我，也不能光点头，我们需要多聊几句了。

我期待见到他，老实说。我也说不清楚为什么。我也不是喜欢他，我是说，喜欢他完全毫无意义。他年纪在30岁出头，着装很酷，但一点也不刻意；他仪容很整洁，我敢说他天天用润肤霜，做类似平面设计师这样的时髦工作。哦，有时他还戴一顶圆形鸭舌帽，一般人戴会有点可笑，但他驾驭起来很轻松。我不是喜欢他，我只是欣赏他。他显然很有魅力，看起来是个可爱的男人，但我很清楚，喜欢他就像我期待自己有一天能做出舒芙蕾甜点一样，不过

---

① 磅是英美制质量或重量单位，1磅合0.4536千克。——编者注

是个荒唐透顶的不成立的愿望罢了。

谢天谢地，今天我又看到托比了。我可不是特意卡好点，就为了碰见他似的。我是说，我才不会做出这种中二的行为！但是我俩都喜欢看《周六厨房》[①]（*Saturday Kitchen*）这个电视节目，看完再出门散步，这意味着我们周六经常会碰面，然后聊一下本周发生的事情，这挺特别的，我可不愿错过这种谈话。

“这周还好吗？”他边朝我走来边问道。

“很糟糕啊，”我告诉他，“我现在正跟全家人打仗，这是第 26 天了，就为了看谁能打扫一根鱼条。它是我女儿扔的，我老公最后碰的，我儿子的狗把它吞下去然后又吐出来的。要是我今天回去它还没消失，我就要跟全家人说再见了。”

托比头往后一仰，大笑起来，很得体。他觉得我很幽默，我知道他这么想。我喜欢他这样想，这让我有种说不清的感觉。

“你呢？”我问。

“哦，菲比昨天晚上又冲我大发脾气了。我 9 点之后才回到家，但我事先跟她说过我要去参加一个啤酒派队，只是我忘了把这件事写上日程，所以显然就算我跟她说过也不算数。”

“啤酒派对是什么？”我问。

“哦，就是我上班那栋楼里大家每月组织一次的活动。所有的租户聚在一起，喝啤酒聊天分享想法什么的。真的挺好的。我通过这些派对认识了 3 个客户。而且，昨晚派对上还有人约我见面。”

鱼条，我想着。在我因为鱼条跟全家人怄气时，托比在参加啤酒派对认识新客户。我从没觉得自己这么老，这么落伍。

---

① 《周六厨房》是一档由英国广播公司（BBC）制作播出的直播节目。——编者注

“你在哪儿工作？”我问。

“芥末工厂，”他说，“你知道吗？”

我当然知道了。那本来是城区边上的一栋老楼，最近翻新改成了豪华公寓和一些很酷的办公场所。在我眼里，那就像是天堂。如果我在那儿上班，我会假装自己是纽约肉库区[①]（Meatpacking District）的某个企业家，每天中午跟客户会面，喝着味噌汤，吃着香脆的羽衣甘蓝……我太想进去瞧一瞧了，但我不是它的目标客户，而且我担心保安会把我轰出来。

“真棒啊，”我说，“我很想去那儿看看。”

他没有上钩。“你在哪儿工作？”他问，而没有说出那句我期待的“哦，那有空过来转转吧”。

“嗯，”我说，“我是自由会计师。所以地点主要是在我家厨房里的宜家桌子。我们楼里没有每月一次的啤酒派对，每周三、周四、周五，还有……周六，都喝葡萄酒。我在给阿斯科特大道上那家鱼和薯条店清理账目时，还得帮忙做创意果汁。”

他又头往后一仰，大笑起来，好像觉得这是在开玩笑。

“你有名片吗？”他终于停止大笑后，说，“多认识一个会计总是好事。”

愚蠢的问题。我的名片？我钱包里塞满了别人的名片，但都没用上。现在有人问我要名片，这是真的吗？

“我现在身上没带，”我假装随意地说，“但是如果需要，你知

---

① 纽约肉库区位于美国曼哈顿西部，近年已经逐渐成为纽约一个颇具特色的街区。区如其名，20世纪初这里有超过250家屠宰场及相关的肉类加工厂，而这些旧式的工业厂房至今仍然是该区建筑的一大特色。90年代末，一些时尚品牌店、豪华酒店及特色餐厅进驻该区，很多艺术人员及创意人员也聚集于此，使得该区逐渐成为一个充满时尚风情的地区。——译者注

道在哪儿找我。通常都在这里，撅着屁股捡狗屎。”

“好的，当然了，”他说，“不好意思，我得走了。菲比要去购物。显然我们需要一张新咖啡桌。”他扬起眉毛，似乎在跟我说私房话，好像我跟他一样知道他们家根本不需要新咖啡桌，然后他捏了一下我的胳膊。是的，他居然碰了我一下。

在我漫步走到田野尽头，跨过篱笆栅门时，他的手指掠过我皮肤的感觉依然还在。迈克起码有 10 年没那么碰过我了。

带着漫不经心的亲密。

我们没有牵过手。我们没有即兴的拥抱。我们甚至没有蹭肩膀鼓励彼此。我们要么分离，要么亲热，没有中间地带。这中间地带发生了什么？我想念这中间地带。

我摸了一下胳膊上托比刚刚捏过的地方。

也许我回家可以尝试做个舒芙蕾，我想。

2 月 20 日

去之前我就应该嗅到一点奇怪的气息，真是的。

迈克从来没有安排过我们俩在外过夜。尽管他曾经承诺过，甚至有几次在过生日的卡片上写过，我有点印象，但说到主动订房间，他从来没有过。所以，为了避免我们婚姻里缺乏小浪漫，每次都是我来订。

因此这次当他突然打电话来，邀请我去利物浦共度良宵时，那真是一个小小的惊喜，让我着实兴奋了一阵子，现在想想自己真够蠢的。我甚至还畅想了一下。毕竟，上一次我们俩一起单独出去，还是在一年之前，我们去弗雷迪的学校开家长会，回来的路上顺道去了一家酒馆。那次还不是我们夫妻约会，而是去喝酒买醉，因为弗雷迪的老师跟我们说，这个孩子非常非常聪明，但他好像不愿在任何一方面付出努力，所以将来不会有大出息。我俩喝了两瓶葡萄酒，还大吵了一架，因为迈克说，都怪我在家没有培养他自律的习惯。我说，如果他再说一次这样的话，我就把他这个缺席的父亲的屁股给踢烂。我还说，他需要跟弗雷迪坐下来认真谈谈，激励一下他，给他一些指导。结果，迈克整个周末都没正眼看过弗雷迪，最后只是在他卧室门外放了一本贝拉克·奥巴马的自传。

我坐火车到达利物浦时，正是午饭时间，我好好享用了一块奶酪洋葱三明治、一杯杜松子酒和一听奎宁水，而且，嘿，还有杂志看。迈克之前建议我早点出发，到酒店做个水疗，他大约下午 5 点半回来，然后再带我出去。但我才不想把时间浪费在宾馆的水疗中心。我确定、一定以及肯定自己不想一整个下午盯着某个 20 多岁的美女，她会努力忽视我糟糕的皮肤状态，跟我聊她过生日时去加勒比海度假，钱都是她浓情蜜意的男朋友出的。哦不，我不要这样。我更愿意这样度过下午：穿着毛茸茸的睡袍，喝着茶，吃着黄油甜酥饼干，看着某个有品的游戏节目，跟参赛嘉宾比拼智力。这才是真正的放松。我的确考虑了一下是否要修修眉毛，但转念一想——我一直戴着眼镜，眉毛肯定被挡住了。

我还花了点时间，谷歌了一下“利物浦最棒的餐厅”。我看到有几家时髦又高档，弥漫着一种足球运动员夫人的奢华气息。（哎呀，我在想什么呢？！）有几家听迈克说起过，他在这里外派期间曾经去过，我抱着一丝希望，说不定他已经选出最好的那家，给我们订好了位子。我太兴奋了，说出来都有点可笑，我甚至预留出足足 45 分钟时间来做准备。我是说，我洗了头发并吹干，等等。而且为了以防万一，我还带了那双闪亮的高跟鞋来。毕竟，我们这是在利物浦，女人们出门都会认真打扮，让自己迷人有魅力。我有一个朋友潘妮，她在这里住过一些日子。她跟我说，周五早晨妈妈送孩子上学的时候，头发上经常带着卷发夹，因为她们要准备整整一天，就为了周五晚上出门。所以我能做的最起码的事，就是花平时两倍的时间来做准备。

当迈克回到宾馆房间，发现我已经准备好进城时，我再次忽视了他发出的信号。

"哦。"他说。

我等待着。

"我们离约定时间还有一个小时呢。我，呃，我，呃，我本来想我们可以……你知道的，利用一下宾馆房间，呃，既然你，呃，已经吃了药了。"

我又看到了他那种困惑的表情。他显然没有理解，我吃药是为了别的目的，不是为了可以尽情亲热而不必采取避孕措施。

"如果你认为，我把内衣脱下来是为了在出门之前亲热一次，那你就错了，"我说，"10 分钟后到酒吧见我。"在关上身后的门之前，我正告他，我希望他穿上自己最好的衬衣，不要对不起我的精心打扮。

他下楼到酒吧时，我已经喝了一杯莫吉托了。我本来想点一杯大都会鸡尾酒，但担心他会认为我在上演《欲望都市》(*Sex in the City*)的剧情，而显然他不需要任何鼓励。

"跟你说啊，"他搓着手坐下来，"在出去吃饭前，我们要去见个人。"

"哦？"我问，"见谁啊？"

"这暂时保密，不过别担心，会是个惊喜。"他咧嘴一笑，显然很自鸣得意。

肯定是我朋友潘妮，我想。她搬到这里好几年了，我好长时间没跟她见面了。好贴心啊！他能想到我愿意跟老朋友叙叙旧，这真是太暖心了。其实我原本就想给潘妮发个信息，但想到晚上的奢华大餐，觉得时间可能来不及。

“他们要跟我们一起吃晚饭吗？”我问。

“不，”他轻轻笑了一下，“但是你见到他们后会有足够的时间聊天的。”

于是我点了一杯大都会鸡尾酒，看到迈克这样贴心，还安排我见老朋友，我想我现在对于他出门前的提议可以接受了。我喝了一杯酸酸的鸡尾酒，把酒杯端到与眼睛齐平。我必须承认，迈克很帅。男人越老越有魅力，不是吗？而女人的吸引力似乎在慢慢消失。我努力给他递了一个诱人的眼神，就是我们约会时会让他大受鼓舞的那种。他冲我眨了一下眼，我又变成了那个容易激动的女孩子，不敢相信自己这么好运，“钓”到了一个多金又帅气的男人。然后他微笑了，我怦然心动，忽然记起了当年我为什么嫁给他。我努力抓住这个感觉，想好好保存起来，留到晚上的时候用。

等走到见面的地方时，我已经快残废了。我们穿过市区，来到了阿尔伯特码头附近一处改建的仓库。也许这是潘妮上班的地方，我一边想，一边看着迈克摁响了门铃。门开了，我们走进一个小门厅。迈克带着我上楼。我把所有预警信号都忽略了。比如我们为什么不在酒吧或咖啡馆见面？迈克怎么知道来这里的路？他是怎么得到潘妮的详细地址的？他怎么会突然有这个想法——这完全不像他的风格？

上了3层楼后，那两杯鸡尾酒已经让我有点头晕目眩了。迈克推开一扇玻璃双开门，进入一个空出来的等待区。他看了一下手表，然后径直往走廊尽头的一扇木门走过去，敲敲门，转身冲我微笑了一下。一位金发女士开了门。她不是潘妮。

“嗨，我是海伦。”她说，上前一步握住了我的手，是那种有力的双手握，“你一定是凯茜吧。我听说了很多关于你的事。快请进。”到底是什么样的傻瓜会邀请妻子晚上出来约会，却带她来见他的生活顾问？就是我旁边这个傻瓜！这真是无法言说的糟糕。我一时不知该说什么，便坐在了一张低矮的椅子上，环顾四周，这间房是中性色调的软装，书架上摆满了心理自助图书。我现在本应假装自己是某个足球运动员的妻子，而不是坐在一个闷热的房间里，靠着一个鼓囊囊的靠垫，盯着一本名为《超级吸引者：怎样秀出超越你最狂野梦想的人生》（*Super Attractor: How to Manifest a Life Beyond Your Wildest Dreams*）的书。

我秀出了我那张在震惊和沮丧之下最正常的脸，把它像激光束一样对准了迈克。

“这太棒了，不是吗？”他说，“我代你给海伦打电话，她说她很愿意跟你聊聊，完全没问题。她迄今为止的确只给高管做过咨询，但她想要扩大业务，看看自己是否还能帮助其他人。”

我的脸色没有变，保持着震惊之余的平静。我以为我已经明确表示了我不想见海伦，不想听她为那些出手大方的50岁高管们准备的精彩“共情”话术。

“没关系的，”他拍拍我的手，说，“不必有顾虑。她这次咨询不收费。你是她的小白鼠，明白吗？她想看看这种咨询是不是行得通。”

我不想当任何生活顾问的小白鼠。有吃的我才愿意当小白鼠呢。我并不想到这里来。两杯鸡尾酒在我空空的胃里晃荡，一顿奢华大餐从我的手指间溜走。在这场会面结束后，我们最好去个非常高档的地方，否则……否则我丈夫将会遭遇非常、非常可怕的事情。

我深深地吸了口气。我努力保持镇定。我想我至少应该听听她说什么。

“我通常会在谈话初期先跟客户讨论他们在下一个5—7年的目标。”

我的老天爷，我想，我经历过。我不要设立目标！总之就是不要海伦现在脑子里想的那种目标。

“我的目标就是不要死。”我说。

她目光尖锐地看了我一眼，然后转向我的丈夫，好像在说：“你说过她可能有点棘手，所言不差啊。”

“好的，好的。”她边说边快速地写着什么。

“为了孩子。”我补充了一句。我没有提我的丈夫，因为我今晚上可能就要把他给宰了。

“当然，”她点头道，“有没有跟工作相关的目标呢，或者事业理想？”

迈克根本没让我说话，他就直接插嘴了。

“凯茜当年在布朗塔克建筑公司是财务部门的‘二把手’，”迈克告诉她，“这家公司的营业额超过200万。她在那儿管很大一摊子事。”

“哇哦，”海伦表示出称赞，“真能干。”

“之后她一直给本地一些企业做账目。”他补充了一句。

他到底在说什么？我确定那家薯条店和出租车公司从来没有被贴上过这么闪闪发光的标签。一家“企业”的办公地点应该是在托比上班的芥末工厂，而不是在一条脏兮兮的流浪汉出没的小街。迈克在给海伦提供一些关于我的才能的误导信息。

“嗯，这个信息很棒，”她说，“你一直在实操来保持专业技能水准。这在简历上会是很亮眼的一笔。”我努力无视她屈尊俯就的口吻。

我的眼睛睁开了。简历？为什么我们在谈简历？现在我们聊得有点太远了。上次我准备简历还是大学毕业的时候，努力让参加大学游泳队听起来像是一个了不起的成就，而不只是一个每晚去酒吧的借口。现在简历上还要列“兴趣爱好”这一项吗？我没有任何兴趣爱好。去年我去上了一次普拉提课，这个算吗？

“你愿意去大公司上班吗？”海伦问我，而我正在考虑“总是能够买到不需要熨烫的衣服”在简历上算不算一个加分项。

我想跟她说别多管别人的闲事，但决定采取不同的方式。“当然，那样挺好，”我说，“在他害我被裁掉之前。”我指着迈克，海伦惊讶地倒抽了一口气。

迈克沉重地叹了口气，每次我提醒他我们是怎么认识的时候，他都会这样。“当时，我上班的那家咨询公司介入重组她所在的公司，很不幸，凯茜的职位是被裁掉的之一。”

他总是说“凯茜的职位”，而不是“凯茜”。不是那个被一个外面公司通知裁掉的凯茜。我猜如果你一辈子的工作就是让人失业，你就得这么不近人情。

“他在我的欢送会上拉住了我，”我向海伦解释道，“我丢了份工作，捡了个丈夫。”

“原来是这样。”海伦点头道，她看起来很不舒服。她给了迈克一个慌乱的眼神，显然这对她来说是新消息。

“这跟她的能力没有任何关系，”他补充道，“她知道这一点。她工作做得很出色。她可以明天就走进一家中等规模的公司，然后成为很有价值的资产。”

我注意到他没有说大公司。

我鼓起了腮帮子。我不想待在这里，实在忍不下去了。我只想去一个有品位的餐厅，假装（哪怕就一晚）我是一个有品位的人，要打扮得美美地去吃顿饭，而不是一个焦虑的中年妇女，担心她儿子拿着女士美容剃毛器下一个要去祸害谁。我也知道我绝对不想谈论就业资质和简历，规划着“杀回前线”的路径。

“很多女人在离开职场很久之后，再回去时都会感到紧张。”海伦说。

“我真的认为该你上场了，”迈克说，他把身子靠过来，把手放在我的手上，“你为家庭牺牲了太多。我想让你知道，我真的很感激你做的一切。”

我吞了吞口水。上次我听他说这句话，还是在2003年那次大争吵时。记得他第二天要飞去巴黎开会，问我应该戴哪条领带，当时我正在手忙脚乱地收拾宝宝的粑粑，于是就爆发了那场史诗级别的争吵。说真的，我差点把尿布扔到他身上。

“我只是问你一下该戴哪条领带呀。”他说，而我已经哭成了泪人，根本停不下来。

“所以这就是我的生活了，是吧？”我怒斥他，“为你精致的国外旅行选领带，而我待在家里，让孩子抓奶，头发上沾着粑粑。”

现在，迈克正面带微笑地看着我，但对我而言，这个微笑已经没有了宾馆酒吧里那个微笑同样的效果。

“现在是你的时间了，”他对我说，“真的。”

我眼角的余光可以瞥见海伦，她正对他笑着，好像他是世界上的最佳丈夫一样。

“我可以向你推荐一些非常棒的课程，帮助你提高一下面试技巧……”海伦说。

我说不出话来。我意识到我的下巴在动，但是没有声音发出来。

“但恐怕我现在得走了，”海伦说，她看了一眼手表，站起身，“我要赶时间去参加一个颁奖典礼。见到你很高兴，凯茜。和你聊天很愉快。”

我站起来，茫然地跟她握了握手。刚才到底发生了什么？

“嗯，顺便说一句，迈克，”她转向他说，“我跟伯明翰大学的教务长聊过了，他说他很愿意和你见面聊聊他们的教师培训项目，让你能了解更多信息。他们那里年龄偏大的学生占很高比例，也许这会让你感觉好一点。”

我看着迈克跟海伦道别，仿佛海伦刚刚宣布我们脱离了某个重大疾病的险情，现在终于可以继续生活了一样。他不只是握了她的手，而是用双手握着她的手，直视着她的眼睛。

“非常感谢你做的所有，”他灿烂地笑着并说道，“真的，你让一切都变得不同了，对吧，亲爱的？”他边说边转向我。

“嗯哼。”我皱着眉头说。

“好吧，我们就不打扰了，”他补了一句，“下周同一时间再约。希望到时我已经抽出时间跟伯明翰大学的人谈过了。再见，海伦。再次感谢。”

他现在已经谢了她两次了。我认为这是他感谢我的双倍，而我又为了提升他的生活质量做了多少事？！

我们走下楼时，他看了下手表，惊呼一声：“哎呀，都这个时间了。我们得跑过去，不然就错过预约了。”

就这样，等我到了那家码头边的时髦餐厅时，脚上已经磨起了水泡，那叫一个痛！发型也乱了，腋下都是汗地挽着一个大白痴的胳膊。

“我们先点餐，然后再谈谈海伦吧？”我们坐定后他说。

“对我的耳朵而言真是美妙的音乐。”我皱着眉说，然后把脸藏到了菜单后面。

当服务员过来等着我们点饮料时，我做了第一个举动，表达我对今晚活动的不满。

我点了红葡萄酒。

我们一直都点白葡萄酒，因为迈克更喜欢白的，而我两个都喜欢，因为，唉，它们都是葡萄酒啊。有时我想要来杯红酒，但因为迈克更喜欢白的，我总是迁就他喝白的。

“但我想要点一份鱼？”看我一把抢过酒水单，快速点了马尔贝克[①]（Malbec），他抗议道。

“所以呢？”我说。

“白葡萄酒跟鱼搭配更好。”

“谁说的？”

“不是吗？”他问那个对此全无兴趣的侍者。

她冲他眨眨眼睛，然后视线扫向我。

“马尔贝克。”我再次确认，然后合上酒水单，递给了她。

“你这是为什么呢？”侍者走了之后他问道。

“什么？”

“点红酒。我们从没喝过红酒。”

我吞了吞口水，说道：“我在想，这一次我想要自己做主。”

“那是什么意思？”

“比如我想由自己做主：是否愿意继续浪费我的时间跟海伦谈话。”

“请不要再用芭比的声音说话了。我以为你会高兴。是你上次

---

① 马尔贝克是酿酒红葡萄品种，广泛种植于阿根廷等地，是阿根廷红酒的象征。——译者注

说你想要一个生活顾问的。”

“我是说过。但后来我又说，不想跟海伦谈了。你替我做主，只是你自己认为我想跟海伦谈。”

“但她很好。”

“只是你自己认为，我想跟海伦谈。”

他冲我眨眨眼睛，说：“可能因为我认为，如果不去见海伦，你最后也不会跟任何人谈，那样我们该怎么继续度过今天呢？”

“我们会吃一顿美味的大餐，好好聊聊天，可能晚点甚至会上床，我们本来会这样度过今天，但是现在不可能了。”

“但是你吃药了。”

“拜托，看在上帝的分上，忘了我跟你说我吃药的事吧。我吃药跟上床一点关系都没有，我再重申一遍，一点关系都没有。”

他再次露出了困惑的表情。

“如果不是因为海伦，我都不会坐在这儿，对不对？你邀请我到这儿来，就是为了见她，对不对？”我问。

他躲开了我的眼神，算是承认了。“她说有个时间空当可以把你安排进来，我觉得机不可失。”

“但是我不想见她。我跟你说过了。”

“你觉得这会是更年期开始的症状吗？”

“什么？”

“我是指你忘记自己说过你想要一个生活顾问的事。我最近一直在看这方面的东西。显然你的记忆力会大幅下降。”

所以现在我们的谈话要往这个方向发展了吗？所有对我缺点的指控都会被轻易归入更年期症状之下。

“我的记忆力没问题，”我强压怒火低声说，“是你忘了我说我不想见海伦。要怪就怪你老糊涂，跟我没关系。”

“我没老，我也没有忘事。”

“你忘了我们的结婚纪念日。”

“什么！什么时候的事？”

“4 年前。”

“上帝啊，你说得对。你的记忆力确实没问题。我当时道歉了，但显然你还没忘记。”他生气地低声说。

“你们想品一下酒吗？”侍者回到桌旁，向我问道。

“不需要，”我说，“直接倒就好。”

我们就这样在餐桌对面彼此瞪视着对方，侍者用了极长的时间倒出了少得可怜的酒。

“是这样，我原以为跟海伦见面会提升你的自信心，”等侍者终于走开，迈克开口说，“让你看到你可以成为公司有价值的资产。她只是想帮忙，凯茜。”

“但她帮不上，对不对？她对我们根本不了解，却在告诉我们什么对我们是最好的。我是说，你看看她。她差不多是我一半的年纪，她有什么资格指导我怎么生活？”

“我只是想你可能需要帮助。”迈克说。

“我完全有能力自己想出解决方案，我不需要一个顾问把我指向一个我根本不想走的方向，”我说，“我会找到自己的路的，非常感谢。”

迈克盯着我看了一会儿，然后点头说，“那我就不插手了，你自己来处理吧。”

“这就对了。”我说。

“我们谈谈其他事情吧？”他问道。

“完全同意，”我说，“如果我们要挽救这难得的夜晚，我建议我们可以谈一些风险不高的话题，比如脱欧，或者我们今年圣诞节跟哪家父母一起过。”

他点点头，喝了一大口红葡萄酒。

接下来的夜晚还是比较愉快的。我们又和好如初，这是老夫老妻想要熬过频繁争吵而需要锻炼出来的能力。

平淡的话题，比如昨晚的电视节目，在这种情况下都是极好的话题，又安全，又没有任何导致吵架的理由。对《地段、地段还是地段》[①]（*Location*，*Location*，*Location*）的深度讨论，挽救了许多人的婚姻。

2 月 28 日

今晚是读书会。我在厨房问露易丝，她是吃药后多久例假才停的。她说时间太久她记不清了，但是肯定至少有几个月。我听完大失所望，因为我迫切想要从我的清单上完成一项，来确保自己在取得进展，但是得等到例假确实停止才行，否则我会感觉自己在作弊。

坦妮娅把我拉到一边，问我清单上的事进行得怎么样。我跟她说了下进展，她也认同既然我已经采取了行动，一定能把 2 月的事项划掉。任务差不多已经完成时，她看起来那么骄傲，差点让我心碎了。如果我只是打电话给医生，然后开药，就让她这么佩服，那她原来一定觉得我就是个白痴。

我没在读书会上谈我的例假问题，因为今晚的话题是葆拉的缺席。她给索妮娅打电话请假，说因为压力大，身体出了问题。她在

① 《地段、地段还是地段》是一档在英国第四频道播出的房地产真人秀节目。2000 年 5 月首播，到 2021 年，这个节目已经播出了 35 季。——译者注

开会的时候睡着了，是真的睡着了。不过，上次读书会时她就打呼噜了。还有一次，我们约好一起去约克郡参观勃朗特故居博物馆，我和她住一个房间，她也打呼噜了。那次说是去参观博物馆，但因为半路在一个酒吧吃午餐忘记了时间，赶到的时候离闭馆只剩下40分钟。尽管如此，我们还是可以说我们去过了（或者说，我们可以告诉别人我们去过了），这样听起来我们就像一个真正有品位的读书会了。

话说回来，葆拉被安排去和人力谈话，人力让她填了一份调查问卷，结果显示她有压力，而这对她来说是新闻。

她告诉总裁，她认为这只是更年期的症状，一听到这儿，总裁就让她收拾回家，就像她有传染病一样，强制她卧床休息两周。索妮娅说，葆拉的口吻听起来开心极了。《王冠》（*The Crown*）这部电视剧她还一集没看呢，所以能有两周假期真是太好了，而且她还可以补补觉。她说休息之后她感觉好多了，完全恢复正常了。她跟索妮娅说，她下个月一定能回来参加读书会，但索妮娅对此似乎不太确定。

3月

March

告别做饭

3月1日

柯斯蒂出生后，我已经做了至少3800顿饭。

整整3800顿！

这还是非常非常保守的估计。我还没算上假期，因为雪上加霜的是，假期里我们还经常自理膳食。

我讨厌做饭。我曾经为了逃家政课，让妈妈给我写病假条，我渴望摆脱这门课。

这其中至少2000顿饭，曾经被家人嫌弃，有时他们直接说没法吃。

我花了至少整整28周做一件我厌恶的事，效果也很差，无人欣赏。

如果我想要花这么多时间围着锅炉转，我就直接上烹饪学校了，不是吗？只是我不需要去。我只需要结婚生孩子，然后厨师的生活马上就在我面前展开了。

“喂，这里是匹克灵烹饪学校，有什么能帮助您？”

“您好，我好像不小心进了餐饮行业，但没有接受过任何培训。”

“了解。您是想让我给您寄份招生简章吗？”

“我的天，不。我讨厌烹饪。我想让您给我派一个学生过来，最好是二年级的。我不想要一个毫无经验的新手。”

“恐怕我们不能把学生雇出去教授烹饪。”

“不不不。我不是让他们教我烹饪。我想让他们来给我家里人做饭。我要与做饭彻底‘say byebye’。结束了。我再也不要做饭了。”

“所以您是想要给您家雇一个私人厨师。”

“呃，不不，不完全是。那听起来很维多利亚·贝克汉姆，好像他们要做一些健康食物而不是人们通常喜欢吃的食物。不，我想要的就是有个人每周来我家一次，做四五个菜，可以放在冰箱或冷冻柜里。这样，我就再不用面对孩子们失望的土豆泥脸了。”

“明白了。嗯，您这样的要求挺少见的。我不确定该问哪个部门。”

“少见？什么，您之前从来没遇到过有人打电话来，问贵校的学生能否给他们做饭？我打的号码对吗？这是匹克灵烹饪学校，对吗？”

“是的。之前确实没人提过要请人到家里给家人做饭。”

“啊，我认为你们错过了很好的市场机会。外面不知有多少女人讨厌做饭，我猜你们有许多学生喜欢做饭，渴望积累经验，更重要的是，渴望挣点钱。我要说，这简直是天作之合。搞不懂为什么之前没人想过这个事情。我们日复一日地做自己讨厌的事情，这简直太蠢了。是时候解决这个问题了。”

“好吧，我会跟瓦特金斯大厨谈谈，看他怎么想。”

“好的，好的。我下周再打电话，到时您可以给我一个对这件事感兴趣的学生名单。再见。”我把电话放下了，在日记里记录了一下，这样我就不会忘记一周后再打给他们，虽然我非常确定我不会忘记这件事。

3 月 5 日

这是迄今为止最棒的一次遛狗。也许我们养芭芭拉这么久，就是为了这一天。今天，我为我家有只狗而欣喜若狂，自从弗雷迪

10年前要求养只狗，我不知捡了多少次狗粪，而今天，我几乎已经原谅了弗雷迪。

实话说，自从上次托比问我要名片，提到认识一个好会计能帮上忙后，我一直在半跟踪他。我几乎住在了树林里，希望能偶遇托比，希望他能拜倒在我脚下，给我一份工作时间又短、酬金又可观的合同，好让海伦和迈克把他们的简历和面试技巧那套收起来。但奇怪的是，他一直没有出现……直到今天。我看见他从桥上过来，我的心跳开始加速，很久都没有这样的感觉了。然后他看到了我，给了我一个最灿烂的微笑。

“我就想着能不能碰见你。”他边走近我边说。

不知为何，我的心脏开始狂跳起来。为什么他想见到我？为什么为什么为什么为什么？

“你上次提到你是会计对吧？”

我的心情立刻低落了。他想要的是我的头脑。不，这挺好。我希望他想要我的头脑。那是当然的。

“是……的。”我说。

“唉，我刚解雇了我的会计，说来话长，但我记得你说过，你给人理账，所以我想问问你，是不是愿意给我帮忙。”

哦，我的上帝！我的幻想竟然成真了。我绞尽脑汁试图回忆我当时是怎么跟托比描述我的职业状态的。我是诚实地告诉他，我的雇主就是一家鱼和薯条店、一家出租车公司和一个未来的小说家？还是跟他说了夸张的版本——我是个很抢手的财务好手，有很多非常重要的客户？

“我的意思是，如果你太忙没时间，我理解的。我知道你有很多非常重要的客户。”

“不……不，”我说，意识到我一定是在什么时候夸大了我的兼职工作，“我确定能把你安排进来。”我努力让自己不笑出声来。这太幼稚了。

“不过现在到财年末尾了……”

“不，不，说真的，我回头看下日程表，看我能怎么帮上忙。”

“真的吗？”他说，抓住了我的胳膊，给了我一个极具魅力的微笑。“你真是救了我的命。真的，我昨晚一晚上没睡就在担心这件事。给，这是我的名片。”他说着，从钱包里掏出一张时髦的半透明蓝色卡片，上面印的字很小，我几乎看不清。

“托比·迈尔斯，”我眯着眼睛读出来，“自由平面设计师。”我就知道！我就知道！他的确做的是很酷的创意工作。

“是的，”他说，“我在芥末工厂上班，我跟你说过吗？”

“说过，”我使劲点头，“如果你愿意，我可以去那儿跟你见面，到时候你再告诉我需要我做什么。”

“真的，你确定吗？那真是太棒了。我会预定一下联络会议室，这样我们可以在一个安静点的环境里谈话。我跟一个网页设计师和一个康普茶进口商共用一间办公室，所以可能有点吵，不过嘿——我们有免费的康普茶喝。”

我不敢问他康普茶是什么，听起来像是一种药。

“所以你是真的感兴趣，对吗？”托比问。

我感兴趣吗？当然了，是的。有机会在芥末工厂上班，那里有乒乓球桌、真的氮气咖啡[①]（Coffee on tap），还有……啤酒派对！我可以去参加一次啤酒派对。我，一个48岁的有两个孩子的中年老母亲，终于可以在某个周五晚上去参加派对，然后跟迈克道歉，说我要晚点回家了，因为我要在啤酒派对上挖掘潜在的新客户。这

① 氮气咖啡，又译气致冷萃咖啡。——译者注

是我愿意生活的那个世界。这是我可以逃离更年期的世界。也许如果这行得通，还可以摒弃迈克和海伦那个把我推向全职工作的邪恶计划。

“还是感兴趣的。”我说，努力表现得轻松随意。

“那就好，”他说，“你有名片吗？”

他上次就问过我了。他不记得跟我说过的话了吗？

“不好意思，我现在身上没带，”我又重复了一遍，“不过我可以写邮件告诉你哪几天我可以来见你。”

“太好了——太好了。完全没问题。这太棒了，”他补充说，“你不知道你真是救了我的命。”他看起来很感激，是真的感激。

我没有告诉他，其实他刚刚也救了我的命。

3月8日

今天早晨，当我打开门迎接我们未来的新大厨时，罗比完全在我意料之外。

一个19岁的男孩，身高超过1.8米，穿着邋遢的牛仔裤，发型糟糕，身上还有很多刺青。

我邀请他进来，给他倒茶的时候，看见他在我家四处窥察。我当时脑海里掠过一个想法——也许邀请一个彻头彻尾的陌生人到家里来确实有点鲁莽，但同时我又责备自己说，不要以貌取人，虽然他上臂有匕首的文身，但不代表他就会谋杀我。

我把茶端到厨房里他面前的桌子上，然后坐下来，忽然意识到我根本没准备好怎么进行这次谈话。我不能直接问他厨艺好不好，对吧？他可以随便回答。我在脑海中拼命回忆当初上班时我是怎么面试求职者的，都问了哪些问题。

“嗯，”我试探着说，“你对烹饪的热爱是来自哪里？是你妈妈吗，或者奶奶？很多厨师似乎都是受到家里人的影响。很不幸，我家两个孩子没有一个可以激发他们烹饪灵感的母亲。”

我在东拉西扯。我需要让他说话。

他把茶放下，叹了口气。“我 13 岁的时候我妈就去世了。所以我必须学会做饭，不然就得饿肚子。”

我的天——真是有史以来最糟糕的面试开场。

“哦，了解了。唉，抱歉提起你的伤心事了。”

“不是你的错。”他耸耸肩膀。

“哦哦，当然。所以我猜你擅长‘无米之炊’。你知道的，因为你妈妈不在了，所以食材很少。”

我到底在说什么？我需要闭上我这张臭嘴。

“哦，是的，”他咧嘴一笑，“你应该看看我用一听豆子和一些蛋奶沙司粉能做出什么来。”他低头开始摆弄手指。

“豆子屈莱弗[①]（Bean trifle）？”我问。

他抬头咧嘴笑道：“差不多。”

“嗯，你想听听我的要求吗？”我问。

“你不会做饭，想让我来帮你做，对吗？”他说。

“差不多是这样，”我点头道，“我在想，你可以提前给我一个你需要的食材清单，然后每周来一次，做四五顿饭，把它们放在冰箱或者冷冻柜里。”

“好的，小事一桩。我可以在周一下午 3 点到 5 点过来。我们放学早，做完饭后我再去‘狗和鹦鹉’餐厅打工。”

“你还在那儿打工？”

---

① 豆子屈莱弗是一种英式传统甜点。——译者注

“是的，每周5天。把我弟弟放在‘果酱’（Jam Butties）餐厅。”

“你还有个弟弟？他多大了？”

“15岁。”

“所以你们跟爸爸住在一起？”

“没有。”

“这样啊。”

“我妈死后，他就变得很怪。我一有能力就赶紧搬出去了，然后，我再大一点时，托莫就过来跟我一起住了。”

“这样啊。”我吸了一口气，下面该说什么呢？

我说了那句感觉唯一能说的话：“你什么时候可以开始呢？”

3月10日

“我认识罗比。”坦妮娅说，我正在跟她分享这个消息，告诉她我找到了机智的解决办法，余生可以不用做饭了。“他妈妈去世后，他在几个寄养家庭进进出出了一阵子。他不喜欢他的继母，他继母也不喜欢他。”

“他没提继母和寄养家庭的事。”

“简单点说吧，他爸爸选择了他的继母，放弃了他。所以我想他在努力忘掉她。”

“嗯，他有一个月的试用期，看看能不能行吧。”

“听起来这个解决方法得花不少钱。”坦妮娅说。

我摇摇头。“如果把超市采购的钱，加上从拐角商店购买昂贵的方便食品，还有外卖花的钱，然后减去弗雷迪和柯斯蒂在学校的饭钱，因为他们晚上要吃得好一点，我想最后算下来应该差不多。

起码东西都比我做得要好吃。”

“希望如此。”坦妮娅吹着她的热茶，低声说。

“再说，我刚给自己找了个新客户，”我继续说，“我会有一些外快进账。这应该可以填平，而且迈克还是想去再培训然后当教师。我跟你说过他正在见一个生活顾问吗？她对他的新事业计划非常‘鼓励’。”

“生活顾问还挺有帮助的，”她说，“一个客观的视角可以让事情变得完全不同。”

我听完不太高兴。坦妮娅明明是我的朋友，她应该站在我这边。

“但她对我和迈克的家庭还有我们的情况都不了解，怎么能给出建议呢？她还让我更新简历，申请去压榨人的大公司上班。我想说，我就要到更年期了。你不忍心让我再去大公司财务部门，接受一个什么也不懂但爬得挺快的小年轻的领导吧。我在晚上盗汗和缺觉之后，会杀了他们的，就因为我吃了药，迈克认为我想要随时随地和他亲热。这真的不安全，我跟你说。我不要为自己的行为负责任。”

“你可能会发现大公司在管理多元化员工方面，比小公司要更专业。”

“哦，所以我就要成为多元化员工中的一员了，是吗？要被人问，你绝经了吗？还没绝经，我想知道我能获得什么特殊支持？盗汗时会有冷毛巾，这真是棒极了！”

“那你到底绝经了没有？”坦妮娅问。

“没有。”我没好气地说。

“那到围绝经期了吗？”她小心地说。

“那是个什么东西啊？更年期的胎盘做成的某种饮料吗？”

“不是……就是更年期之前的情况。”

“然后呢？”我急迫地问。我从来没听过“围绝经期”这个说法。

“嗯，症状跟更年期很相似，你知道，就是热潮红、性欲减退、疲劳、情绪波动……”

“这二者有什么区别吗？”

她叹了口气，开始解释，可能对我的反应过度有点疲倦。

“根据研究，在更年期之前你会经历围绝经期。在你的卵巢停止排卵时，更年期才真正开始。”坦妮娅说。

她怎么什么都知道。

“但它们的症状是一模一样的？”我问道。

“差不多吧。”

我不明白。或者说，我不想明白。我想要用手堵住耳朵，屏蔽这些信息。听起来这是说，我虽然没有绝经，但也可能有更年期的症状。这根本讲不通嘛。

“所以，你清单上的事情已经可以勾掉两个了，”坦妮娅说，可能是在努力让我分心，“你可危险了，在这件事上越来越棒了，真的就要做成点事了。”

“嘘嘘嘘——”我说，“这么说不吉利。我接下来要面临一些大事了。真正的大事。如果迈克的想法还是没变，那我不确定我清单上有任何事能把我从那个洞里解救出来。然后我就死定了。”

3 月 12 日

我向弗雷迪请教，和托比见面时我应该穿什么衣服，以免在超酷的芥末工厂里出丑。

“头上套个袋子。”弗雷迪说。

我问柯斯蒂是否可以帮我化妆，希望跟她同处一室，可以有机会假装随意地套出她跟“邪教徒卡尔”的进展情况。然而她跟我说抱歉，她没有时间，然后就离家上学去了，脸上一点妆都没化。我暗暗地提高了“处理柯斯蒂的恋爱生活”在我的待办清单上的优先级。她已经处在水深火热之中了，我能看出来。没有化妆？这要么是为了让那个可疑的邪教徒注意到她；要么是他拒绝了她，她也放弃了，并且进入了完全的抑郁状态。不管是哪种情况，我确实需要好好想想怎样帮助她度过这个危险阶段。

我化着跟往常一样80年代的淡妆，忐忑不安地来到芥末工厂。为什么？我也不清楚。我比这栋楼半数以上的人阅历都丰富。我是一个成年女人，我生了两个孩子，我的例假眼看就要停止了。见一个比我小15岁的男人，我根本没必要紧张。就因为他长得帅，在一个很酷的地方，做着一份很酷的工作，我也不应该感到焦虑。

到了接待区，我不敢坐下，因为座位太矮了，我担心托比下楼接我的时候，我得请他把我拉起来。这里有裸露的墙砖，一个有文身和很多耳洞的咖啡师，一些建筑和设计杂志，一看就没有多少名人八卦。角落里摆放着一些可以玩的古董玩具：一双四轮溜冰鞋、一个弹簧单高跷、一辆哈雷车和一个弹跳球。“哦，这些老玩具可真古怪。”我听见一些年轻潮人经过前台时说。我心想，你们这代人的玩具还剩什么了？诺基亚610手机和一堆无线蓝牙耳机？至少我们曾经拥有过真正的玩具。

居然还有狗！狗被牵着走进来，在接待桌那边的设计师版水碗处大口喝水。显然它们是年轻职员们的必备饰品。黑莓手机已经过时了。欢迎来到汪星人的世界。早知道这样，我就带芭芭拉来了。但它很可能会把早晨吃的牛粪吐到托比的名牌鞋上，这可不是一个好的开始。

10 分钟后，托比快步从楼梯上走下来，连声道歉，说刚才在跟一个难缠的客户打电话。

“我不擅长跟他们沟通，因为他们在最后一刻要求做改动，我得花 6 个小时才能完成，所以必须多收他们钱。但我太软弱，就让步了。”

“嗯，作为你的会计，我的第一个建议就是立刻停止这样做，”我抬起眉毛看着他说，“你又不是注册的慈善机构，对吧？”

“不是，”他说，“如果我不开始追查发票，没有钱进账的话，公司可能就要倒闭了。”

“这样啊，”我说，挺起胸，我知道怎么玩这个游戏，“你最好一五一十地跟我交代一下你到底有多少麻烦。”

托比用了两个小时，才让我完全搞清楚他的麻烦有多大。我告诉他，我们坐在联络会议室是没有意义的；他最好让我亲眼看到最糟的情况，带我去他保存文件的地方。然后我们到了他的办公桌旁，他给我端来一杯茶，杯子上还有个缺口，他给我展示了他根本不存在的财务体系，努力找出他所有的发票和收据。

“这就是所有的了？”看到他好像找完了，我说道。

他看着我，想了一会儿，眨了眨睫毛。“我只是一个男生，希望有个女生来整理我的生活。”他抽泣着说。

我的老天，我想，这是什么操作？他是习惯了利用自己的长相，完全忽略了他面前坐的是谁？还是说，我在他眼里是某个绝望的主妇，为几句奉承话就愿意做任何事？

我深深吸了一口气，然后跟他说了一下我能提供什么帮助。

“你需要的不只是一个会计，你需要一个财务和办公室经理。

现在，我能为你做这些事，这样到明年这个时候你也许还不会歇业。我提议，我一周可以工作 15 个小时，把基础工作先做起来，一直到年底，然后我们做一个复盘。”

他抱住我，不停地表示感谢。“我就知道你是这份工作的合适人选，”他在我耳边说，“那天我手上沾了狗屎，你借给我湿巾，我就知道你会成为我的工作姆妈。我们一定会合作愉快的。”

工作姆妈！工作姆妈！工作姆妈是个什么东西啊？

“不过我得跟你说，”我还没从这个标签以及那个即兴拥抱中回过神来，他继续说道，“你也看到了，我现在还没有盈利，所以我只能付给你最低的报酬。但是，等你帮我整理出头绪，我付清了欠债，会非常愿意补偿你。”

我满脑子想的是，如果我告诉迈克我接受了一份给年轻创业者打工的工作，他会怎么说。“*你做那个到底想干什么？满脑子创意点子，就是不知道怎么挣钱。*”这话说得倒是挺到位。

我环顾四周。我想要这份工作。我想要待在这里。它也许不能帮助我还清贷款，但总比某个赚钱的大公司更有意思。

在我走之前，他把我介绍给吉米，那个和他共用办公室的网页设计师，当我跟他说我是一个真的活生生的会喘气的会计时，他看起来真的是由衷佩服，问我他还清欠债后能不能跟我聊聊。然后维罗尼卡（一个很友善的南非女孩）给我泡了杯康普茶让我尝尝。原来那不是一种药，而是一种发酵茶。

“它就是我想象中堆肥的味道。”我告诉她。

“我知道，”她大笑道，“但是肖尔迪奇[①]（Shoreditch）的咖啡

---

① 肖尔迪奇是伦敦最热闹的中心区之一，集聚了大量高科技企业和新兴互联网公司，还是伦敦艺术氛围最浓厚的街区，汇聚着伦敦最早一批创意人士。——译者注

店觉得它好喝到飞上天！我爱那个地方。”

托比和我在门口握手，他真的很感激。对这份工作，我只希望自己能撑到至少参加一次啤酒派对。

3 月 16 日

今天晚饭时没人说话，我知道一切都是值得的。

往常这时候，我会看到有人不高兴地撅着大嘴，听到餐具刮擦盘子的声音，把下不了口的食物推来推去。今天，他们全都在大口吃着一份美味至极的火鸡千层面。柯斯蒂本来说她不吃红肉，但今天又宣布自己不吃鸡肉就没法活。弗雷迪之前威胁说要吃素，现在也不提这茬了。

我想看看谁先打破沉默。当然是弗雷迪了。

“这个盘子里的东西不可能是你做的。包装在哪儿呢，妈妈？”他问，“你肯定又是买的方便食品。”

“上次我买是因为你有玩伴来咱们家，”我说，“我想显示我是个好妈妈。”

“你买的东西过期了，导致我们俩都食物中毒了。”

我叹了口气。

“这是我吃过的最好吃的千层面之一，”迈克说，舔了舔嘴唇，“上面放的是什么奶酪？不是切达奶酪吧？”

“不知道，”我说，“是罗比做的。”

“罗比是谁？”迈克问，抬头看着我。

“罗比是烹饪学校的学生，他同意一周来家里一次，给我们做饭，这样你们就不用吃我做的难吃的饭了。”

“冰箱突然变得干净整洁，也是这个原因吧？”柯斯蒂说，“我拍了一张照片传到我的照片墙上了。它看起来好……好健康。”

我点点头。周一下午 3 点整，罗比到家里之后，做的第一件事就是禁止我进厨房。他把冰箱好好整理了一番，然后冰箱看起来就像《名人豪宅秀》①（*MTV Cribs*）节目里的冰箱一样。我都记不得自己上次这么高兴是什么时候了。

“他还整理了我们的冰箱？”迈克吃惊地问。

我点头，说道：“他能做饭，做完还给洗餐具，芭芭拉 · 史翠珊很喜欢他。他用了足足半小时抚摸它，让它觉得圣诞节到了。”

“但它更爱我。”迈克说。

“我表示怀疑，”我抽了一口气，“且不提关注它，上次你看见它是什么时候？罗比说，下次他来会给它带些好吃的。”

“芭芭拉没那么容易被贿赂，”它知道谁靠得住。你从没提过你要找人到家里来做饭，”他补充了一句，“你是什么时候决定这件事的？”

“大概就是在你决定需要一个生活顾问帮你提升幸福指数的时候。我想你会同意的，罗比对提升咱们家幸福度的影响要比海伦大得多。”

“我们太需要让这小子来了，”弗雷迪边说边吃了一大口千层面，“不管他是谁。为了做饭这么好吃的人，我什么都愿意做。”

“我也是。”柯斯蒂说。

“我也是。”我跟了一句。

迈克张开嘴想说什么，但显然决定还是算了。我想知道他付给海伦多少费用，肯定比我付给罗比的要多得多。我有信心，在让我保持精神健康这方面，罗比一定会比海伦有价值得多。

---

① 《名人豪宅秀》是一档美国电视节目，每集拍摄一位名人的住宅，被认为是探索现代名人文化和 21 世纪消费主义的破冰之作。——译者注

3 月 19 日

我知道我不该无视它，但我拒绝成为手机的奴隶。它不是传呼机，我告诉自己，当它嗡嗡作响时，我假装自己在看《初次约会》（*First Dates*）的重播。我是它的主人，不是它的奴隶。我不会每当电话响起就立马跑去接，我的电话要等我，而不是反过来。

但是，我今天犯了大错误。

天大的错误。

有时，一场谈话有它自己的节奏，它可能不受你的主导，在你没有插入必要的明智言语以确保只达成你的目的并让它保持正轨的情况下，就自顾自往下发展了。我之前遇到过这种情况——有一次我只是漏看了一条群聊消息，结果其他人就决定了我们要开车参加一场圣诞节派对。你说，这是多么疯狂的主意!

今天这场特别的谈话逐渐升级，酿成了严重的后果，极为严重，严重无比。就像你没有看好一口锅，结果它沸腾四溢，这让你决定今后永远不要推迟看手机信息。

“妈妈的膝盖”群聊

丽兹：我有一个好消息和一个好消息。妈妈上周去看医生，转到了住院部。她早晨打电话来，说她预约了下周的手术。

妮可拉：哇哦，丽兹，做得好。你到底跟她说什么了？

丽兹：嗯，这就要说到另一个好消息了。我打电话邀请他们夏天来我这里住几天，但是又说，她必须先把膝盖治好，否则他们可能不让她坐飞机。

妮可拉：哇哦，她相信了？我是说，他们会让她坐飞机的，对吧？

丽兹：很可能吧，但是我想一点激励可能有用。确实是好消息，对吧，凯茜？

对话到这儿有一小时的空档期，如果我说话了，事情最后可能完全不同。然而，不幸的是，我没有看群聊里的信息，因为同时有其他人给我发短信，“胁迫”我为家校委员会的咖啡早会提供志愿服务。

丽兹：我能跟你们说另一个好消息吗？

妮可拉：哦好——快说。你给爸爸买了一辆名爵汽车吗？哦，我多希望我也能嫁个飞行员。顺便问一句，帕特里克还好吗？丽兹，你真是个幸运儿。不过，如果我嫁给了这个医生……

丽兹：帕特里克挺好的，我们没给爸爸买名爵车。妈妈说她和爸爸年纪太大，没人陪着不能飞。我说不用担心，所有人都可以来！！帕特里克可以给所有人都弄到机票。是时候我们所有人聚一聚了。妈妈的75岁生日快到了，我们可以在这里举办一个派对。你会来的，对吗？我在想可以在8月空出10天。如果你们不陪她来，我不确定她会不会去做膝盖手术。

妮可拉：你说什么！你是认真的吗？我们所有人，包括孩子们？

丽兹：当然了。现在帕特里克是所有飞行员的老板了，他管着很多航班，所以大家应该都可以来的。

妮可拉：哇哦，丽兹，这真是太好了。如果我那时还跟劳伦斯在一起，他能来吗？

丽兹：可以啊。你们现在相处得还好吗？

妮可拉：非常好，很顺利。哦我的天呐，我太兴奋了！我跟孩子们说了他们一定会爆炸的。你说得不错，这真是好得不得了的消息。

不，这不是好消息！我翻看着聊天记录，嘴巴开始慢慢变干。我能感觉到心脏开始狂跳。我做了什么？我怎么会让这件事发生？这是一个极其慷慨的提议，我应该感激涕零，但负面情绪开始以惊人的速度在我心中滋长。带着我爸妈长途飞行……简直就是折磨！我妈不会小声表达不满，上次我带她坐飞机，她问空姐她是否可以换个座位，因为她身边的人有口臭。她说这话时，那个人就坐在她旁边！而这次，我将有10天体验着我姐姐丽兹高大上的生活方式！吃10天的甘蓝冰激凌！10天看着我妹妹妮可拉和那个医生调情，抓住一切机会亲热，而我要跟她的孩子们解释为什么妈妈又和“劳伦斯叔叔”到楼上找他的护照了……这些剧情在我头脑中像快速射击一样上演，而我同时在努力思考该怎样才能脱身。

我：关于妈妈的膝盖真是太棒的消息了，丽兹。你真是太优秀了。也许我们应该等她的手术时间定了，然后再做具体的计划？她可能会等上一阵子，然后还需要时间来康复，等孩子们一开学，我们可能也没时间过去了。

丽兹：抱歉——忘了说我们已经付了钱让她走自费医疗。她月底应该就住院手术了，然后有3个月的康复期，在8月之前应该就能起来跑马拉松了。是不是很棒？

我：好棒。你和帕特里克真是太贴心了。

丽兹：嗨，钱躺在银行里也没用，对吧？所以你会来，对吧？既然妈妈的膝盖问题就要解决了。

唉！我让她来帮忙，她也帮了，我还怎么拒绝？那样我听起来该有多小气！

我：我要问一下迈克和孩子们，顺利的话应该没问题。这真是一件好事。真的要好好期待一下。我要挂了哈。稍后聊～

丽兹：等下，还有件事，妈妈下周去医院需要有人送。你们谁能带她去？

妮可拉：抱歉，我要上班。

我恍惚看见一堆医院预约单在眼前“游来游去”。

我：当然没问题。我去送。

3月31日

今晚读书会在我家举行。女士们看到新鲜的品客薯片、新出的灌装啤酒，以及……家庭自制的蘸酱时，都有点迷惑。这些其实都是罗比准备的。我随口说了一句有朋友到家里来，他说他正在思考怎么利用那些多余的土豆。我坐下，盯着咖啡桌等了整10分钟，客人们就来了。摆盘很漂亮，有切碎的番茄、洋葱、某种药草，还有其他一些东西，闪闪发光，一看就很美味，蘸酱盛在一个漂亮的碗里，是罗比在壁橱后面找到的。真可以说是赏心悦目，蘸酱真是让人快乐的食物！所有人都大口吃起来，伴随着啧啧的赞叹声。我告诉她们，这是我的新厨房助理罗比做的。菲奥娜以为“罗比”是一种新出的智能厨房设备，她没听说过，马上问从哪里能买一个。我告诉她，“罗比”是独一无二的、专属于我的，她别想抢走，但她可以给匹克灵烹饪学校打电话，看看他们是否能够像之前帮我那样帮助她。

她们对我选择给家人提供正经食物而非“灰烬”或引起呕吐的凝固物的激进计划有点震惊，但是当我给她们讲了我的逻辑之后，她们理解了，甚至有点崇拜。

然后露易丝指出来，说这正是男人在这种情况下会采取的办法。如果他不会做饭，他会想办法解决这个问题。但是后来坦妮娅说，没人会期望一个男人做饭，会做饭对男人而言是一个加分项，对女人来说则是必备技能。

我们一边对此表示赞同，一边享受着罗比做的蘸酱。

遗憾的是，葆拉没能来参加我们的读书会。索妮娅说她去家里看她了。确切地说，她已经到了门口，但葆拉的丈夫不让她进去。我们都觉得这很奇怪，一直追问索妮娅更多细节，想知道葆拉的丈夫是什么样子。我们从没见过他的面，好像说他总是轮班，所以读书会在葆拉家举行的时候，他都不在家。索妮娅说，他长得挺帅，但性格粗暴。我承认我不知道“粗暴”到底是什么意思。经过广泛讨论，我们得出结论，罗素·克劳[①]可能是这个词的最佳代言人。索妮娅赞同道，他的举止跟罗素·克劳老了以后有点像，但肯定跟

① 罗素·克劳是一位新西兰籍演员、导演、制片人，2001 年凭借史诗片《角斗士》获得第 73 届奥斯卡最佳男主角奖。——译者注

《角斗士》（*Gladiator*）里那个撕心裂肺、勇敢无畏的角色无关。她还说，葆拉丈夫比《角斗士》里罗素·克劳演的那个角色要更胖。这次读书会结束时，喝了几瓶普洛赛克酒的我们达成了一个共识：从索妮娅简短的会面来看，我们不喜欢也不信任葆拉的丈夫。我答应下次跟索妮娅一起去葆拉家，我们会强烈要求进去看看她的情况，其他人则注意接听电话，作为后备随时准备好支援。

遗憾的是，我们没时间讨论书了，大家商定推到下个月的读书会上再讨论。

4月

April

在家庭之外有自己的生活——最好是跟“年轻人”一起

4 月 1 日

好吧，这一定是愚人节在作祟——我想要跟“年轻人”多相处的愿望已经实现了，但我没料到，也不想在周五晚上，与一个 11 岁和一个 8 岁的孩子窝在家里。

在“命运”的安排下，我被叫去照顾妮可拉的两个孩子。因为他们的妈妈有别的计划，她要和她的朋友希拉玩宾果游戏[①]（Bingo）。当然，可不敢让爸爸照顾未成年人。为什么？因为他很可能会喂她们喝啤酒，以及带他们看《杀死伊芙》（*Killing Eve*）。这样他们无疑会过得很开心，但可能会留下终生心理创伤。所以妮可拉给我打电话求我帮忙。

“今晚的事情真的很重要，否则我不会求你的，凯茜，真的。劳伦斯邀请我去他的高尔夫俱乐部参加智力竞赛之夜。这对我们的关系来说，是往前迈了一大步。”

“但是你讨厌竞赛。”我说。

“我知道。但你不明白这意味着什么，凯茜。我要跟他的朋友们见面。在今天的约会世界里，这是大事。几乎就到求婚那一步了。”

我叹了口气。我不想周五晚上和孩子待在一起，他们在过了睡

---

① 宾果游戏是一种填写格子的游戏，在游戏中第一个成功者以喊“Bingo”表示取胜，游戏也因此而得名。——译者注

觉时间很久后还在奔跑大闹，然后还要缠着我给他们读故事。这是一种巨大的倒退，睡前故事至今都是我的梦魇。啊！那个没有孩子而有一杯葡萄酒的起居室那么近，又那么远……人们应该让半大的孩子给更小的孩子读睡前故事，那一定会是史上最棒的避孕措施。但是，我的确希望看到我妹妹开心。我当然这样希望了。而且我还想见到那个长得像“美梦先生”的人，哪怕只是为了向丽兹炫耀呢，这也是不可错过的好机会。

我到她家的时候，看到妮可拉放了大招。她看起来很美丽，这是毋庸置疑的，毕竟她一直是我们姐妹中最漂亮的那个。苗条得毫不费力（我若想瘦成她这样，得使出全身气力，至少需要 6 个月），典型的漂亮脸蛋，长长的深色头发，她应该就是那种能够吸引她想要的任何人的女人。可悲的是，她似乎只会吸引帅气的蠢货。也许所有长得帅的男人都是蠢货，其他那些至少还知道感激。

“我看起来怎么样？”她问道，一反常态地紧张。

我想要告诉她，她用力过猛了。我想要告诉她，她穿的衣服看起来像是她认为劳伦斯会喜欢的，而不是她自己喜欢穿的。

她穿着一件开衫！我上次见妮可拉穿开衫还是她穿校服的时候。我 42 岁的妹妹平常穿得很年轻，常常低领衫配超短裙，因为长得漂亮所以驾驭起来毫无压力。这件开衫的颜色是漂亮的樱桃色，然而……劳伦斯对她做了什么？又或者因为我结婚时间太长了，已经忘记了异性吸引的法则，忘记了那个为悦己者容而非为己所容的时候？

我开门看到劳伦斯的那一刻，马上理解了妮可拉为什么要穿开衫。他有点老！很帅气但是……有点老。比我还要老！可能 55 岁上下，我猜。他笑起来，脸上立马起了很多褶子，然后走近一步拥抱我妹妹，亲吻她的嘴唇。我把脸别到一边。他转身，用两只手和我握手，就像老政治家那样，然后拿出一大块巧克力给孩子们。

这下好了，我心想，是嫌周五晚上孩子看的糖果广告还不够多吗？

“这个给我吧，”我说，从他手里接过巧克力，避免孩子们看见，“终于见到你了，劳伦斯，真是太高兴了，总听妮可拉说起你。”

“哦，真的吗？”他说，“希望都是好话。”

“当然了，”妮可拉边说边从客厅挂钩上取下她的大衣，“不过我没跟她说那些好事。”她咯咯笑道。

我差点呕吐了。

“去高尔夫俱乐部参加竞赛，是吧？”我尝试跟劳伦斯聊天。

“是的，跟我的好朋友理查德、萨拉、查尔斯和琳达见面。其实我们经常赢。萨拉有过目不忘的本事，查尔斯毕业于剑桥大学历史专业。”

我看了一眼妮可拉。她的脸色有点苍白。在我妹妹的概念中，晚上出去嗨就是在菲尔门大街上的安吉丽娜鸡尾酒吧喝买一送一的酒，而不是抓耳挠腮地思考爱德华三世之后继承王位的是谁。

“玩得愉快啊。”我送别他们。妮可拉回头扬起了眉毛。我心里有点可怜她。

等他们回到家时，已经晚上 11 点了，我没有机会问她竞赛怎么样。挺奇怪的，他们在高尔夫俱乐部参加智力竞赛之夜，回来居然有点醉意，只是告诉我他们得了第二名（我不知道劳伦斯的前妻是不是那个圈子的艺术专家，若是，那么妮可拉并没有填补这个空白）。他进来时，我正尴尬地坐在沙发上，他显然在等我离开，好和我妹妹在沙发上亲热，也许还有更多……

我开车回家的路上有点迷糊。我不确定妮可拉的想法是对的——认为他是她的真爱。我的判断是，劳伦斯目前只是陶醉在他自己都不敢相信的好运中——在他离婚后，居然有一个 42 岁的美人愿意跟他在一起。也因此我怀疑我妹妹对他而言只是玩物，是可以被带到高尔夫俱乐部去炫耀、跟熟人碰碰手肘或眨眨眼睛的玩物。这些一时是挺有趣的，但是新鲜劲儿早晚会过去。我怀疑劳伦斯最终想要的是一个能帮助他赢得高尔夫俱乐部智力竞赛的人，而不是我这个迷人的、热情的、爱玩的疯妹妹。

我希望我错了。我真的希望我错了。

我回到家时，迈克已经睡了，鼾声雷动。我上了床，双手抱住他，亲吻他的肩膀。和迈克的生活不总是容易的，但是他比我今晚刚见识的高尔夫俱乐部老帅哥要强太多了。

4 月 3 日

我跟托比约好在芥末工厂会面，这次会面很重要，但出门前我照镜子时，发现自己全身都写着“工作姆妈”4 个大字。我们需要理一下他的账目，我有一些艰难的话要说，所以我需要看起来像那么回事。我需要一件提升自信的衣服！我本来计划去购物，但没抽出时间来，所以现在只有一个办法。我跑到楼上弗雷迪和柯斯蒂的房间，看他们有没有衣服可以搭配我身上这件逛超市常穿的牛仔裤。

一跨进柯斯蒂的卧室，我就意识到自己找错了地方。一堆人造织物散落满地，这告诉我，我在这儿找到合适衣服的概率，就跟找到她从年初就丢了的法语书的概率一样大。

我蹑手蹑脚地走进弗雷迪的房间（我也不知道自己干嘛这样做，其实现在家里一个人都没有），努力将目光避开那些会让自己生气的东西。

太晚了。我的目光扫过一个墙角，还以为是一个死去的、皱巴巴的多莉·帕顿[①]坐在那里。凑近一看，发现那只是她的脸的面具，弗雷迪在上面画了皱纹，然后套在他小时候的玩具（那只大泰迪熊）的脸上。然而这个画面依然令人不安。真的，我该拿弗雷迪怎么办？

我在衣橱最里面找到了迈克圣诞节送我的那条裙子。自从弗雷迪在新年前夕穿了它一次之后，它可能就一直躺在这儿了。但我知道它还是不合身，所以决定让它留在原处。

没希望了。我注定要穿着米色开衫和有松紧绳的牛仔裤，走进那栋最酷的楼里，坐在托比面前，听他叫我"工作姆妈"。我简直都要哭了。

但紧接着我眼角的余光瞥见了什么东西。它是黑色的，上面有一抹黄色。这件衣服我认识，肯定能穿上，可能会让我提升几档在芥末工厂的时尚度。

果然，托比在前台看到我时，眼睛一亮。是真的一亮，甚至到了盯梢看到目标时的程度。

"喜欢你的 T 恤。"他说。

"谢谢。"我回答。

"你是跟某些特殊产业有什么关系吗？"他问道，看起来有点疑惑。

"什么！特殊产业？"我说，有些震惊，然后低头看了看胸前醒目印着的"力挺特殊人群"标语。我在家里照镜子时就稍微有点

---

① 多莉·帕顿是一位美国歌手。她在舞台上表演时的形象，已成为歌坛独特的风景。她总喜欢使用假发、亮闪闪的服装等华丽的东西。——译者注

担心，这个标语在我丰满的胸脯上传达出的信息，会不会跟在我儿子胸前传递出的很不一样。我担心这行字——“力挺特殊人群”会被误解，因为它们所在的位置可能会让人们认为我急需买一件新文胸。但我把这个念头放在一边，心想芥末工厂的人会明白这是时尚，不是在呼救。

“不！我只是，嗯，觉得这件T恤很酷。”我心虚地说。

托比给了我一个非常困惑的眼神，最近我似乎看到过很多次这样的眼神，就在我每次想要尝试做点非常规的事情时。好像我不再被允许脱离常规赛道，好像现在我必须随大流、被规训。这就是我们中年人唯一的选择吗？这就是许多中年女人遁入“幕后”的原因吗？一个中年女人就不能引人注目，而只能就这样慢慢消失吗？

我意识到我应该带那件米色开衫来，那样至少我可以掩盖“对一件新文胸的迫切需要”。我沮丧地跟着托比上了楼，准备好进入“工作姆妈”的角色。

自从上次跟托比见面，把他的一堆文件带回家，我就发现他跟我猜的一样，在经营上简直一塌糊涂。好吧，他画的画很漂亮，可以说是非常好，我会不由自主地长时间盯着他的网站，对他的才华充满仰慕；但是说到经营，他真是一窍不通。

“你想听好消息还是坏消息？”我在联络会议室问他。在他出去拿咖啡时，我努力把T恤折成只能看到“力挺”这个词的样子，但我想这看起来可能更令人好奇。我又试了一下，只露出“特殊人群”这几个字，但我只能让它们置于胸部正中，看起来跟你想象中的一样可怕。我考虑是不是挂一块餐巾布在脖子上，可以完全挡上这句标语，但是转念一想，会计和客户会面时这副打扮很古怪。

“当然先听好消息。”托比咧嘴一笑。

“你一共有 4942 英镑[①]的应收款。”

“棒极了！”托比惊叹道，“哇哦，你真是太神了。我真没想到。”

“坏消息是，因为你跟所有客户都没有签过合同，要收回欠款很有难度。”

托比摇头道：“他们都是我认识的人。你知道，可以说是哥们儿。我觉得不需要签合同。”

我把拳头砸在桌子上，希望有艾伦·休格[②]的范儿。“哥们儿？什么哥们儿，”我说，“这是做企业，不是泡酒吧。你需要正规合同、交易条款，约定不付款的惩罚措施。”

托比的眼睛睁得大大的。“你现在吓到我了。”他说。

“我是说，以这个为例，”我拿起一张打印资料，“6 个月前你给这家啤酒公司做了所有的商标设计。你知道他们还没有付给你一分钱吗？一分钱都没有。”

“哦，那是威尔的公司。他就在楼上。我们曾经是哥们儿，但说实话，最近我感觉他一直在躲着我。几个星期前我在楼梯上碰到他，提醒了他一下，他说他完全忘了，但会在周末前处理。”

“但他没有处理，对吗？”

“没有，”托比回答，“他没有处理。”

“你说他在楼上。哪个房间？”

“就在电梯正对面。他们最近多租了一些地方，我猜一定经营得挺好。”

“好，我们现在就去找他。”我起身说道。

---

① 英镑是英国的本位货币单位，1 英镑约合 8.2085 人民币。——编者注

② 艾伦·休格，英国亿万富翁，曾和英国广播公司（BBC）合作录制真人秀节目《学徒》（*The Apprentice*）。——译者注

“什么，现在？”

“是的，现在。”

“但是……但是……”

“没有什么但是。他欠你钱，我们现在就去要回来。”

当然，我已经忘了我穿着一件有潜在威力的T恤，直到我们来到宾基啤酒公司的前台，这里就能看出他们做得有多成功。公司前台也兼任秘书，可能还是个实习生，而托比只有两个缺口的马克杯，以及一张整洁的办公桌。

我要求见威尔·普林纳时，前台的眼睛一直盯着我的胸部看。

“他在等您吗？”他问。

“是的，他应该等，”我说，“我们是来收一些过期的欠账。”

前台快步跑开，很快又回来，旁边是一脸困惑的威尔，他根本没看我的脸，目光直接奔着我的胸部去了。

“嗨，威尔，”托比说，“真抱歉打扰你，但是……呃……”

“你好，”我说，伸出手跟威尔握了握，“我是托比的会计，我们刚刚清理了一下逾期未支付的款项，看到你去年12月有一笔2300英镑的欠款，我们想问你是否愿意现在就支付，因为后面我们要追加逾期罚款了。托比坚持要给你一个机会，说你是他哥们儿，他真是很仁义，你不这样认为吗？”

“哦，”威尔说，他看看托比再看看我，“我呃……嗯是的，当然。我让斯蒂夫今天就处理，他肯定是忘了。”

“忘了6个月？他今天上班，对吗？”我问，“因为过了今天我就要追加罚款了。”

“呃，是的，我想他在公司呢。”威尔说。

“好的，现在我们就去找他，行吗？我这里有一份账单复印件，我可以亲手交给他，确保他不会再忘记。”

“你忘了付托比的账单，”我们找到斯蒂夫时，威尔对他说，“我们今天能付吗？”

“但你之前说——”斯蒂夫开口道。

“这是托比和他的会计，”我的T恤让斯蒂夫分散了注意力，威尔趁机打断他，道，“他们同意如果今天我们支付就放弃追加罚款。”

斯蒂夫眼睛睁得大大的，看着我，这个眼神我已经慢慢习惯了。我决定乘胜追击。“现在就付如何？”我提议道，“万一你又忘了呢。”

斯蒂夫看向威尔，他点点头。我们等着，看斯蒂夫在电脑上摁了几个按键。“完成了。”他边说边带着怒气看着威尔。

“哇哦，”我们返回联络会议室时托比说，“你真是太神了。”

“我知道。”我承认道。老实说，我对自己很是佩服。这么有攻击性不像我的风格。但是面对这个情况时，我似乎获得了某种能力。我感觉不同了。我不确定这种感觉是什么，但我心里告诉自己一句话：“我不会被这个胡扯的人压倒。”我人生中遇到过很多像威尔这样的人。他们认为自己为达到目的可以践踏所有人。我不喜欢他们。更重要的是，我不在意这个男人怎么看我。我通常的行为模式是，做事就是要取悦所有人。但当我看到威尔的那一瞬间，我就意识到我根本不在意他对我的任何看法。

“我想是T恤的原因，”我跟托比说，“起到了攻其不备、迷惑敌人的效果。他不知道怎么对付我，当他还在想对策的时候，大门敞开了，让我们顺利要回了钱。”

“所以你是故意穿这件T恤了？”他问我，“这是你的讨债

T 恤？”

“现在它是了。”我咧嘴笑道。

“我要怎么感谢你才好呢？”他盯着我的眼睛说。

我感觉受到了暴击，一记严重的暴击。我猜我只是不习惯一个年轻的、帅出天际的男人这样看我，那会让我方寸大乱的。他再次“感激”地看着我，是那种真正的感激涕零。我不记得上次有人这样看我是什么时候了。我孩子肯定不这样，他们看我的眼神透露着轻蔑，或者愤怒，经常是彻底的鄙视；迈克呢，我不确定他是否看过我，我是说认真地看我。我就像是房间角落一个舒服的沙发，他知道我就在那儿，而我只负责提供服务，但老实讲，我从来没有被真正地注意过。

但现在，托比正盯着我的眼睛，带着十足的、完全的感激，问他能做什么来感谢我。我不知道这种情形下应该怎么做，这至少可以说是让人迷惑，我能感觉到吸引力的轮子在闲置多年后又慢慢开始工作了。不，不，我不需要感激。我们是工作关系，仅此而已，我不想被除我丈夫之外的任何人吸引。真遗憾，我丈夫却没有这样看过我……带着感激的眼神。

4 月 7 日

我一直在想怎么告诉迈克我在芥末工厂有了新工作的事。我知道，我知道我早就该告诉他，但这感觉是个大事。在我跟他说我可以自己找工作，不需要海伦告诉我要干什么时，迈克期待的肯定不是这个。在芥末工厂为托比工作不需要简历，也不要培训面试技巧。当然它肯定也不能填补迈克万一离开咨询工作后留下的收入大洞，但是它填补了我内心的一个大洞，这才是重要的。我需要这份工作，它让我在家庭之外有了生活，和“年轻人”在一起让我感到完整。但我不确定迈克是否会理解这一点。

所以我决定在晚上打电话时随口提一句，就像这不是什么大事，看是否能行。

“我接了一份新工作。”我告诉他，在例行聊完孩子、账单和家庭邀约之后。

“太好了，”他说，“这真是太好了，凯茜。什么工作呢？”

“客户是一个名叫托比的平面设计师，他在芥末工厂工作。”

一阵沉默。我很清楚下面他会说什么。

“所以是个年轻创业者，”他说，“满脑子创意点子，就是不知道怎么挣钱。”

我的天，我们俩结婚时间太长了。

“总结得很到位，”我承认道，“但是我要帮他，让他扭亏为盈。”

“他现在还亏损着？”

“是的，但时间不会太长。我想说他的前景不错，几个月后他就会盈利了。我们只需要讨回几笔欠款。”

“你在讨债？”

“是的。”

“你能找到比这好得多的工作，凯茜！你这是在干什么呢？”

我回想起当我成功从滑头威尔那里把托比的账要回来后，我感受到的那种满足感。

“实际上我做得挺开心。”

他再次陷入沉默。我知道他下面又要问什么。

“你的工作时长是？”

“一周 15 个小时，直到月底，然后复盘一下。”

“工资呢？”

“在他盈利之前拿最低工资。”

“最低工资！”迈克说，“你做的是技术性工作，为什么要拿最低工资？”

因为有意思，因为我有成就感，因为我能认识一些平常根本不会有来往的人。跟他们的谈话也跟平常不一样，谈话不再是基于孩子、学校、课后活动、考试、工作经验或者大学申请。几天前我去上班时还跟一家啤酒公司的老板交涉，让他支付欠账呢。

而且我还赢了。

这真的太酷了是不是？

我知道这份工作挣得不多，但是我清楚，对我来说，工作更重要的是做自己喜欢的事，而不是挣更多钱。这应该就是迈克的想法。嗯，我猜他是这么想的。我怀疑他并不是不喜欢他的工作，他只是厌倦了那种生活方式，这时海伦乘虚而入，让他以为唯一的出路是做一些离经叛道的事情。我真的不相信他想要成为老师——不是真的成为老师，他可能只是喜欢成为老师这个想法，但说真的，迈克不适合当老师。

“像我说的，”我对迈克说，“等我们盈利后会做一下复盘。而且，在芥末工厂可能还有其他机会，我还不知道里面有多少家公司呢。”

“都在亏损，这都不用问。”迈克咕哝着说。

“让我试一试吧，迈克。后面可能会有更多机会，真的有这个可能。我只需要一点时间。”

“好吧，”他叹口气道，“我们有时间。我可能到明年1月份才会开始教师培训，所以我们还有足够的准备时间……那个叫托比的家伙到时可能已经破产了。”

他不会破产的，我想，只要我的 T 恤在，他就不会破产。

4 月 10 日

每次去芥末工厂见托比，我都喜欢穿这件“力挺特殊人群”的 T 恤。我的名声已经像野火一样蔓延开来了。原来，宾基啤酒公司前台的一名实习生在周五晚上举办的乒乓球比赛上，跟每个人都说了一名穿着“力挺特殊人群”T 恤的前卫女子来向他老板讨债的事。现在，我每次进入楼里，总有一堆好奇的旁观者想要认识我，跟我握手，问我是否考虑给他们做一些咨询，也就是“为他们讨债”。我告诉他们可以考虑，当然了，前提是他们得为我的服务付钱。所以我一直穿着这件 T 恤，提醒他们我的讨债才能。

然而，有时我的确会忘掉自己胸前的字，这可能会导致一些尴尬的会面，比如今天。我回到家时，弗雷迪正坐在厨房桌旁等着我，他摇晃着双腿，脸上带着大大的笑容。正好也赶上罗比来家里做饭。

“柯斯蒂带了个男人去她房间。”弗雷迪告诉我。

“什么！”我尖叫道，“什么样的男人？”

“卡尔啊，还能有谁？”

“‘邪教徒’卡尔？”

“是的，‘邪教徒’卡尔。”

“就是那个假装不接受婚前性行为却引诱女孩子跟他婚前上床的卡尔？”

“就是他。不过跟您说老实话，他可能确实不接受婚前性行为。我只是怀疑那是一个骗局。我是说，这个想法太荒唐了，肯定是骗局，对吧？”

“我不知道！”我尖叫道，“这事我得问你。他到底接不接受婚前性行为？”

“他说他不接受，但是——”

“他可是一个17岁的男生。”罗比在厨房转过身，插嘴道。

“我也是这么想的，”弗雷迪表示赞同，“罗比不喜欢他，对不对？”

“你不喜欢他吗？”我问罗比。

他耸耸肩。“我主动给他倒了杯茶。你知道，就是礼貌嘛。他没理我，就像我是空气一样。”

“罗比说他是个卑鄙小人，”弗雷迪补充道，“他只见了他5分钟，就看透他了。”

罗比再次耸耸肩。“我认识很多卡尔这样的人。”他说，然后转过身在炉架上搅拌着什么。

说真的，罗比在家里的时间越多，一切就变得越好。

我抬头看看天花板，好像自己能够看见他们在房间干什么。“我该怎么做？”我问弗雷迪。

“你当然要把他从房间赶出去了。”

“你这么想吗？”

“他可是一个17岁的可能接受婚前性行为的男生。”

他此刻正在楼上，和我的女儿单独待在一起。

我快步冲上楼，弗雷迪紧跟在我身后。在柯斯蒂房门前我停住了，竖起耳朵仔细听。

“你是在听他们有没有滚床单吗？”弗雷迪轻声说。

“闭嘴！安静。”我压着火低声说。

门后面传来柯斯蒂的尖笑声。

我的心怦怦直跳。我该做什么？我一时想撞开门，抓住那个男生的脖领子，把他拽到大街上，痛扁一顿。但万一他们之间只是纯洁的友谊呢？万一她把他带回家只是一起玩纸牌什么的呢？万一我闯进去让她丢了脸，并且毁掉了她跟学校唯一不接受婚前性行为的男孩子刚刚建立起来的友谊，以致她永远都不会原谅我呢？上帝啊，真是进退两难。我需要后援。

我跑到楼下，弗雷迪依然紧紧跟在我身后，显然很享受他妹妹创造的这种戏剧场景。

“你要干什么？”我们跑回厨房后，他气喘吁吁地问。

“给你爸打电话。”我说，从包里抓出了手机。

我拨通了电话。他没有接，我收到一条短信，写着：

“开会中，半小时后回复。”

我回复短信——“有紧急情况！”

20 秒后，他打过来了。“出什么事了？”他喘着气问。

“柯斯蒂的卧室里有一个 17 岁的男生，还不确定他是不是接受婚前性行为。我该怎么做？”

“看在上帝的分上，把他弄出去啊。”

“你这么想吗？”

“是啊，当然了。你怎么不阻止她带男生去自己的房间呢？”

“我去跟托比见面了，刚进门。”

“托比是谁？”

“就是我那个在芥末工厂上班的客户。我不是跟你说过吗？”

“跟我说过？”

“对啊。”

“好吧，随便吧。赶紧上楼，让那个男生走。”

“但万一他们什么也没干呢？”

“我不管。她才 15 岁，凯茜。把他弄走就对了。”

我让弗雷迪回他自己房间，不要跟着我，我不需要一个观众来见证这场当父母的噩梦。他当然不干，他站在楼梯平台上咧嘴笑着，看我试探性地敲门。

“我能进来吗，亲爱的？”我问。弗雷迪把手指伸进嘴里，表示对我的强调感到恶心，然后做了个手势——假装给一把猎枪装上子弹，在空中放了一枪。

我敲得更大声了一些，说：“我要进来啦。”

我深呼吸了一口气，鼓足勇气。他们正躺在她的床上……吃着梦龙巧克力冰激凌。

我震惊了。

“我的天呐，柯斯蒂，我跟你说了多少次，不要在床上吃冰激凌，弄得到处都是。”

“妈——”她大喊道，从床上跳起来，脸涨得通红。

那个男生也跌跌撞撞地从我女儿的床上下来，站起身。他的眼睛盯着我的胸部，居然明目张胆地盯着我的胸部！老天啊——这人是谁啊？

糟了！我忘了自己还穿着那件“力挺特殊人群”的 T 恤。

“妈——”柯斯蒂再次大喊，也盯着我的胸部，我让她丢脸了。

“我是，呃，卡尔。”那个男生说，幸好现在他改看我的脸了。

“我知道你是谁。”我用一种完全没必要的指责口吻说。

“妈——”柯斯蒂第 3 次大喊道。

“嗯，呃，我看这里一切都还正常，”我说，很快退出了房间，“就是想打声招呼而已。我，呃，不打扰你们了，好吧？好，再见。嗯，再见啊。”

我在身后带上门。

弗雷迪摇着头，对我做出“你到底在干啥”的嘴型。

大约半小时后，我听到门开关的声音，然后柯斯蒂走进了厨房。

“我从来没有这么丢脸过，”她说，“你到底为什么要那么做？”

“你爸让我进去的。”我说。

“他根本就不在家。”

“他打电话告诉我说，我应该把那个男生从你房间弄出去。”

“他是怎么知道我房间有个男生的？”

“我打电话告诉他的。”

“你都做了些什么！”

“我们只是担心你。我们不想你出任何事，我不确定你把一个大男生带到你房间合不合适。”

“怎么不合适？”

“你知道为什么不合适。”

她盯着我，呼吸变得很沉重。“我们只是朋友。”她说。

是吗？我在心里打了个问号。我真的需要跟她坐下来，让她看看《当哈利遇到莎莉》（*When Harry Met Sally*）这部电影。朋友？一个17岁的男孩想要跟我15岁的女儿做朋友。朋友！

“这是他跟你说的？”我问，“说他只是想和你做朋友？”

“我们达成了一致，”她说，“只做朋友，所以你不需要有任何担心，好吗？现在你满意了吗？”她盯着我，已经是泪眼汪汪。

哦，我的上帝，这件事还能再复杂点吗？他只想做朋友，讲真？这不太可能，他是个男生，所以肯定会想上床……但也许也不会，因为他可能真的不接受婚前性行为，可能他真的只是想做朋友；但我女儿动了心，不想只做朋友，她想要更多更多。她想成为他的女朋友，她想要他的友谊、他的爱、他的感情、他的吻……但我向上帝祈祷，希望她对于性的部分还没有兴趣，因为，坦白讲，她这个年龄的女孩子为什么要对这个感兴趣呢？哪个头脑正常的人想和一个十几岁的男生滚床单呢？他们的技术烂透了。而且她才只有 15 岁！

这些完全讲不通。她想要卡尔成为她的男朋友，或者是她头脑中认为的男朋友，他想要……嗯，我们还不能确定。但是现阶段他们只是朋友，这不可避免地会让柯斯蒂苦恼，因为她想要的不是朋友，而是男朋友。

在这种情况下，你应该给一个女孩子什么建议呢？

“干他。”弗雷迪说。

“弗雷迪！”我喊道。

“不，不，我的意思你懂的，去他的，不是干他。我不是那个意思，我是说我不信任他。玩‘咱们做朋友吧’这种老掉牙的把戏？依我看，他就是在跟你玩把戏，躲开就对了。”

“说得好。”我点点头。有时我儿子真是个天才。

“你们就是不想让我开心！”柯斯蒂对我们喊道，然后怒气冲冲地出去了。

“他不是个善茬儿，你要提防着他点儿，”罗比把一个用完的煎锅放到水槽里，然后对弗雷迪说，“嘿，哥们儿——你帮我洗这个锅行吗？”

“没问题！”弗雷迪说着，卷起袖子就去干活了。

真是难以置信。

4 月 15 日

额滴个神啊！（这个网络流行语是不是跟我的年龄不符？）我居然受到了参加啤酒派对的邀请！我这辈子还从没受邀参加过这么

令人激动的派对呢。托比刚刚口吻很随意地邀请了我，好像这不是什么大不了的事。他的原话是这样的：“你这个月的最后一个周五有空吗？要是有空你真的应该来参加啤酒派对。”然后都没等我回答，他就走开了。不过幸好如此，因为我尖叫着蹦跳了一小下。

当然，10 分钟后我突然陷入了绝望。我到底该穿什么呢？我怀疑我受邀是因为穿那件“力挺特殊人群”T 恤而积攒下的名声，但是去派对我就不能再穿它了。那是我的工作制服，我需要换件衣服，还要符合人们对我硬核讨债人名声的期待。我知道自己什么储备都没有，真的是什么都没有，这事也没办法再往后拖了。我必须认真对自己进行形象管理，而这件事，老实讲，从柯斯蒂出生后我就没想过了。

20 多岁时，我有很多美丽的衣服可以穿着上班，因为，嘿——你可能会在公司遇到梦中的白马王子！这也值得在衣服上花点精力，对吧？我怀着弗雷迪的时候，甚至还在努力。我既当妈又当爸，还要裙裾飞扬，慎重地佩戴首饰和化妆，我是说，我那时还化妆呢，天呐！我当时还想成为一个闪闪发光的时尚孕妈，努力为丈夫争颜面，不让别人看笑话。看到女士内衣肩带滑落，或者肿胀的脚踝上穿着一双“平跟鞋”（这绝不可以），人们就会指指点点。接着，甚至在弗雷迪出生后，我还在努力装点门面，在白 T 恤和及膝长裙外还会套上一件开襟羊毛衫，营造“甜心妈咪”的形象，而且还会化妆！我是说，这些都是真实发生过的吗？

我在这方面做得还不赖。你知道，助推了这一点的是，我还在一个竞争很激烈的新手爸妈互助群（就是那种会给彼此发照片的群，简称 NCT[①] 群）里，他们展示的都是那周用奶油南瓜做出了什

① NCT 是英国最大的为新手爸妈提供帮助的社交媒体。——译者注

么好吃的，还有全家秋日外出散步的照片。那些照片看起来让人很是自鸣得意，因为它们好像是从商品目录上抠出去的一样。

我是群里第一个怀二胎的。当时弗雷迪只有 11 个月大。尽管我宣称这都在计划之内，但 NCT 群还是把我踢出去了，因为我没有达到组织的高标准，然后我的形象管理就开始走下坡路了。

我不需要让谁记住我。我有老公，他跟我绑定了，当时我们有个学步期的宝宝，还有一个在肚子里。就算我彻底放飞自我，变成《星球大战》（*Star Wars*）混音版里的某个怪物，他也不能抛弃我和两个孩子，否则会被千夫所指。我没有回归职场，所以也没有保持整洁的理由，甚至连日常的干净也没法保持。

我还堕落到与一些在 NCT 群之外的妈妈为伍，所幸她们在形象管理上跟我的想法一样。在有人随时会往你身上呕吐食物的情况下，形象管理有什么意义？

但我有时的确会注意一下形象，比如去学校门口接孩子时。倒也不会很隆重，但至少做到干净整洁吧。当然也不是每次，因为经常有人不留情面地指出我的咖啡“胡子”。

最近，嗯，我从一个极端跳到了另一个极端。虽然参加派对的大都是无家可归的游民，但好不容易晚上出去一次，我希望隆重装扮一下，似乎这就能弥补我在其他时候的邋遢了。

我打开衣橱，想要找一件适合参加啤酒派对的衣服，但我意识到根本没希望。我需要一件新衣服，或者说一件如果我穿着它在赛百味外面溜达太久，会有人送我一块三明治和一杯热饮的那种衣服。

这也不全是因为托比的原因。我是说，他叫我“工作姆妈”，一点都没让我焦虑。我不会看着镜子里自己的松紧腰裤子、V 领毛衣和斯凯奇运动鞋，然后惊讶于有人会叫我“工作姆妈”。

所以回家的路上，我走进了一家店，它的目标顾客是至少比我年轻 20 岁的女孩子。我一点都不奇怪店员为什么不问我需要什么帮助。你可能要问，你是隐形人吗？我当然是隐形的了。我是一个超过 40 岁的女人，在他们总部的顾客分类版上，我可能很典型。因此在面对我这样的顾客时，他们的心理活动大概如下：老女人（不要接近），只会问你为什么没有超过 12 码的衣服，然后买一件 12 码的简单 T 恤，一周后又会退回来，因为……她发现自己不像想象得那样年轻了。

我在店里转了转，有点晕头转向。这家店的衣服用的布料都很少，看起来连我的一边胸脯都遮不住，更别提两边了。终于我找到了一条怀旧风格的茶歇裙，我觉得我努力下应该能穿上。更衣室的店员给了我一个号码牌，目光狐疑地看着我，好像我在要求进入一家脱衣舞俱乐部，而不是一家知名时尚连锁店的女士试衣间。

我刚好能把衣服套过头，使劲拉到胸部。衣服上棕黄色和橘色相间的印花让我看起来似乎要去拍那种发黄的旧照片，而不是和一群平均年龄在 30 岁以下的人参加一个超级酷的啤酒派对。我转过身，发现这居然是一件露背装。真的吗，露背装！谁敢不穿内衣来穿这种衣服？我真是不懂。如果我不穿内衣，看起来前胸就像挂着两个 3 年前圣诞节留下的形状奇怪的气球。

然后我试图脱掉衣服，却在头那里卡住了。10 分钟后我还没有脱掉。我涨红了脸，喘不过气，肩膀都快脱臼了。我想过要不要喊那个目中无人的店员来帮忙，但我无法忍受她的傲慢、她的同情，以及她那好像在告诉我，我会成为第二天店员们的谈资的眼神。“那个卡在茶歇裙里的老女人。是的，就是《爱情岛》里杰西穿着参加新品发布会的那件。你说她是怎么想的？她已经胸部下垂到没法看了。”

我最后使劲拉了一下，然后听到了一个人们在试衣间里最不想听到的声音——刺啦撕裂的声音。原来裙子侧边有个拉链，我没发现，因为它做得太差了。我的心脏开始怦怦直跳，我把裙子扔到地板上，穿上自己的衣服。我懵掉了，这种事情我从没遇到过。我到底该怎么办？

我别无选择。

我把头探出试衣间，看到店员离开了岗位……便夺门而出。我跑啊跑，一直跑到楼下的一家咖啡店，后面没人追过来，我安全了。然后我突然想到，他们很可能装了视频监控。我原本只想找件廉价的洋气衣服，没想到却变成了破坏财物的潜逃罪犯。

我这张脸以后不能出现在室内购物中心了。我要逃跑，我担心保安随时会扑过来。我跑向电梯，在停车场付了一笔巨款，不过才停了35分钟而已，然后开车去了城外的一家购物中心，那里停车免费，卖的都是给乏味中年人的乏味中年衣服。我寻觅了20分钟，想找件能让我看起来更像三十大几而不是四十大几的衣服，但一无所获。我放弃了，最后去了一家宠物超市，抱了一下小兔子，给芭芭拉·史翠珊买了一只塑料老鼠供它破坏。

4月18日

来早了。我的例假竟然来早了！这是真的吗！这些愚蠢的药片到底有什么用？我真想回去让医生退款。应该有一点迹象表明我的例假终于要接近尾声了，不是吗？我抱着一线希望，以为自己很快就要通过女性生理卫生的通道，然后就可以脚步轻快，感激变老起码有这个好处。

我太崩溃了，于是重新找回往常每月这个时候我给自己开的药方。这样似乎才能缓解一下胃里轻微的恶心和情绪的低落。

我的药方就是大块的吉百利牛奶巧克力。

以前我每次来例假都会吃掉至少两块这种巧克力。所以如果有药方，那么药方中至少都包含巧克力。我想，例假之于巧克力销售就像圣诞节之于玩具销售。可能就是吉百利阻止了“有一种药能停止例假”这个消息的广泛传播。也许这种“药”就出现在它们每年评估机会和威胁的战略文件中。重大威胁就是女人们可能会发现她们不必来例假，这样一来巧克力的销售额就会大幅下跌。

这是一个合理的推论，如果我不来这些例假，就不会吃巧克力，体重也就不会一直超出至少一块石头的质量。

这让我感到悲伤，深深的悲伤。因为漂亮衣服在离我远去。想到要不是因为那 189 次例假和 378 块巧克力，我本来可以穿上的那些衣服，我由衷地感到悲伤。

我可能会喜欢（一生哪怕一次呢）穿一件露背裙，一次就好。但是由于后背和胸部的赘肉，这从来不在我的考虑之内。

还有无袖的衣服。要不是因为我的上臂皮肤有一处凹陷，以及当我叉腰时双臂会鼓起两大坨粉色的软塌塌的肉，本来我会很喜欢穿无袖的。

我突然一下子知道自己该穿什么去啤酒派对了。在寻找一件既酷又性感，而且符合年龄的衣服的购物之旅失败后，我突然意识到，我家的衣橱里就躺着一件完美的衣服！那是我拥有和穿过的唯一一件让我感觉自己美呆了的衣服。

我快步冲上楼，找到了它。

我的“梦中情衣”。

我这辈子只成功瘦身过一次，跟一个男人有关，出于复仇的目的。就节食而言，效果非常好。我20多岁的时候曾受邀参加一场婚礼，我那个可恶的前男友也受到了邀请。我准备了几个月，就为了让他再看到我时，为自己的劈腿后悔。那段时间，我每天晚上都去健身房，然后我买了这件“梦中情衣”，一件东方风的裙子，有着高高的侧开叉，不透光紧身款，搭配及膝长靴。

虽然是我的自我评价，但我真的看起来美呆了。这是我最好看的一件裙子，可能是这辈子最好看的一件。

我可恶的前男友果然被我迷住了，我能看出来。我享受着他从教堂走廊对面射来的目光，盯着我美丽的衣装。那天晚上婚礼结束后，我甚至还让他送我回家，在我住的宾馆房间门口亲吻了我。他很遗憾放弃了我这个性感的女人，他这样说道。他说不敢相信自己居然移情别恋于公司那个女人，这是他这辈子最大的遗憾。他说这话好像我已经答应跟他复合了一样。

第二天他明白地告诉我，他想尝试跟我重新开始，既然我都“焕然一新”了。我平静地拒绝了，任务完成了，这次该我拒绝他了。那感觉真的很好。非常，非常好。

我仍然保留着那条裙子，每年我都尝试节食，希望我能够穿着它参加迈克公司的圣诞派对，因为它真的是所有衣服中让我感觉最好的那件。但是每年节食都失败，因为例假、巧克力，以及缺少向我那可恶前男友复仇的动力。

我把它从衣架上取下来，上身试了试，当然不会合身。我把它挂了回去，充满渴望地看着它。它代表了成功、成就、权力……

但是接着我突然想到，可能它主要是在告诉我：你穿着高侧开叉紧身裙和及膝长靴很少能吸引到正经男人，吸引的都是那些你想拒绝的男人。

我把裙子从衣架上再次拿下来，把它跟客房里那堆等着送进慈善商店[1]的东西放在一起。

4 月 20 日

“我周五晚上要参加啤酒派对，会晚回家。”迈克从利物浦打电话给我时，我告诉他。

我应该很长时间没有说这么精彩的话了。

“啤酒派对是什么东西？”他问我。

“我不是跟你说过吗？”我恼火地说，“是托比邀请我的。他们每月在芥末工厂举办一次，参加的人都是在那儿上班的。这是个机会，大家可以交际、分享观点等。”

“但你不是不喜欢喝啤酒吗？”

“不是一定要喝啤酒。肯定会有别的饮料。”

“所以就算你不是真正的租户，也可以参加？”他问。

“我是托比邀请的客人。如果愿意，所有租户都可以带一位主要供应商，这有利于扩展人脉圈。”

“嗯——”迈克说，显然有点心不在焉，他正在宾馆房间一边享受餐点，一边看电视节目。

“你收到海伦发给你的邮件了吗？她给你整理出了一个招聘会计岗位的咨询公司的名单。”

“我一直在忙托比的账目。”我很快告诉他。迈克还是把我在芥末工厂的工作视为找到真正工作之前的一个小爱好。不幸的是，我挣得太少，没法给它冠以其他名目，所以回归全职公司工作的威胁还是触手可及的。

---

① 慈善商店是指通过出售人们捐赠的衣物募集慈善资金的商店。——译者注

在他说下一句话之前，我能听到他在嚼薯片。

“周五晚上我邀请菲尔和奥利维亚到家里行吗？菲尔的公司给他配了辆新车，全电动的，他想开过来给我看看。”

“我刚跟你说了我周五要去参加啤酒派对。”

“哦，对。那周六呢？”

“我们不是商量好这段时间不邀请任何客人到家里吗？你不记得了？”

“不记得了。到底因为什么来着？”

“因为我们在考试闭关期。还记得你女儿正在准备普通中等教育证书（GCSE[①]）考试吗？你儿子也有考试。我们商量好不邀请你的哥们儿到家里玩，因为大晚上喝酒的氛围不利于孩子们复习功课。”

“哦，对对，好的，”迈克说，“你说得对，我给忘了。那我可以周五跟菲尔出去喝酒。这样行吗？或者我们一起出去吃饭？我们可以预定安杰罗餐厅，他们晚上不是有买一送一的活动吗？”

“我周五要去啤酒派对。”

“哦，对。是这周五吗？”

“是的，这周五。”

“你去参加有报酬吗？”

“没有。”

“好吧。所以你不能下周五再去吗？这样我们都可以去安杰罗餐厅。”

“不行！他们每个月只举办一次，托比邀请了我，我答应了，

① GCSE，全称为 General Certificate of Secondary Education，即英国普通初级中学毕业文凭，相当于中国国内的初中毕业文凭。——译者注

所以你周五愿意干什么都行。我肯定参加不了，我要去啤酒派对。”

电话那头一阵沉默。

“罗比这周来了吗？家里有吃的吗？”他问。

“有。”我说。

“火鸡千层面？”

“我会给你留一些罗比做的火鸡千层面。”我告诉他。

“好，那就行了。周五见。”

4 月 25 日

啤酒派对真的是太有趣了!

我有点紧张，所以让托比到楼外面接我。

他看见我走过来，吹了一声口哨。为了找件新衣服，我在绝望之中看起了日间电视节目，其中有一档对“沙发土豆”友好的时尚购物节目。这件裙子的模特是一个来自布拉德福德的食堂女职员，她的身材至少比我胖两个码，穿起来很漂亮。那个苗条年轻的主持人说，裙子“对所有体型都友好，和年龄也相符”，好像她知道这是什么意思似的。但我还是从某个不知名的邮购公司订了这件裙子，现在我在拼命想办法怎么退订他们每小时发一次的邮件信息。

“您好，柯林斯夫人，”托比边说边礼貌地亲吻我的双颊，“或者我是否应该称呼您为罗宾逊夫人？”

我咯咯笑起来。我当然会笑了。

托比是一个十足的绅士。他陪着我一起，把我介绍给了在楼里上班的许多人。当然他介绍我时，会说我是那位穿着“力挺特殊人群”T 恤帮他收债的女士。这是很好的社交开场白，很快我就发现我已经给出去了无数名片，听到无数人告诉我，托比对我赞不绝口，说我做了许多工作帮助他扭亏为盈。

我精神焕发。一波波的赞扬，还有啤酒，多棒！我原本以为会有别的饮料（谁会在啤酒派对上只供应啤酒呢？），结果真的只有啤酒。哦，还有康普茶。坦白说，我是真不愿意喝那么难喝的饮品。

当然，我确实需要言辞谨慎，因为好几次都差点搞砸。我跟一群建筑师事务所的人聊天，突发灵感，引用了一句台词："你盖好了，他就会来。"所有人都一脸懵地看着我。"这不是电影《梦幻之地》（*Field of Dreams*）里的台词吗？"我说，"男主角是凯文·科斯特纳。"

大家还是一脸懵的表情。

"凯文在玉米田建了一座棒球场，死人们都过来在这里打球。"

大家更懵了。

"是什么时候上映的？"一个人问我。

"我不知道，"我说，"可能是 90 年代初？"

"哦，难怪呢。我是 1992 年出生的。"

天呐！这是多有挑衅性的答话。炫耀自己年轻吗？

"那是一部经典电影，"我说，"你真的应该看看。"

"是啊，我喜欢看一部运动题材电影，里面还有死人。"他答道，给我感觉不太友好。

我还跟一个在搜索优化公司工作的实习生聊天，说到我刚上班时，网页还不存在。实际上，那时我办公桌上压根儿都没有自己的电脑。电脑放在一个单独的房间，要预约才能用。

"随便吧，"她说，"我爸跟我说过类似的。他还说你们都习惯了下午 5 点下班回家，然后好好享用晚餐。显然，那时候就算你在积累工作经验阶段也能得到报酬。不像现在做实习生，其实就是‘强迫劳工’的美化说法而已。”

后来我一直刻意避开她。

时不时地，我会看见托比在房间那头，他会看过来，然后迅速冲我竖个大拇指，意思是询问我状态是否还好。我会点头微笑，然后继续跟人聊天。

我的天，那晚派对结束时我头晕目眩。

我老土了，真的老土了。

我在进行成年人的对话。

跟年轻人在一起，只要我不提起21世纪前的流行文化把气氛搞砸，他们大多数人还是有兴趣听听我的观点的。这正是我想要的——在家庭外有自己的生活，跟“年轻人”在一起。我做到啦！

时间很快就到了9点，原本拥挤的接待区现在突然只剩几个人了。托比走过来，说留到最后的人要去天鹅酒吧，但他快饿死了，问我想不想一起吃顿咖喱烧菜。

哦，我的天。我不确定我能不能做到，我无法坐在烛光餐桌旁看着对面的他，我不能出去跟另一个男人吃饭。人们看见会说什么呢？看呐，看那个妈妈带着她儿子出来吃饭了，又或许他是这里的一个学生？我不能跟我丈夫之外的人分食一个印度炸圆面包，不是吗？在我这个年纪，分食一个面包就相当于“搞婚外恋”。两个你选哪个？咖喱烧菜还是滚床单？这可真是棘手的选择。不，一起吃饭太亲密了，我不能去。

“走吧，我请客。”他说。

“走！”我咯咯笑起来。天呐，我一定不要让自己再咯咯笑了。

4 月 26 日

“你昨晚去哪儿了？”第二天早晨吃早餐时迈克问我。

“啤酒派对啊。我跟你说了一百遍了。”我说。

“哦我忘了。和托尼一起？”

“是托比！派对结束后我们去吃咖喱烧菜了。”

“谁去了？”

“我和托比。”

“哦，去哪家了？”

“贾伊餐厅。”

“哦，花了不少钱吧。”

“他请客。”

“哦，”他沉吟了一会儿，然后说，“没关系。你知道的，我也经常跟女同事一起吃饭，所以没关系。没关系的。”

我点点头，站起身，然后回到床上。

但是并非没关系。

那顿饭我吃得非常愉快。

托比看着我的眼睛，问我问题。关于我生活的问题，他认真倾听，好像真的感兴趣。我给他讲我年轻时候的故事，因为他从没听过。比如学生时代，我和玛丽亚·凯莉拿了一个纸板模型去酒吧喝酒，我们过得很愉快，结果后来模型被人尿了一泡，然后被扔到了运河里。当然还有那个史诗级的故事，20 来岁时我们一帮人开车去意大利，到威尼斯玩，结果没赶上回家的火车，然后我们就在圣马可广场和一帮搞音乐的人坐着喝伏特加，一直到凌晨 4 点。当然我一定要跟他分享在考文垂那个巨大的派对房间的故事，那时我找到了毕业后第一份工作，我们举办了一个主题为“致命一击”的派对，供应真的蛋奶馅饼、大量的水、服装等，应有尽有。

“就像真的《致命一击》[①]（*It's a Knockout*）节目那样。”我告诉他。

“那是个啥？”他问，“我不记得有这个节目。”

我什么时候才能学会不提30多年前的流行文化呢？我跟自己说了一百遍了。

他听着这些故事，似乎是真心感兴趣。不像迈克，每次我提到我年轻时的事，他都会翻白眼，每个故事的妙语他几乎都能说出来，就好像他在场那样。

这让我感到有点悲伤。

我意识到自己那些有趣的故事都发生在结婚生孩子之前。我的生活，我的活动，似乎不再有潜力演化成有趣的故事，来博熟人一笑了。我想，在成为妻子和母亲的那些日子里，我的谈话60%都是跟统计学相关的，谁做了什么，在哪儿，什么时间，以什么方式；30%是关于孩子的；7%关于我昨晚看了什么电视；3%是我个人的事，如果那周碰巧有什么事发生的话。我的生活是如何被我之外的所有事情吞噬的呢？

然后托比开始大笑起来。

我问他为什么笑。

他说他脑海里刚刚闪过我穿着“力挺特殊人群”T恤，跟威尔·普林纳对峙的画面。

我听完也笑了起来。真正的大笑，一直笑到我们都流出了眼

---

① 《致命一击》是英国一档老牌竞赛综艺节目，于1966—1982年播出。各队代表不同城镇参赛，参与一些荒诞的游戏来完成任务，参赛队员通常穿着大大的塑料泡沫服装。每队被要求提着水桶在油腻的杆上或滚动的木头上行走，其他队的成员要捣乱，向他们喷射水柱，或者投掷蛋奶馅饼。——译者注

泪，笑哭了。

我意识到我们在谈论一个关于我的有趣故事。关于最近的我，不是学生时期的我，不是独立旅行的我，不是建立家庭之前的我。

“你真是一个棒极了的讨债人。”

“我知道，”我答道，“这是我的隐藏技能。”

4 月 28 日

今晚有读书会。我已经把书读完了，所以兴奋地参加了。结果让大家一举手，发现只有两个人读了书。索妮娅以为晚上主要是我和她跟大家说一下几天前我们去探望葆拉的情况。菲奥娜和露易丝以为我们会讨论上个月的书，因为上次没来得及谈，以为不需要读新书。所以只有我和坦妮娅读了，我们都认为这本书非常好，所有人都应该读一读，便决定等大家都读完再来讨论，以免剧透情节干扰大家的阅读。

当然，这就意味着我们可以用晚上的时间来讨论我和索妮娅去探望葆拉的事，所有人都很想知道具体的细节。我确认葆拉的丈夫理查德有点像发福的罗素·克劳，开始他不让我们进去。不过索妮娅和我料到了这一点，我们的策略是让索妮娅做了个蛋糕，放在一个金属盒子里，我们会说服他让我们进门，理由是索妮娅需要拿回金属盒子。

所有人都认为这招太绝了。

我们接着说，趁着理查德在厨房把蛋糕从盒子里取出来的工夫，我们走进起居室，看到葆拉盖着毯子躺在沙发上。至此，我们确认葆拉确实还活着。她还欢迎我们给她推荐好剧，她说刚刚看完《王冠》，也努力在看《权力的游戏》（*Game of Thrones*），但就是看不进去。我们坐下和她聊了差不多半小时，然后她说自己真的非常累。她看起来筋疲力尽，但其实她什么都没干。说话时，她常常在说到一半时突然心烦意乱，好像她的注意力集中时间不足以支撑她把一个想法表达完整。最后，索妮娅和我交换了越来越忧虑的眼神。索妮娅建议说，她也许应该去看一下她的全科医生，聊一聊，做个体检。我积极地表示赞同，表示我会开车送她去，帮她预约，提供她需要的一切帮助，让她去见见专业人士。

“你们做得对，”坦妮娅说，对着我们两个点头，“听起来她确实需要专业的帮助。她说她愿意去吗？”

“她说她会考虑一下。”索妮娅跟大家说。

一阵压抑的沉默。

“然后索妮娅出去找理查德和她的金属盒子。看是不是能跟他聊两句，”我说，“我不知道该做什么，就走过去给了她一个拥抱，然后坐下握着她的手。她什么都没说，只是紧紧地握着我的手。”

“我找到了理查德，”索妮娅说，“他正在厨房吃一个罐子里的豆子。我跟他说，他要帮助葆拉。我让他答应一定努力让他的妻子去做一下检查。”

“你觉得他会吗？”坦妮娅问。

“我觉得会。”她答道。

“我们能帮什么忙吗？”菲奥娜说，“我们现在能去看看她吗？”

“我们要不等等，先看看她和全科医生见面后的情况？”坦妮娅说，“我看她那个样子，有点像抑郁症。”

有一阵子没人说一句话。

“要是能把你的头部用扫描仪扫一下，看看有什么问题就好了，”露易丝说，“你们知道的，类似乳房 X 光检查那样。”

“哦，我收到一封信让我去做这样一个检查，”我说，“肯定是因为我到年纪了，对吧？”

“黑泽尔刚做过，”坦妮娅说，“不过我想这是她第二次做了。过了45岁，可能每5年都需要做一次。我已经至少做了两次。”

“他们真的用两块铁板夹住你的乳房吗？”我问。

“差不多吧，”坦妮娅说，“不过这都不算什么，你必须去。现在他们能够通过这些检查来发现癌症，这真是太好了。就像露易丝说的，精神疾病不能通过这种方法来确诊，真是太遗憾了。”

一个古怪的想法进入我的脑海，我真不知道自己为什么要说出来，但我们的情绪都有点压抑，所以我也没管住自己的嘴。

“你们宁愿选哪个，”我说，“抑郁还是癌症？”

所有人都沉默了，又啜饮了几口普洛赛克酒，没人想到我们的谈话会走到这里。也许我们应该讨论一下那本书。

“显然这两个都很糟糕，”我赶快补充一句，“我不是咒大家啊。”

“取决于癌症是否致命，”菲奥娜回应了我，因为专注眯起了眼睛，“如果我知道自己能活下来，我想我宁愿得癌症。”

“我也这么想，”露易丝附和道，“得了癌症你还知道自己在跟谁作战。而抑郁呢，是跟你头脑中的一切作战，这是我们要面对的最艰难的事情。”

“我们还是聊聊别的话题吧。”我提议说。

“好啊，”索妮娅说，使劲点着头，“请跟我们说说你的工作吧，露易丝。最近又有人在哪个洗手间亲热了吗？”

5月

May

搞定我儿子的未来，比如，在他屁股上安个火箭

5 月 2 日

我真不敢相信自己居然大半夜来到了一个喝酒的地方，我眼睛困得都睁不开了。要是真的能喝醉，倒也好了。

嗯，我猜这是一个喝酒的地方。它显然觉得有必要假装自己不是一个酒吧。它外表看起来像是一个卖锅炉的商店，而实际上，在柜台后一个破旧的门后面，藏着一个"罪恶的巢穴"——和一个正儿八经的酒吧没什么两样。

如今，酒吧要假装自己不是一个酒吧，这显然是一件很酷的事。

我想问，为什么要那样做？为什么把酒吧藏起来？为什么认为这很酷？为什么跟朋友约在一个卖锅炉的小破店外见面是一件很好笑的事？他们这代人真的认为我们这代人是傻瓜？就因为入口跟我年少时常去的天堂俱乐部（它有 20 世纪 80 年代常见的霓虹灯和棕榈树）不一样，我就找不到这个年轻人的秘密聚集点，害怕自己真的会进入一家锅炉店的密室？

我当然有这个担心，我正在店外等弗雷迪从派对出来，现在时间是凌晨 0 点 15 分，他已经让我等了 15 分钟，我很生气，但又不敢走进那家看起来空无一人的"锅炉商店"，万一警察来以非法闯入的罪名逮捕我，我就糗大了。

我决定再等 5 分钟，但我知道如果不很快行动，我就会睡着，然后一个警察会敲我的车窗，以我在年轻人聚集的酒吧外游荡为罪名而逮捕我。我决定给丽兹打电话，因为现在她那里是下午，我们

也该聊聊天了。

“嗨，”电话响了几声后她接了，“都这个时候了，你在干嘛呢？”

“我正坐在一个酒吧的外面——嗯，我觉得它是个酒吧，等着接弗雷迪。天黑了，还下着雨，我真希望自己是在床上。你在干嘛呢？”

“我一会儿约了一位女性好友在海滨健走。”

我叹了口气，看着雨滴从黑漆漆的挡风玻璃上落上。

“一切还好吧？”她问。

“哦是的，好极了，”我说，“挺好的，就是感叹我们怎么会生活在这样的平行宇宙里。”

“啊，这里周日下雨了，这是不是让你有点儿安慰。3 周来第一次下雨。我其实正想给你打电话，看妈妈是不是准备好下周做手术了。”她说。

“天呐，她兴奋坏了，”我告诉她，“就像不是要去治膝盖，而是要去度假似的。她逢人就说你坚持让她走自费医疗。”

“她肯做手术我就高兴了。”

“是啊我知道。丽兹，你真是太慷慨了。谢谢你。”

“不用谢我。是你让我们大家注意到了这个情况。如果你什么都不说，我一点都不知道。你了解妈妈的性格。”

“是，她就是固执，”我说，“对了，妮可拉最近跟你聊过吗？”

“她给我发过几条信息，都是关于那个性感医生的。”

“我见过他了。”我告诉她。

“真的吗？你怎么不早告诉我。快说说。”

“嗯，”我叹口气，“他很性感，但有点老。”

“老？有多老？”

“我不知道。55 岁至 66 岁吧，可能。”

“那还不算太老。”

“我知道，但对妮可拉来说有点……她跟他一起去一个高尔夫俱乐部参加智力竞赛……穿着开衫。”

“那个医生穿着一件开衫？”

“不，是妮可拉。”

“哇哦！那可不像妮可拉的风格。”

“没错。我对他有种不好的感觉，丽兹。老实说，我觉得他就是玩玩。我很希望我的预感是错的。”

“上帝啊，希望如此，凯茜。妮可拉给我发信息的口吻，似乎非常确定他随时可能会求婚，这听起来太快了，但我想他们可能是‘一见钟情’的那种。她从此会过上幸福的生活。”

“我想她是太想过上幸福生活了，所以是个活人就行。我什么都不敢对她说，因为她肯定会说那句话——”

“你站着说话不腰疼。你都结婚了。”丽兹和我异口同声地说出来，然后我们大笑起来。

“一点不错，”我说，“如果她能清醒一点就好了。”我补充了一句。

“但愿吧，”丽兹说，“我得走了，不然健走就该迟到了。”

“玩得愉快。”我说。

“希望弗雷迪很快出来。”她说。

我挂了电话，看到几个人从“锅炉商店”离开，我认出他们是和弗雷迪同年级的同学。我看了下手表，给弗雷迪打了第 5 个电话。还是无人应答。

别无选择了。我必须做那件弗雷迪让我发誓一定不能做的事。这是他的错：他让我在午夜之后等了 20 分钟。

我要进到酒吧里，把他弄出来。

我走进“锅炉商店”，然后从柜台后面那扇破旧的门走进——我看到弗雷迪的同学从这里出来。我以为自己马上就会被裹入音乐、噪声和难闻的酒味里，空气中可能还掺杂着青少年难闻的呕吐物的气味。但是没有，我居然真的进入了一个密室！一个空空的密室，除了我刚进来的那扇门，看不见别的出口。我的心恐惧得怦怦直跳，但我不知道为什么。这没道理啊！他肯定在这里的某个地方，我明明看到有人出去啊。我打起精神继续往前走，眯起眼睛四处打量这间光线昏暗的密室。这太荒唐了！我可不想进入《迷宫传奇》（*The Crystal Maze*）的剧集中，我只想把我儿子从酒吧里接出来。

我开始用手指敲墙，真的在敲墙。就像是个俄国间谍，而不是一个半夜找儿子的愤怒母亲。

我年纪太大了，干不了这种秘密勾当。最好给我一个巨大的霓虹标语，用明晃晃的大字写上“给用假身份证的人供应酒水”，我就不需要带上老花镜来读了。这真是太愚蠢了。

不知怎的，我突然想到可能有个密道。可能现如今进入酒吧要用这种方式。我开始在地板上找有没有活门，但在昏暗中什么也看不见，然后我开始往架子下面找，拼命想发现有生命活动的迹象。房间的一角有一个水槽，上面挂着一面镜子。也许这是一个双面镜，里面的人可以看到外面那个不知道怎么进入一个假装不是酒吧的酷酒吧的蠢货。也许更糟，有一个摄像头正在拍我，我在这个肮脏的房间里到处摸索的画面被投射到大屏幕上，现在派对上所有人正歇斯底里地笑着看我出洋相。我抬头看着天花板的角落，好像自己在某场古怪的《老大哥》（*Big Brother*）剧集中。我以为我看到了一个摄像头，就在水槽那面镜子的正上方。我开始挥舞双手，大喊道：“弗雷迪在哪儿？”真希望有人能来帮帮我，但是什么都没有——显然根本没人在看我。

我在水槽下方看到了一缕透出来的光线，只是一小条。我趴在地板上，试图透过这个缝隙看看后面有什么。

就在我四肢着地趴在地上时，我突然意识到水槽在移动。是的，在移动，快速地向我移动，我感到自己正在做噩梦。

“柯林斯太太，您在地板上干什么呢？”有人说。

我手忙脚乱地爬起来，看到水槽和镜子掩藏着一个假门，门面传来音乐、噪声、酒精和呕吐物的味道。

“丢了个耳环，”我说，眯起眼睛看着面前的女孩，我记得弗雷迪十年级的时候曾经带她到家里玩，“你知道弗雷迪在哪儿吗？”

“他在，呃……跳舞吧，我想。”她憋住笑说。

“好的，我去找他，”然后说了句不可原谅的话，“你妈妈要来接你吗？需要我送你回家吗？”

“呃，不了，”她说，挽住她男伴的手臂，“我们没事，谢谢。”

他们大笑着走了。

我穿过十几岁孩子们散发着汗味的身体，眼睛半闭着，竭力不去看任何不该看的东西。我只想回家睡觉，虽然来之前我已经在沙发上睡了两个小时，从 9 点到 11 点。

他在喝酒，他当然会这么做，我料到了。他走之前还得意扬扬地给我看他的假身份证，显然这里人手一个。“当然其实我并不需要，”他补了一句，“我是说看看这张脸！”他大笑起来。我注意到他画着眼线，是那种半哥特式、半男扮女装的风格，这我还是第一次看到——不过效果还挺好的。我沮丧地发出一声叹息，我 17 岁的儿子已经比我更会驾驭美宝莲化妆品的神奇魔力了。

当我穿过人群向他跋涉前进时，他盯着我，好像看到了一个女鬼。这会给他一个教训，我想。以后我接他的时候，他就永远不会迟到了。

他夸张地恐惧尖叫起来。不是指着我的脸，而是我的脚，他捂着眼睛，就像某部默片里的女主人公一样。

“拖鞋，老妈！”他大喊道，“我的上帝啊，你居然穿着拖鞋出门。又这么干！为什么！哦！为什么？我一直跟你说拖鞋是室内穿的，不是室外。”他冲我走来，抓住我的肩膀，把我转了个身，推着我往商店门外走。

“没什么好看的，”他边对经过的人说着，边把他们都赶走，“这是我妈，有点阿尔茨海默病早期症状，就是这样。绝对没什么好担心的。不过我最好赶快把她送回家，不能让她穿着拖鞋在街上游荡，对吧？尤其在这种天气。再见，所有人！祝你们玩得愉快！这真是太扫兴了！”

“你去哪儿了？”我们一上车我就问他，“你让我在外面等了 20 多分钟。”

“我忘记看时间了。”他咕哝着说，然后努力把安全带塞进锁扣里。我等啊等，他就是塞不进去，我一把抓住安全带，“咔嗒”一声塞了进去，就像他又回到了学步儿童时代一样。

“我不习惯熬夜到这么晚，”车开起来后我抱怨道，“通常这时候我至少都睡了两个小时了。你知不知道我有多累？这么晚我还过来接你，你小子有多幸运？”

“这是因为你爱我，不想让我被谋杀。”他边说边若有所思地点着头。

“我是算好时间出门来接你的，没想到你还让我等半天。这可不行，弗雷迪。我再也不干这样的事了。”

“你就应该把我扔这儿不管，”他说，“把我扔在派对上，惩罚我迟到。你刚才就该这么做。”

“然后呢，你怎么回家？”

“走路。”

“到家要走4英里，你可能真会被谋杀。”

“为什么你不让爸爸来接我呢？”他最后问道。

“他人在利物浦，这个你知道的。参加团建活动，显然有打保龄球、头脑风暴什么的。”

“那是个活动吗？”他问。

“不知道。反正他在工作。”

“这可是周五晚上！我讨厌他的工作。一天到晚就是扯闲篇，对不对？扯闲篇、打保龄球。谁会愿意干这个工作？”

“嗯，你爸可能很快也不干了。”

“他要退休了吗？”他打了一个大大的嗝，是伏特加和橙汁混合的臭味。

“不。他其实是想接受再培训然后改行。”

“在他这个岁数？改行干啥呢？公交车售票员？”弗雷迪放声大笑起来，好像这是他听过的最滑稽的事情。

“我想现在公交车上都没有售票员了吧。”我说。

“哦我的天，你说得对，”他说，转身紧紧抓着我的手臂，“我这辈子，可能永远，永远见不到一个公交车售票员了。”

“不过我猜发展中国家肯定还有。”我补了一句。

“没错！南美会有的。我要去南美找到一个公交车售票员，这样我就能从人生目标清单上划掉一项了。”

该死！他还在考虑去南美的事，现在我又多给了他一个去的理由。我真该闭上我的嘴。

我重重地叹了一口气。“他在考虑回到大学接受再培训，成为一名教师。”

车内一片沉默，我转头看了一眼我的儿子。

“他真让人无法置信，”他压低声音说道，“他到底是想干什么？”

“我不知道，”我说，“但他下周要跟伯明翰大学的教务长见面，谈一个研究生课程。”

“什么？”弗雷迪发出一声尖叫，差点从座位上跳起来，“伯明翰！我想要上伯明翰大学。”

这对我可是新闻，很棒的新闻，太令人兴奋的新闻！他想要在高等教育机构有所作为！我差点停下车拥抱他，这孩子终于展示出一点奋发有为的迹象……不管他想干什么。

“你怎么之前从没说过关于伯明翰的事？”

“是这样。凯莉和杰克说他们可能会申请那里的生物医药专业。嗯，我了解到那里有很好的心理学课程，所以你知道，我正在考虑申请。现在好了，简直太典型了，对不对？我一决定想干什么事，我爸就会来抢我的风头。这个世界上有谁愿意跟自己的爸爸一起上大学？这就像那时候他决定要给9岁以下的儿童足球队当教练。那简直是一场灾难，你记得吗？他……他……让我一直待在替补席上，然后让我上场射门……后来我终于进球了，他又让我回到替补席。我现在变成这样有什么奇怪的？一个画着眼线、讨厌足球、喜欢牛油果、热衷电影《洛奇》(*Rocky*)的混合体。如果当年爸爸没有当那个足球队的教练，我本可以成为马克·欧文。一个彻头彻尾的足球英雄。”

“迈克尔·欧文，”我更正道，“马克·欧文是接招合唱团[①]

---

① 接招合唱团是英国历史上最成功的男子流行演唱组合，也是英国自20世纪60年代以来最红的10支流行音乐乐队之一，成立于1990年。马克·欧文是接招合唱团里的小可爱，想成为足球选手，也是个模仿猫王的绝佳好手。——译者注

（Take That）那个。”

“随便吧，”他懊恼地捶向仪表盘，“我们需要吃顿快餐，”他要求道，“是不是，妈妈？这是一场危机，只有油炸的垃圾食品能够解决。”

我匆匆答应了。20分钟后，在这个下着雨的寒冷的深夜，我们停在一个停车场里，坐在车里吃着垃圾食品，油脂从我们的下巴流下，让我们觉得人生又好起来了。

“你能想象那会是什么样子吗？”弗雷迪最后嘟囔着说，“我在某处溜达，爸爸突然出现，要跟我交朋友，努力假装他是我哥们儿。想想就感到难为情，实在是太难为情了。”

“我可以理解你为什么不愿意和你爸爸上同一所大学。”我说。

“而且是在同一时间。”他补充道。

“这应该是你的时间。”我告诉他。

“说的就是啊，”他塞了满满一嘴薯条，含混不清地说道，“我对我的学生岁月有绝对的主导权，而爸爸现在要把这些岁月从我这里偷走。”

“嗯——”我点头道，我希望这个表达方式既是一种对他的鼓励，同时也绝不是对我丈夫的背叛。这场对话进行得很好，这可能是我们生活中的一个转折点。我没料到我们会谈这件事，但我喜欢，非常喜欢。这是弗雷迪第一次以积极的口吻谈起上大学。在此之前他的态度都有点模糊，对第六学级[①]之后他打算做什么没有真正的计划，除了说要跟着某个剧团环游南美。谁会想到最终让他采取行动的，竟然是听到他爸爸要上大学的消息。他全部的好胜心被勾起来了，上大学成了捍卫原则的一件事，一种与生俱来的权

① 第六学级是英国中等学校的最高年级，学生年龄在16—18岁，准备参加高级证书考试。——译者注

力，是需要他为之战斗和保护的东西，真真要哈利路亚[①]（Hallelu Yah）。如果弗雷迪被激励起来好好努力，那迈克的职业动荡也许还真的带来了些好处。

如果这还能让迈克打退堂鼓不去再培训，那就更好了。所有人都高兴了。我会非常高兴！

"跟你爸爸说说你的感觉，"我鼓励弗雷迪，"不要憋在心里。告诉他，和他同在一所大学让你感觉不舒服。"

"我肯定得跟他谈，"弗雷迪说，"我不会让他开着他的四驱车出现在学生会，说想跟我一起抗议工厂化养殖造成的环境污染。"

"再来点鸡肉吗？"我问。

"必须的。"他说。

5月5日

"妈妈的膝盖"群聊

丽兹：我刚给妈妈打了电话，她说想把住院期间预订的报纸取消掉。你们谁能替她跑一趟报刊亭吗？

我等了整整一小时，妮可拉不出所料地没有回复。

我：我去接妈妈的路上顺道去一趟吧。

丽兹：你能提早去吗？妈妈说他们要求提前48小时。

我：好的。

① 哈利路亚是一个希伯来语词汇，意思是"你们要赞美耶和华"。——译者注

丽兹：妈妈还说她需要一件新的晨袍，因为她担心她现在这件太破旧了。你们谁能带她进城给她买一件吗？

我知道这是怎么回事。这是因为她要去私家诊所，担心我去年圣诞节给她买的那件米色毛巾布的还没怎么穿的晨袍不够好。但是她不敢跟我说，因为她已经要求我开车送她去私家诊所，那离家可有 80 英里远，不是家门口那个医保医院。我为了送她重新安排了本周的工作，还要和我爸在普瑞米尔酒店住一晚。但我爸并不介意住酒店。想到有自助早餐吃，他兴奋得不得了，根本不担心他老婆有个大手术要做。他甚至还用座机给我打电话，确定我是否订好了房间。他上次用座机给我打电话还是 20 年前，那是千禧年的第一天，他祝我新年快乐。

我：我有点忙不开，因为我必须把所有工作都挪到今明两天做完，才能送她去医院。你能跑一趟吗，妮可拉？

5 月 6 日

妮可拉：抱歉，亲爱的们，我刚看到信息。我已经去取消预订的报纸了，你能带妈去买件晨袍吗，凯茜？今晚去就是深夜购物了。因为有孩子们，我去不了，抱歉哈～

好吧，这是一件“值得期待”的事情，我想。在商店里到处转悠，找一件我妈妈不需要的晨袍，与此同时，她一直在我耳朵喋喋不休：丽兹和帕特里克多么孝顺，付钱让她去私家诊所，她不敢相信自己这么幸运，尽管丽兹远在加州，却还能给她这样好的照顾；

她隔天就给丽兹打电话，看看她怎么样，虽然她的瑜伽公司真的很忙；时差对她来说是个噩梦，因为她必须很早就打电话，丽兹真的是个贴心得不得了的女儿；我们回家后，我能不能帮她把行李箱从阁楼上取下来，擦擦灰，因为很久没用了，他们一直也没外出过，不是吗？当然，丽兹好心邀请我们 8 月去她那里做客，所以终于可以用上行李箱了，我能不能给它好好擦擦呢？谢谢了，亲爱的。

5 月 7 日

我带我妈购物完回到家，发现坦妮娅和罗比坐在厨房的桌子旁。我一进来他就站了起来，看起来有点慌乱，好像他正在干一件不应该干的事，被我逮个正着。

“哦，赶快坐下，罗比，”我说，把购物袋扔在桌子上，“我给你们沏杯茶好吗？”

“我来吧。”罗比说。

“不用，”我说，把手放在他的肩膀上，“坐下。谢谢你陪我的朋友说话。”

“我们在聊天呢。”坦妮娅说。看起来他们好像是在进行一场深度谈话，罗比的神情若有所思，我希望坦妮娅从他那里获知了更多关于他家庭生活的事情。他只跟我透露过一点，但不是什么重要的，也从未要我同情，他还要担起照顾弟弟的重任，一定很不容易。我绞尽脑汁在想我怎么能够更多地帮助他，但是最后结论是，在他上学期间让他兼职打份工可能是我能帮上的最大的忙。

我们 3 个人聊了整整一小时。嗯，主要是坦妮娅和我在聊，罗比主要在听，后来他把切菜板放在厨房桌子上，我们聊的时候，他就在切菜，不时插一句怪怪的评论，或问一个怪怪的问题。我们谈到葆拉，商定我们要给她打个电话，问她是不是已经看了全科医生。我们还谈到了孩子们。我跟坦妮娅说了“邪教徒”卡尔的事，罗比说了自己的看法。“他是个蠢货，”坦妮娅告诉我她的看法，“柯斯蒂慢慢会忘了他的。”我告诉她，弗雷迪发现他爸可能会抢他的风头，跟我坦白说他其实想要上大学。罗比说了他的看法：“弗雷迪最后会走上正道的。”坦妮娅也分享了她的看法：“弗雷迪会找到自己的路的。”我告诉坦妮娅，我第二天要开车送我妈去做膝盖手术，她快把我搞疯了，因为她离家之前想要干一百万零一件事，坚持洗手间和厨房都要一尘不染，我收拾完后她还要“视察”，是的，“视察”，发现淋浴间的门上有一块污渍，又打电话把我叫去。“我真的很想念我妈妈。”罗比说。“我也是。”坦妮娅也说道。

这让我闭上了嘴。

5月8日

现在是半夜，我累坏了，躺在我爸房间里的沙发床上，努力想睡着，这家普瑞米尔酒店是米尔顿·凯恩斯镇的西部分店。今天没料到会这样结束！

在我妈的坚持下，我们早晨6点就上路了，尽管我们跟医院约的时间是上午10点。她担心会堵车；他们邻居的朋友的叔叔两年前开车去南边，结果路上堵得一塌糊涂，所以她觉得还是宁求稳妥以免后悔。

早晨6点2分，我到爸妈家时，他们自然已经在马路边上看着手表等我了。妈妈看起来有点紧张，但爸爸似乎很兴奋，至少可以这么说。他一看到我就问，路上我们能不能在麦当劳停下吃早餐。我正要说我们直接去找一家吃早餐，因为我早起一杯咖啡都没来得及喝，就我来说，要是不吃个猪柳麦满分，一场旅行就不能算开始。这时，妈妈插进来，说他们已经吃了什锦粥，喝了杯茶，不需要停下来，要赶在早高峰之前上高速，半路可以停下来。

结果我们提前两个小时赶到了诊所。两个小时！我正要提议我们去找家餐馆，但我妈已经下了车，冲着爸爸喊，让他拿着她的行李箱，同时对这里的风景和悬挂的漂亮篮子不停地发出“噢！”“啊！”的赞美声，就好像她是到温泉疗养地度周末，而不是来把她的腿切开。

“我是朱迪·格林太太，”我们进去后，她对服务台后的女士说，“但是，我的预约可能是以我女儿的名义，她是伊丽莎白·瑞安太太。她住在美国加州，所以今天来不了，但她和她的丈夫很体贴，支付了我的手术费用，因为她很想让我们夏天去她那里做客，所以我真的没有选择，只能接受她的慷慨，虽然我不确定我完全认同自费医疗，因为我和我丈夫一辈子都在交税。但是有人主动提出要付费，你能怎么做呢？我需要把我的膝盖治好，这样我才能去探望我在加州的女儿。”

“您当然必须治好，格林太太，”那位接待员说，“我们很高兴您来到这里。您运气很好，现在您的房间已经准备好了，我可以带您过去，您可以先收拾一下，等着高级顾问医师来见您。”

妈妈转过身，扬起眉毛看着我。“我的房间准备好了，”她说，“我们早出发是不是很对？”

我这辈子从没这么无聊过。感觉像是等了几个星期，顾问医师才过来，与此同时，我妈一直在纠结要不要换上她的睡袍，爸爸眼神呆滞地坐着，在看一档关于上门推销员的电视节目。

终于，卡特赖特医生进来了，穿着一件深色西装，身后跟着一大群人。他很敷衍地跟我妈妈聊了几句，冲一个护士嚷嚷了几句，然后离开了。

我们一头雾水。

在我看来，他什么都没说明，只是说了一长串术语。幸运的是，一个资深护士很快进来，把手术情况清清楚楚地解释了一下，我们感觉心里有底多了。

“可能他说的就是‘顾问医师’该说的话。”护士离开后我说。

“他长得挺帅，”我妈说，“你给你姐姐发信息说他来过了吗？我想他们肯定在担心。”

“妈妈的膝盖”群聊

我：顾问医师来过了。她 2 个小时后就要进去手术了。我们已经到这里 2 个小时了。我都无聊到要割腕了。

丽兹：妈妈吃了我寄给她的那些草药片了吗？它们对康复很有效果。

我：我不知道。但是今早 7:30 我们在 M1 高速公路上吃的“猪柳麦满分”她很喜欢。

丽兹：你知不知道那里面有多少毒素？

我：当然！但是也没有卖“羽衣甘蓝麦满分”的呀。

丽兹：妈妈真的应该吃点更健康的食物。加工食品对她的身体很不好。

“她说什么了？”我打字的时候妈妈问我。

“没什么，”我说，“就是希望你手术顺利。”

“妮可拉呢？”

“肯定在忙着带孩子呢。还没回复。”

“上周她过来送孩子的时候，带男朋友跟我们见了一面。”妈妈补充了一句。

“你觉得他怎么样？”我问。

“傲慢的蠢货。”我爸爸咕哝着说。

“不，他不是，”妈妈打断说，“他挺聪明的。”

“那不代表你一定要傲慢。”我说。

妈妈看着我。“为她感到高兴吧，”她说，“你很幸运，嫁给了迈克。”

她看向别处，话题结束。

这话是什么意思？我高攀了？迈克向我求婚是犯了糊涂？我配不上他？那是什么意思？上帝啊。我拼死拼活地做个好女儿，一大早就起床，带她去麦当劳吃早餐，即便这样，我还是感觉自己一败涂地。她是有什么特殊技能，让我有这样的感觉？我绝对要保证不让我女儿有这种感觉。在养女儿方面，我不愿意成为我妈那样的母亲。

现在是半夜，爸爸正大声打着鼾。

我们今晚过得超好。妈妈终于进了手术室后，我们去找地方吃午饭，几个小时后回来。妈妈做完手术很虚弱，意识还不是很清醒，那位好心的护士告诉我们，第二天再来看她比较好。她会得到很好的照顾，我们两个应该去睡一会儿，因为我们看起来都很疲劳。我正在想这真是个好主意，爸爸对我耳语说，我们住的那家普瑞米尔酒店旁边就有一家收割机餐厅，鉴于今天我们压力很大，应该享受一顿大餐。

我们下午 6 点到餐厅，是最早到的一批客人，晚上 10 点才离开，是最后一批离开的。爸爸好像把它看作最后的晚餐了。我们点了 3 道开胃菜，因为他在布里楔形干酪、墨西哥玉米片和炸鱿鱼圈之间举棋不定。然后他点了一份烤杂排。我从1979年以后就没见过烤杂排。他吃了那么多肉，我都害怕他长出角和尾巴来。他还要喝啤酒，我想直接点一瓶，那比单点两杯要便宜，还坚决跟爸爸说要留着螺旋塞子，好把剩下的酒带回家。

然而，我发现我并不需要螺旋塞子。

这顿饭我们吃得很好，真的很好。我们谈了很多，大多是东拉西扯。我觉得很难过，为这之前很少跟爸爸这样聊天而感到非常、非常难过。坐下来，和父母一起喝酒喝到醉。我之前为什么没这么做呢？我们为什么觉得很难问父母那些我们很想问的问题？你们是怎么认识的？是一见钟情吗？你们都去哪儿约会？初吻是在哪里发生的？初吻感觉怎么样？你们现在还接吻吗？你们现在还幸福吗？你做出了正确的选择吗？你有任何遗憾吗？你现在能教我什么？我对于生活应该知道什么？可以告诉我一些我应该知道的事情吗？

爸爸在某个时刻谈得真的很深刻。那是在我们分享了一份黏牙的太妃布丁和一份提拉米苏之后，我开启了醉酒胡扯模式，跟他谈了我在芥末工厂的工作。他并没有认真听。他压根不在乎那些潮人、他们创业搞钱的点子以及周五晚上的啤酒派对。

“我那时候想法很简单，就是挣够钱，养活你妈和你们姐妹3个，每年在西班牙度假两周，”他说，“一切搞定。”他大笑道，举起酒杯为自己祝酒。

他笑得酣畅淋漓。那是一个满足而幸福的男人的笑声。一个人生没什么遗憾的男人的笑声。可能他真的一切搞定了。放低目标，然后就能超出预期。不要追随你的梦想。计划只是对幸运的少数人行得通。对像我们这样的其他人，它会完全毁了你的生活。

“有什么事是你想做但没做的？”我边摇着酒杯里的酒，边问他，希望酒能发出一声爆破音，也许它就藏在透明瓶子里某个地方。

他暂停了一会儿，送到嘴边的提拉米苏就那么停在半空中。

“我本来想去摔跤比赛现场看一看，就想看看是什么样子的。但你妈妈不同意，所以我就带她看电影了。”

“这样啊。”我点头道。

“你叔叔杰拉尔德经常跟你珍妮特婶婶一起去看摔跤比赛，但你妈妈她对穿紧身衣的男人有特别的感觉，如果你明白我什么意思的话。”他冲我眨眨眼。

我想到珍妮特婶婶，她现在已经是一位八旬老人了，走路拄着拐杖，穿一件涤纶的长裙，胸前还有肉汁的污渍。很难想象她色眯眯地盯着身穿莱卡紧身衣男人的样子。

“有些时候我真希望自己是个女人。”他又说道，向我挥舞着勺子。我差点把嘴里的提拉米苏喷到他脸上。这不太可能啊。我父亲显然是那一代对男女职责分工明确有执念的人，在我看来，他得了一份美差——被老婆从头到脚地照顾着，也不需要参与抚养孩子的痛苦过程。

“不可能，爸爸，”我说，“你到底为什么想变成一个女人呢？”

“因为她们有更多时间陪伴孩子。”

他又把勺子放回布丁里，然后继续吃。

“但那时候我并不这么想，”他说，“我的意思是，某些天的早晨，我早早离家去上班，就是为了避开早餐时你们姐妹们的尖叫比拼。只是现在我回头看，意识到我错过了很多。我记不住你们说的第一个词，你们第一次走路，但你们的妈妈能记住。我记不住你们姐妹 3 个第一天上学，或者开运动会，或者学校颁奖，或者演耶稣降生剧。”

“我从没在学校得过什么奖。”我说。

“我知道，亲爱的，不过丽兹得过。”

“她当然得过了。”

“每年她都会得学级奖，”他继续说，“我从没去参加过她的颁奖仪式，因为我在上班，上班干什么都几乎没印象了。你妈妈每次都参加，把仪式流程单带回来给我，读她的名字，但那跟去现场是不一样的。”

“你参加我的毕业典礼了。”我说。

“我记得，”他点头道，“很棒的一天，最棒的日子之一。”他继续微笑道：“有许多许多很棒的日子，但我希望……我只是希望我见你们更多一些，更像你们的妈妈那样，参与得更多，见证更多。起码能让我现在有更多的回忆可以反复回味，而不是只知道 M25 高速公路上最好的停车点在哪儿，或者记得哪次我在雷丁[①]（Reading）镇外的临时停车处吃到了这辈子最好吃的培根三明治。”

“哇哦哦，那是在哪儿？”我问，能够知道在哪儿有好吃的培根三明治总归是件好事。

“那是 1978 年的事了，”他回答道，“我猜巴里咖啡馆已经没有了。”

“当母亲不只是参加颁奖和学校集体活动，这一点您清楚吧？”

“我知道，凯茜，”他说，用餐巾纸擦擦脸，“但我回头去想，我宁愿当母亲，也不愿当一个卡车司机。”

爸爸在酒店走廊问我，我是否愿意在他房间睡，因为他从结婚那天起就没有一个人单独睡过。这听起来是不是很温馨？我想到我和迈克，我们两个可能正好相反。我们的夜晚是聚少离多。

我说我去拿我的东西，还需要给迈克打电话说两句，所以大概需要 20 分钟。

---

① 雷丁，英国英格兰东南区域伯克郡的自治市镇，英格兰的单一管理区之一，是一座非常小巧的城市。因为规模小，雷丁还没有获得市（city）的身份，仍然是镇（borough）的建制。——译者注

“喂，家里有事吗？”迈克接起电话说。

“没事。就想听听你的声音。”

“我睡着了。今天我 5 点就起床准备跟首席执行官们开会。”

“哦，对不起。就是想跟你说，妈妈的手术进行得比较顺利。”

“哦，对对。对不起，我都把这事忘了。她还好吗？”

“药劲儿还没过去，但是，她很快就会好起来的。”

“你还没去医院，对吧？”

“没有。我和爸爸刚刚在酒店吃完晚饭。我正在收拾我的东西，然后去爸爸房间睡沙发床。”

“感觉有点奇怪啊。”

“他说从结婚那天起他就没有一个人单独睡过。”

“这真是太奇怪了。”

“你在外面时想我吗？”

“当然想了。我真的受够了住宾馆的生活，你知道的。”

“我知道。”

“哦，顺便说一句，我周一跟伯明翰大学的教务长谈过了。他说我就是他们正在寻找的那种人。我肯定会被录取。海伦在那儿读的博士，我想跟这层关系有关。她认识他，所以她应该是帮我说了几句好话。我打电话告诉她跟教务长谈得很好时，她一点也不吃惊。”

我感到有一滴泪进了眼睛。我很累，有点情绪化，他居然先跟海伦说而不是跟我说，不管是不是因为他觉得我会抵触。我听完反正很不开心。

“凯茜，你还在吗？”他问。

“在呢，”我说，“我实在太累了。明天再给你电话，好吗？”

“好的，当然了。替我向妈妈问好。”

"会的。"

我到爸爸房间的时候，他已经睡熟了。我蹲坐在他床尾的沙发床上，听着他满足的呼噜声，想着我那个不满足的丈夫。

"妈妈的膝盖"群聊

我：妈妈今天下午还是很虚弱，但顾问医师说手术进行得很顺利。早晨我会回医院看她。爸爸睡得很熟，不过一直在打呼噜。

丽兹：好消息。你们在一个房间吗?

我：他不愿意一个人睡。

丽兹：保佑他。

我：谢谢你给妈妈换了新膝盖，丽兹。抱抱。

丽兹：这有什么好谢的。谢谢你一直陪着。做个好梦。抱抱。

5 月 21 日

今晚迈克要回家，我知道弗雷迪一直有计划。自从上次我们聊天以来，他还没有直接跟迈克谈起大学的事，但他一直默默酝酿着，暗中谋划着。我能看到他在反复思量，想出最好的方式来对付他父亲，而我看到弗雷迪突然充满了斗志，简直高兴坏了。不管弗雷迪在计划什么，结果一定很好。我期待着一出精彩的剧目在我眼前上演。

我们已经开了一瓶红酒，迈克告诉我他又跟伯明翰大学的教务长谈了一次，迫不及待要和我分享他们谈的内容。我跟他说，我们要等到晚饭后，谢天谢地，他很高兴地接受了这个提议。

我听到门开的声音，弗雷迪走了进来。

我一下呆住了。为了这出戏，他换上了他最好的学院风行头。他穿着棒球夹克、纯白 T 恤、米色斜纹布裤，看起来就像《歌舞青春》（*High School Musical*）里的扎克·埃夫隆，甚至还在腋下夹了一摞书。而且他身上的味道好闻极了！他在桌旁坐下来，问我们能否跟我们谈谈他的未来规划。

迈克和我交换了下眼神，当然我装作什么都不知道，对迈克微微耸了下肩。

我们和儿子面对面坐着，好像要开始一场面试。弗雷迪清了清嗓子，我注意到他居然打了粉底。手法巧妙，不着痕迹。我再次悲叹，我两个孩子在化妆技巧上都远超于我。

“我这段时间认真考虑了一下我未来的教育问题，”弗雷迪开口道，“我在看几所大学的招生简章。”他把几份塑封单页在我们面前摆成扇形。我感觉迈克内心的自豪要压抑不住了。

“太好了，弗雷迪，”迈克喜形于色地说，“听到你在考虑未来真是太好了。”

“嗯，我已经做出决定了。”弗雷迪严肃地说。

“好，好，这真是太好了。”迈克说。我热切地点着头。

“我非常、非常想做的事情是，去伯明翰大学修心理学。”

“嗯，嗯，”迈克立马接过来说，“那个课程哪里特别吸引你呢？”

弗雷迪看起来一时有点懵。

他吞了吞口水。

“他们有一周在柏林的住校学习课程，我一直想去柏林，据说那里的夜总会是顶级的。”

迈克惊得目瞪口呆。

“别担心。这是免费的，是包含在学费里面的。我猜吃饭费用是要自理的，当然学校也不会付钱让你去夜总会，但是我肯定可以从别处弄到这笔钱。”

他的声音低了下去，可能意识到自己说错了话，跑了题。

“为什么一定要去伯明翰大学呢？”我问道，用乞求的眼神看着他。

“因为那是一个国际大都市，文化多元，沉浸在那样的环境中，我想我会受益的。哦，所有人都说他们的教导关怀是首屈一指的。”

我提醒自己要查一下“教导关怀”到底是什么意思，我经常听到这个跟教育相关的说法，但并不特别清楚它的定义。我原本以为它的意思是“非常关心”，但现在发现自己露怯了。反正不管是什么意思，我知道它是个好事情。我当年上大学时，他们肯定没这个东西。那时候地板上能有个抽水马桶就算不错了，哪有什么“教导关怀”这种精致玩意儿。

“好，弗雷迪，听起来你真的已经考虑清楚了。干得好。那么下面你有什么计划呢？”迈克问。

“嗯，他们有开放日，我想去学校参观一下，另外我显然还需要完成申请流程。”他回答道。

“还要考过录取线。”迈克补充道。

“我会考过录取线的。”弗雷迪说。

迈克朝我看了一眼。

“我知道你会的，”我对弗雷迪说，手伸过桌子握了握他的手臂，“我知道你一旦下定决心干一件事，就一定能干成。”

“啊，我觉得这真是太好了，”迈克说，他身子往后仰靠在椅子上，咧嘴笑道，“我本来没打算今天说，但是，看到你对伯明翰这么上心，我就告诉你吧，我可能会跟你成为校友，儿子。实际上，我这周刚跟伯明翰的教务长谈过。我在考虑重新接受培训，成为一名教师，那里的 PGSE[①] 课程很棒，我可以每天在学校和家之间往返。毕竟，去那儿坐火车只需要 25 分钟。”他探身向前，握住弗雷迪另一只手臂，“怎么样？我们可能成为同学。那真是太棒了。”

弗雷迪看了我一眼，然后目光凌厉地瞪着他爸爸。好戏要开场了，我心想。

“这是我听过的最糟糕的主意了。”弗雷迪说，他站起来，把我们的手甩掉。“这是我的时间，我的梦想。我此生最大的心愿就是去伯明翰大学修心理学，现在你突然跑过来说要跟我一起上学。你疯了吗？如果你一只脚踏进那个校园，”他边说边指着身上学院风的行头，“所有这些，所有这些就都灰飞烟灭了。”

他真棒。他真是太棒了。

5 月 23 日

迈克今晚 5 点就返回利物浦上班了。他一般不会在周日走。平常他会在周一很早起床去赶火车，避免“毁掉一家人团聚的周日”。但是因为他和弗雷迪不再讲话了，也就没有什么“一家人团聚的周日”可以被毁掉了。

在弗雷迪周五晚上情绪爆发愤而离席后，迈克气恼地把双手高高举起。

“这太典型了，你说是不是？”他说。

“是什么？”

“他听到我想去伯明翰读书，表现得像个‘戏剧女王’。”

---

① PGCE 全称为 Postgraduate Certificate in Education，是一个人想成为一名教师并在英国中小学执教的必经之路。该课程时间长度为一年，相当于硕士级别的课程。——译者注

“你别叫他戏剧女王。现在都不允许给别人扣这个帽子了。特别还是对男生。哦，其实对女生也不行。反正这个称呼很冒犯人……在今天对所有人都是。”

“你会觉得他刚才上演的那出戏……不戏剧性吗？”他问。

我回想了一下刚刚在我们厨房上演的《歌舞青春》片段。

“可能，有一点。”我承认。

“而且你知道下面会发生什么，是不是？”

“什么？”

“他要申请伯明翰，坚决不让我申请，然后他考试通不过，申请失败，那我怎么办？”

“你还有一份薪水很高的工作，你会一直喜欢它，直到 50 岁。有人可能跟你说，中学那边的草更绿，但其实中学生对你这套中产阶级的喋喋不休没有半点兴趣，班上半数同学都会旷课去看色情片。”

他听完目瞪口呆。我觉得我可能话说得有点过。

“告诉我，凯茜，你的工作进行得怎么样？还在给一帮没前途的人打工，挣最低工资呢？”

啊呀，这话伤到我了。

“你可以换个角度看这件事，”我说，“你成功地让儿子非常想要上大学。这就像在他屁股上安了个火箭，我们正需要这个东西激起他的斗志。海伦可能没有给你指出一条明智的职业路径，但她无意中把我们的儿子推到了正确的方向。也许跟她聊聊还是有用的。”

我想他决定这么早离家回到利物浦上班的另一个原因是，他也不想再跟我说话了。

5月29日

今晚的读书会，终于名副其实了。在场的所有人都读了书，大部分人都很喜欢。菲奥娜有点不确定。我知道她其实很喜欢这本书，但她总喜欢标榜自己不很热衷于“类型小说”，好像不看这种小说就会获得某种荣誉勋章。但当我们讨论到小说的悲剧结尾时，我注意到她眼里含着泪水。这本书打动了她——在我收藏的书中这可是相当好的一本！

不过今晚少了两个人。葆拉和坦妮娅。我不知道坦妮娅去哪儿了，平常她都是这个房间里最靠谱的人。仔细想想，我有好几天都没见到她了，特别是没有吃到她做的好吃的甜点。

索妮娅和我向大家分享了葆拉的近况，因为我们过去几个星期一直跟她保持着联系。她去看了全科医生，诊断结果是她的确得了抑郁症。值得庆幸的是，她约了心理咨询师，这是她比较接受的治疗方式，现在正在等预约。葆拉说她还没准备好见任何人，但是知道自己哪里出了问题，并且有治疗方案，让她感觉好一点了。她知道治疗的过程会很漫长和艰难，但至少她在往正确的方向走。

我问候了理查德，考虑到这对他而言也很艰难。葆拉告诉我，他不太理解，或者说他不想理解，因为他不知道该怎么做。

“他大多数晚上都会逃到酒吧去，”她说，“我倒无所谓，因为我也没精力跟他说话。我现在也顾不上担心他。他必须自己找到出路。”然后她说烤箱里有东西，就挂断了电话，我猜她在说谎。我猜只是拿起电话就已经耗尽了她全部的精力，她已经受够了。

我们讨论了一下怎么能够帮助葆拉，但想不到任何有用的。露易丝说，如果她得的是混账的癌症，我们可以围在她身旁，让她心情愉快起来。但她得的是抑郁症，这就很难了，因为抑郁就是她的病症。

我们想不出其他的，除了让她知道我们都在支持她、关心她。鉴于今晚我们在露易丝家，她的孩子们正上小学，我们决定用她家孩子的手工材料做一张明信片。第二天，我们把这个用亮片、胶水和卫生纸做成的卡片塞进了葆拉家的门缝，也许她不会因此开心起来，但这张卡片肯定让我们所有人的脸上都有了笑容。

回家路上我差点就去敲坦妮娅家的门，但天晚了，她家的灯都熄灭了。不参加读书会也不打招呼，这不像她的风格。可能是她工作上遇到了什么突发情况，肯定是这个原因。或者她本来计划要来，但有户人家需要帮助，她就跑去帮忙了。这是坦妮娅典型的处事风格，总是准备好帮助所有人。

6月

June

搞定我女儿的未来，比如，
教她如何避免在恋爱关系里受伤

6月1日

柯斯蒂走进厨房，问能不能跟我们谈一谈。迈克和我对视了一下。上次跟弗雷迪谈完之后，我们之间的关系现在还有点紧张，所以这次我们坐下来时都有点忐忑。

但柯斯蒂在微笑。这挺好。她最近总喜欢耸耸肩膀，眼睛盯着地面，可能是考试的压力，或者是她还在与卡尔的“友谊”中挣扎。不管是什么吧，我决定等考试结束后再问她卡尔的事，然后和她一起应对。我准备想个办法，在处理爱情这个棘手的问题上，给她上一节大课。不过我还没想好怎么做。

今天她看起来比平常状态好，更轻松，这让我大大松了口气。

“嗯，你们知道我的生日正好在 GCSE 考试期间，”她说，“所以我可能根本没法庆祝 16 岁生日，对吗？”

“我们商量等你考试结束后带你出去吃饭，”迈克说，“安杰罗餐厅如何？周五他们有买一送一的活动。但仅限于套餐，所以我们必须从套餐里面选。”

“这是她的生日，我想她应该可以随便点。”我指出。

“哦是的，当然，当然了。我先订位子，到时你爱吃什么点什么，柯斯蒂，我和你妈可以点买一送一的套餐。”

“我不想出去吃饭。”她说。

“我们不一定要去安杰罗餐厅，”我说，因为想了想，我也不愿意点套餐，“如果你愿意，我们可以去诺基餐厅。就是你喜欢的那家。”

“他们有买一送一的活动吗？”迈克问。

“没有！”我说，“没关系。这是我们女儿16岁的生日。我们不需要考虑有没有优惠活动。”

“我不想去任何地方吃饭。我想要举办一个派对。”

我们的脸瞬间变白了。

“在卫理公会礼堂吗？”我抱着一丝侥幸问道。

“绝对不要。”

“那儿有什么问题吗？你7岁的生日派对就在那儿办的。”

“说的就是呢。那个魔术师从他的裤裆里掏出一只兔子，到今天都是我的梦魇。不，我是说在家里办派对。”

我绝望地环顾着我的漂亮房子。

“好主意，”迈克说，“为什么不呢？你毕竟只有一次16岁。”

我用双手抱住头。

迈克上班总不在家的一个副作用是，他在本地圈子之外，对孩子们家庭派对的恐怖故事完全不知情。“毫不知情”这个词可以充分描述他。他从没参与过邮局外人们压低声音的对话，没听说最近某人家里举办的派对造成的破坏和灾难。如果他知情的话，就绝不可能有这么荒唐的反应了。

“不行。”我说。

“哦，妈——妈！爸爸刚才都答应了。”柯斯蒂跳了起来。

“为什么不行呢？”迈克问。

“我喜欢房子现在这个样子，”我说，“你们喝了酒会把这里弄得乱七八糟，还会四处奔跑着呕吐。”

“不会那样的，”柯斯蒂恳求道，“只邀请几个朋友，我保证。只邀请我认识的人，同年级的人……当然除了卡尔，但是你见过他了，他是我的朋友所以他也可以来，是不是？”

哇哦，现在我都明白了：这是一个钓卡尔的派对。这个派对的唯一目的，就是把卡尔从朋友一跃变成男朋友。

“求你啦，妈妈，求你。”她喘着气说。

“哦你就点头，让她就这样办吧，”迈克说，捏了一下我的手臂，“花费还比去诺基餐厅少。买一些可乐、薯条，几听啤酒就行，对吧？”

“哦爸爸，你是世界上最好的爸爸。”她边说边跳到他身上。他看起来很高兴，还有点自鸣得意，起码有一个孩子跟自己合得来，他满怀感激。

你不知道会发生什么，我心想。这个派对的成本比你想象中的要大得多。

6月3日

我今天去看望坦妮娅。出门前我给她发信息，没有回复。上月读书会她缺席，至今也没有任何解释。坦妮娅一向可靠，值得信赖，是我的榜样。这真是太反常了，所以我做了烤饼（也很反常，多说一句，罗比没帮忙）——装在特百惠塑料盒里，带去她家。

“哦，嗨你好。”她打开门说，看起来跟平常一样，就是有点疲惫。她看了一下手表，说：“我恐怕一会儿要出去，马上要开个会。”

“我带了烤饼来，”我说，举起那个塑料盒子，走了进去，“快点，你有5分钟时间喝杯茶，尝尝我做的好吃的。不是每天都有哦，是不是？”

“嗯，那倒是，”她说，又看了一下手表，在我身后关上门，“来吧。”

我坐在厨房桌子旁，看着她泡上一杯茶，一边还轻轻吹着口哨。

最后她终于在我面前坐下，递给我一杯热气腾腾的茶。

“发生什么事了？”我问，“你是在忙什么事吗？”

“总是有事，”她说，“你知道，就平常那些事。工作现阶段让人忙得发疯，但没什么特别的。玛贝尔这周在实习，所以我每天要开车送她去伯明翰。克雷西刚考完中学高级水平考试（A-Level[①]），现在基本天天都在补觉。”

“黑泽尔还好吗？”我问，吹着我的茶。

中间的停顿有点点长。

“她今天去上班了。”

坦妮娅抬头看着我，叹了口气。

“实际上，我们正在等扫描检查的结果。对，他们在她胸部发现了一处阴影，所以她多做了几项检查，现在我们正在等结果。我确定结果会是好的，因为她非常健康，一点症状都没有，所以就是走个程序，是不是？他们不会发现任何问题。即使发现了问题，也可以做手术，因为发现得比较早，所以肯定要做几次化疗，然后一切就都恢复正常了。但应该不会到那个地步，因为我们拿到结果后会发现没有任何问题。是他们过于谨慎了。所以我们对此很放松，为了孩子你也必须放松，对吧？我们甚至都没跟克雷西和玛贝尔提这件事，因为很可能最后什么事都没有，所以没必要让她们跟着担心，当然克雷西一直在考试，所以无端地让她着急没什么好结果。所以我们决定先不跟任何人说，因为如果最后发现没事，或者我们的女儿们从别处听说而不是我们告诉她们的，那该怎么办才好？所

① A-Level 全称为 General Certificate of Education Advanced Level，英国高中课程，是英国普通中等教育证书考试高级水平课程，也是英国学生的大学入学考试课程。——译者注

以我们谁都没告诉，因为确实没什么可担心的。一切都会好起来的，是不是？”

“是的，”我小声说道，探身抓住她的手，紧紧地握着，“一定会没事的。”泪水涌上了我的眼眶。坦妮娅看着我，她的眼里也充满了泪水。

她抽泣了半个小时。

我们吃掉了所有的烤饼。

我们拥抱了彼此，继续这一天的生活，努力不去想那正在逼近的潜在灾难。

6月4日

今晚孩子们都出去了。当然迈克也不在家，我感到无比地孤单。这一整天，我都在想坦妮娅和黑泽尔，每次思绪游走至不幸的结局时，全身就会微微颤抖。我打电话给迈克，想要跟他说说我的担忧，或许我只是想听听他的声音。

他问我过得怎么样，我告诉他糟透了，跟他说了原因。邻居的头上悬着那个C打头的单词①，我非常非常担心她们。

“所以他们是发现了一处阴影，正在做更多检查？”他问道。

“我是这么理解的，是的。”我答道。

“所以可能不是，你知道的，癌症？”他问道。

“对，”我说，“可能不是。”

“好吧，我们唯一能做的就是心怀希望了。”他轻轻地说。

“是的，说得对。其实，我还给丽兹打了电话，因为她很了解

① C打头的单词在此处指“cancer”（癌症）。——译者注

这些事情。她说乳腺癌是癌症中‘最好对付’的一种，现在这方面的医疗手段比以前提高很多。她说，艾莉西亚一个同学的妈妈去年查出了乳腺癌，做了化疗什么的，现在她已经完全康复了。”

“很好，这是个好消息，”迈克说，“还有我同事格雷格，他老婆几年前查出了乳腺癌。那段时间他老不来上班。他真是伤心透了。但今年夏天他们还一起开车穿越美洲。她完全过了危险期。头发也长出来了，什么都正常了。说起来挺巧，前两天他还给我看他老婆的照片。她看起来非常健康。”

“好极了，好。”我说，感觉稍微好些了。

“我敢肯定，最后会没事的，凯茜。”他说。

“希望如此，”我答道，“坦妮娅看起来状态很差，迈克。我是说，她们两个是我见过的最恩爱的一对。如果是坏消息，我不知道她怎么办。你知道吗，她每天都给黑泽尔准备午餐带去上班，每天她都会放一张便利贴进去，上面写着字。每天黑泽尔都会把那张便利贴带回家，贴在餐厅的软木板上。上面肯定已经有几百张了。”

“她都写的什么？”迈克问。

“各种，比如‘昨天我身体不舒服，看到你把垃圾拿出去了，爱你’或者‘你穿紫色看起来真性感’。你看，她们相处的模式就像刚刚认识、刚刚坠入爱河时那样。我不知道她们是怎么做到的。这真是太让人伤心了。”

“你不能那么想，凯茜。你必须保持乐观，为了坦妮娅。”

“我知道。”我答道。

我们后来没有聊太多。跟这件事比起来，其他所有事都显得太鸡毛蒜皮了。

在挂电话之前，我说了一句“保重”，平常我不会这么说。他也回应了一句。

这可能就是我们之间的“几百张便利贴”。

6月10日

黑泽尔需要做手术。

她确诊了，是癌症。

这是我得到的全部消息。

好吧，坦妮娅其实跟我说了更多，但面对这种谈话，我的脑子就会变成一团糨糊。我绝对不可能成为一名医生、贷款顾问或者出租车司机。如果有人问我任何关于医学或财务的问题，或者是给我什么指示，我的脑子就会进入睡眠模式，似乎它早就知道自己完全没能力处理这种信息。

在这种情况下，当然了，这是一个噩梦。因为当有人生病时，人们想听事实，不是吗？他们想知道究竟是哪种癌症，现在处于哪个阶段，治疗方案是什么，要进行多长时间，预后怎样。人们必须了解这些事实，才能对如此严重的事情进行精确的讨论。但在我几天后过去，坦妮娅告诉我这些事实时，她一说出“癌症”这个词，我的脑子便立刻进入情感超载模式，对这一诊断结果可能的影响，我完全听不进去，因为太过忧心我的朋友和她的家人，我完全无法解读细节。

但你的确想知道一个事实，其他所有事实都要么是狂风巨浪，要么是缓冲地带，最终将通向那唯一重要的问题，那就是——他们会活下来吗？这个问题你问不出口，因为担心得到否定的回答，然后还得面对一个事实，你其实是让别人告诉你，他们爱的人就要死去。

我没有问。我不能问。但我从坦妮娅额头上的皱纹和哽咽的话语中知道，黑泽尔能否康复还不好说。坦妮娅传递的信息不是“你经过治疗后一切就好起来了”。她只是说了治疗过程，但并没有确认最终结果，我只能猜测，这意味着她们也不知道。

我不知道该做什么。

我跟罗比说了这件事。眼见他的脸在文身的衬托下变白了，我感觉很糟糕。这一定让他回忆起他妈妈的遭遇。

“我可以给她们做点什么吃的吗？”他问，“这是我唯一能做的事，我想要做点什么。”

“可以！”我喘了口气，“当然。我能……我来帮忙可以吗？我是说，你用不着我，我厨艺很垃圾，但我需要做点什么，又不知道怎么做。”

“当然，”他说，“拿个案板过来。你可以做我的副厨师长。”

就这样，接下来一个小时，我们边切菜边聊天。他跟我说了他妈妈的事，事情是怎么发生的，他爸爸如何反应，他怎么从家里搬出去。他失去了妈妈、爸爸，变得无家可归，而这一切就发生在短短两年的时间里。他轻轻地、冷静地讲述着这些事，毫不动情，不要人可怜，甚至也不要同情。事情就这么发生了。他选择了面对现实，伤疤显然埋藏得很深。

然后我们一起过去，敲坦妮娅家的门。我的心怦怦直跳，因为这是我得知黑泽尔确诊的消息后第一次见她。

开门的是黑泽尔。

当然是她了。

我呆住了。

罗比说：“我们给你带了一份火鸡千层面。”

黑泽尔把头往后一仰，放声大笑。

我也大笑起来。

罗比也笑了。

“会好起来的，”她对我们说，“会好起来的，不过我很高兴你们给我带了火鸡千层面来，非常非常高兴。谢谢你们。坦妮娅不在家，但她肯定喜欢吃。你们太贴心了。”

“好的，”我答道，“随时待命。我是说，有需要帮忙的，尽管开口。不管你有什么需要。”

“一定不客气，”黑泽尔说，突然看起来有点严肃，“如果你们不介意的话，我有点事……你知道……”

“当然，”我说，后退一步，“很快会再见的。”

“一定会的。”她点头道。

6月20日

就在邻居家经历这些混乱的时候，派对日突然就到了眼前。

说我厌恶它，那都太轻了。

跟这个比，我宁愿让臭名昭著的恐怖分子把我的脚指甲一根一根地拔掉。

你能想到最糟的事，也不过是35个16岁的孩子在你家举办一场派对，他们刚考完试，所有人都感到有义务疯狂一下，认为自己已经成年，而实际上并没有。

我发现柯斯蒂一些朋友的父母最近在故意躲着我，担心我会拉他们来帮忙，其他人在街上遇到我时，脸上会带着嘲弄的表情，跟我聊上几句，比如“我听说你让柯斯蒂办派对了——祝你好运啊。我希望你买了很好的房屋保险”。

我事后这样开解自己：我答应柯斯蒂举办派对，是因为她为了那个浑蛋卡尔想要跟她“只做朋友”的事而情绪低落，我担心她的状态会影响考试。只要能让她不像个穿着衣服的树懒一样闲荡，只要能让她对生活有所期待，只要能让她脸上重现笑容，我什么都会答应。

我到底在想什么？她还是个孩子，我的上帝。

派对前的几天，我已经进入减损控制模式。我让她坐下来，告诉她在派对之前和期间不可以在社交媒体上发任何消息。一个好心的朋友打电话来，告诉我他们刚办了一场派对，他们儿子通过脸书邀请人来参加，结果来了 200 个人。他们不得不报警来驱散人群。他们家住在一条很小的死胡同里。

我本来还想告诉柯斯蒂，也不许用手机，因为我担心他们一旦在网上晒照片，消息就会散开，我们就需要叫防暴警察，但是一切开始感觉像《你好》杂志[①]（*HELLO! Magazine*）报道一场名人婚礼，而这毕竟不过是一场 16 岁的生日派对！不是吗？

这并没有阻止我在所有人到来之前，把房间变得像是某个犯罪现场。事实上，我很惊讶在我从手工商店走出来后，我的脸居然没有进入某个“高度可疑人物”名单，因为我买了许多卷塑料薄膜、绳子、一堆塑料桶、漂白剂和遮蔽胶带。

地毯全部盖上了塑料垫，我借了个儿童门，粘上足够多的遮蔽胶带，堵住了上楼的路。有点价值的私人物品（比如照片、画作、奖杯等）全部锁进车库。等我们收拾完毕，房子看起来就像一个装修很差的爱彼迎[②]（Airbnb）民宿。

晚上 7 点 55 分，我在房子后面的露台上放了一排塑料桶，希望如果有人要呕吐的话，他们会屈尊吐到桶里，而不是吐在我的玫瑰

---

① 《你好》杂志，是一家专注于皇室成员和名人的杂志，主要报道关于他们的婚礼、小孩、生活方式等方面的新闻资讯。——译者注

② 爱彼迎是一家全球民宿短租公寓预订平台。——译者注

从上。

在跟柯斯蒂谈判了很久之后，她终于同意让我们在前门外把守，防止有人砸门。不管发生什么情况，我们都绝不能进去，除非她过来叫我们。晚上 8 点，迈克和我把户外折叠椅搬到门外，开始上岗。

“祝好运。”我说。

“那边儿见。”他说。在他否决了我不允许办派对的建议后，我跟他补讲了不少恐怖的派对故事，现在我们对于今晚可能有多吓人已经达成了共识。

6 月 21 日

我不确定我对昨晚是什么感觉。在某些方面，比预期要好得多，而在另一些方面，则要糟糕得多。

人陆续到来的时候，一切都还平静。女孩们穿的衣服少到可以忽略，开始我还在皱眉，后来意识到穿成这样，她们就没办法偷偷带酒进去。男孩们当然是另一回事了。当迈克坚持要搜查一个男生肩上的背包时，他很配合地上交了一瓶裹在防水夹克里的伏特加。迈克要求他把酒放在门口时，我以为他们会对峙，手指准备好拨打手机上的紧急电话，但那个男孩只是耸耸肩，走了进去。（弗雷迪后来告诉我，那个男孩裤子里还藏了一瓶伏特加，所以才会乖乖地把那瓶酒交给迈克。原来这是惯用的伎俩，把灌水的伏特加酒瓶交给父母，以此来混淆视听。这个小浑蛋！）

当然了，弗雷迪是最不靠谱的。他本来答应和我们一起驻守在门外，确保所有来的人都是受邀请的。但是，柯斯蒂几个漂亮的女朋友一来，他就说他需要喝杯水。

然后一个小时都没看到他的影子。

晚上 9 点左右，5 个看起来年纪大一点的男生过来，看着很眼生。迈克因为又没收了两瓶灌水的伏特加酒瓶，显然信心倍增，他挡住他们的去路，问是否受到了邀请。

“是的。”他们粗声粗气地说。

“谁邀请你们的？”迈克问。

“举办派对的那个男生。”

“这是我女儿的派对，你们不能进去。”

“但我认识你女儿。”

“她叫什么名字？”

“其实是我哥们儿认识她。他让我们来这儿的。”

“你们不能进去。”迈克说。

“要我进去叫弗雷迪吗？”我说。

“弗雷迪是谁？”有人问，“你的罗威纳犬[①]吗？”人群中爆发出一阵嘲讽的大笑。

我感到泪水从眼角涌了出来。我又回到了学校。这是一群可恶的男生，我不想让他们靠近我的房子、我女儿和我。

“听着，赶快离开。”迈克说。他拿出家长的权威范儿，把身上的 V 领毛衣往下拉了拉。气氛变得有点紧张。

就是现在，我心想，现在我该报警了。我的手探向口袋里的手机。

“嘿，你们在干什么？”一个瘦高个男孩边往这边走边喊道，他身上刺着大片文身，头上的帽子拉得低低的，遮住了脸。

“我在让这几个家伙滚蛋。”迈克说，看着这个新来的人，脸有点苍白。

---

① 罗威纳犬，是犬科犬属下的动物，身体强壮，动作迅猛，气势强悍，是世界上最具有勇气和力量的犬种之一。——译者注

“是吗？”那群人揶揄道，大笑起来。

“你们几个，滚！”那个男孩走近说，“如果你们不离开这儿，谢尔顿，我就告诉你爸爸我碰到你逃学，你很清楚，要是他发现了，事情就不好看了。”我看到一个男孩，应该是谢尔顿，垂下了眼睛，踢了一脚草坪边缘。

“反正也是很屎的派对，”他说，“走吧，兄弟们。咱们去找点真正的乐子。”

他们嘴里咕哝着，转过身，闲逛着走了。

“感谢上帝你来了。”我喘着气说。

“你以为你是谁啊？”迈克转向我们这位“蒙面英雄”说，“我可以摆平的。现在请离开我的地盘，快点走。”

“迈克，”我说，“这是罗比。”

“罗比是谁？”

“做火鸡千层面的罗比。”

迈克上上下下地打量可怜的罗比。“但你从没说过……”迈克开口道。

“从没说过我身上有文身，身高 1.9 米？”罗比一边说，一边伸出手同迈克握手。

“对，是的，”迈克说，“她没跟我说。”

“你来这干什么？”我问，“我是说，感谢上帝你来了，那些人——”

“我可以摆平的。”迈克打断道。

“好，随便吧。你是碰巧经过吗，罗比？”

“弗雷迪邀请我来的。”

“真的吗！”

“是的，他说我也许能派上用场。”

“没错，刚才不就派上了。”

“我说我会待半个小时。你知道的，看看有什么事没有，说句生日快乐。我不会待很久。我能进去，对吗？”

“是的，当然，”我说，“再次感谢，谢谢你帮忙。”

“随时待命。”他说，向我快速敬了个礼。

“我可以摆平的。”迈克再次重申。他拧开一瓶没收的酒的盖子，喝了一大口，然后喷了出来，因为他发现里面是水。

“嗯，事情摆平了就好，”我说，“是谁摆平的无所谓。希望接下来不会再有什么事。”

但最糟的事情还没有发生。

但它马上就发生了——所有事情中最糟的那件。

晚上 10 点 35 分，卡尔慢慢地走了过来。柯斯蒂今天一整天都开启着高度兴奋模式，显然认为今晚他们的关系会从“只做朋友”更进一步。她用了无穷无尽的时间想他，而这都是值得的，他会来到她的派对，然后……他们的爱情故事将正式拉开序幕。

当他答应来参加派对时，她简直高兴极了，可以说是欣喜若狂。他甚至还问能不能带个朋友来，意思是他肯定会来，对不对？他的态度很明确。

然而，当他说会带一个朋友时，我猜柯斯蒂怎么也想不到那个朋友会是基姆·王，此刻，他正和她一起走过来，一边还亲吻着她的左耳朵。

“我们完全、彻底地完蛋了，”我低声对迈克说，“这个派对要以眼泪告终，这是我这辈子唯一一次真的在说：这个派对要以眼泪告终。”

“嗨，柯林斯太太，”卡尔欢快地打着招呼，伸出手跟我握手。我看不到他的另一只手，但如果它是在摸基姆·王的屁股，我也不会惊讶的，“这位一定就是柯林斯先生了。”他转向迈克，充分开展了魅力攻势。“我常听您女儿说起您，”他说，“听起来您做着一份有趣的工作。我也在考虑将来进入咨询公司呢。”

我看到迈克的胸脯骄傲地挺了起来，身体挺得笔直。天啊，真容易上钩！

“对，这份工作非常有趣，很有挑战性，如果你想了解自己的竞争优势，可以过来和我聊聊，我会告诉你走哪条路，如果你想在管理咨询行业发展的话，孩子。”

孩子？孩子！迈克到底在干什么？这个“倒霉孩子”就要让他女儿心碎了，而他差点就要认这小子当干儿子了。

“好啊，您真是太慷慨了，”卡尔答道，“我之后再联系您。见到您真高兴。”

我看到迈克用欣赏的眼光盯着他的背影。

“终于碰上一个正派、有教养的男孩子，”迈克说，“这孩子将来会成功的，对吧？不像我们刚刚赶走的那些，都是些废柴。”

“他是个善于摆布人的变态。”我告诉他。

迈克盯着我。

“你说得对，”我继续道，“遗憾的是，他会成功，因为他聪明，但是他利用这一点来摆布人，半小时之后，你就会恨不得他从没走进过这座房子。他比那些蠢货加起来造成的伤害都要大得多。”

“你在说什么呢，老婆？他看起来是个很好的男孩子。”

“他是个魔鬼。”我答道。我紧张地看着门。我应该进去吗？我应该进去阻止这个男孩让我女儿心碎并且毁了她的派对吗？我本应该在门口就拦住他。我为什么让他进去了？我应该说，派对满员了，现在不让进了。只要能阻止下面发生的事情就好。我靠在折叠椅的椅背上，咬着手指甲，努力想象里面正在发生的事情。同时竭力说服自己进去看看柯斯蒂是不是还好。

“柯林斯太太！”我突然听到有人喊，“柯林斯太太！”

我抬头一看，是艾拉，柯斯蒂最好的朋友之一。就是有点疯疯癫癫的那个，虽然头脑不理智，但是你最爱她，因为她总逗你笑，她让你女儿对待生活不会太执着。只见她的口红涂到了嘴周围，睫毛膏也糊了。实话说，她看起来真是一团糟。

“您有楼上卫生间的钥匙吗？”她问，“或者有那种金属棍吗，就是警察撬锁常用的那种？”

“她是说撬棍吗？”

“是的，”她说，“没错，就是它，撬棍。”

“你要撬棍干什么？”我问艾拉。

“因为柯斯蒂把自己反锁在卫生间里不出来。但是我们行动要快，因为她可能会窒息，对不对？”

“是因为卡尔吗？”我问她，同时扫了一眼迈克。

“是的！”艾拉喘着气确认道。

“万恶的浑蛋。”

我又瞥了迈克一眼。

“那您的撬棍在哪儿？”艾拉问迈克。

“不需要撬棍，艾拉，”我说，把手放在她的手臂上，“我现在进去。”然后我对迈克说：“你在外面做掩护。”他严肃地点点头，然后说：“在里面小心点。”

“谢谢。”因为紧张，我感觉喉咙已经哽住了。

在往后门走的时候，我打定主意尽力不去看里面正在发生的一切，只关注柯斯蒂，保证她安好，然后就离开。晚上这个阶段，我房子的状态是危险的，我不能在处理我女儿情感纠葛的同时处理它。

但是，在我走进厨房，打算悄悄冲上楼的时候，发现弗雷迪在那儿盯着烤架，上面摆着一排鱼条，操作台上还放着好多面包。罗比在他身后站着，抱着胳膊。

“你在干啥呢？”我冲口而出。他压根儿就不该出现在派对上，他现在应该在房子外面站岗。

“罗比在教我怎么烧烤。”他兴高采烈地说。他转过身，有4个女孩正坐在早餐吧台旁，崇拜地看着他，她们正在喝着什么，很可能是伏特加，用的是我最好的丹碧[①]马克杯。我明明准备了一些非常好的纸杯，她们怎么还把我的马克杯拿出来了？

“上次我做了一个鱼条三明治，”他跟她们说，“我把它们放进烤箱里，还是冻着的呢，你们能想象吗？然后芭芭拉，我的狗，把它吃了进去，然后又吐了出来，清理它们真是噩梦。对不对，妈妈？”

我不可置信地冲他摇摇头。

“哦，顺便说一嘴，有人吐到那个木篮子里了。”他一边给鱼条翻身，一边回头又跟我说了一句。

“是那个柳条篮子吗？”我问，脑子里立刻出现呕吐物从篮子缝里渗出来的画面。

“就是那个。”他答道。“她反正也不喜欢那个篮子，”他冲那几个女孩说，“吐得好。”

我走开了。我必须走开了。我往楼梯走时，发现楼梯口的路障完全被破坏了。楼梯上坐满了人，我还得从他们中间找路走。我注意到至少有两个女孩在哭——准确说是抽泣。参加派对不应该高兴吗？我觉得应该提议以后所有的青少年派对都必须配备一名心理辅导顾问。我终于到了卫生间门口。艾拉正跪在那里，冲着一个不存

---

① 丹碧是一个英国百年餐具品牌，出品的餐具低调、温润、厚实又实用。——译者注

在的钥匙孔大声喊。

“你妈妈来了！”她喊道，站起身，“你必须出来，否则她就要把派对关停了！”她冲我眨眨眼。是的，眨了眨眼。

门立刻开了，柯斯蒂满脸泪痕、衣服凌乱地站在我面前。她看起来一点不像今天傍晚时那个准备好拍照的模特，当时她在客厅里来来回回地走，对派对充满了期待。

“快，进去。”艾拉边说边推着我和她一起进了卫生间，在身后关上门。

“他们正在起居室跟阿奇·桑德斯和克洛伊·菲兹帕特里克聊天，”艾拉说，“卡尔一直在摸基姆的屁股，基姆穿着那件拓扑肖普的裙子，就是你本来想买但是胸太大穿不下的那件。因为她是平胸，所以穿上正好，如果我是你，我就不会嫉妒，当然除了她刚刚跟你的男朋友舌吻着走进你的派对。”

“他不是我男朋友，对吧？”柯斯蒂说，“从来也不是。我们只是朋友，所以他想跟谁舌吻都行。我不应该难过。”

“但他在勾着你，”我插嘴道，“他也许说了只和你做朋友，但他经常过来，把我们家所有的梦龙雪糕都吃光了，可以说他在给你希望，鼓励你相信你们的关系可以更进一步。我认为你有权利感到难过。”

“他还说，他从不跟不满16岁的女孩交往，在你满16岁后，他会把你视为潜在女朋友的人选。”艾拉接着说。

“他说什么？”我咆哮道。

柯斯蒂眨眨眼睛。“他答应我满16岁时会跟我接吻，”她说，“看看我们之间是否有化学反应，如果有，他就考虑做我的男朋友。”

“真是个善于摆布人的浑蛋！”我喊道，“我现在就把他赶出去。”

“去吧，柯太太。”艾拉说，兴奋地拍起了手。

“不！”柯斯蒂喊道，“你不能那样。”

“她说得对，”艾拉赞同说，“妈妈把一个十二级的男生从一个十一级女生的派对上踢出去，很不酷。”

“那是什么？”我尖叫道，看到我那条漂亮的米色手巾上满是棕色的道道，就好像有人用它们来擦屁股了，上帝啊，今晚的“犯罪”行为还有没有头了？

“哦，我想那是我干的。”艾拉说。

“你用我的手巾擦屁股了？”我说，这真是无法置信。

“不！当然不是了，是美黑霜。我刚才发现有几处需要整理下。对不起，柯林斯太太。”

我沮丧地摇着头。“你需要出去享受你的派对。”我告诉柯斯蒂。

“他在那儿我做不到。”

“那你可以请他离开。”

“我做不到。”她哭着用手抱住了头。

“可是，你不能一直待在卫生间里面啊，”我告诉她，“这肯定不行。”

我不知道该怎么办。我们处于一个青少年派对的僵局中，无路可走。我丈夫在外面，随时准备给任何一个嘴甜的浑蛋放行。我儿子在楼下做鱼条三明治，我女儿把自己锁在卫生间里。我下面到底该怎么做？

突然传来一声撞门的巨响。

“老妹！”弗雷迪喊道，“老妹！我和罗比把那个浑蛋卡尔赶出去了。真是个卑鄙小人。我早跟你说过，是不是？”

柯斯蒂冲出门来。“你干了什么？”她尖叫道，紧接着脸耷拉了下来。弗雷迪站在卫生间门外，一个胳膊搂着基姆·王。

“不用吃惊，”弗雷迪咧嘴笑道，“我跟基姆说卡尔在这几周总来咱家，一直吊着你。”

“我不知道这事，”基姆说，“他跟我说，他是参加了一个乐队，要练习。”

“罗比刚刚给基姆做了一个鱼条三明治，因为他知道怎么把生菜和西红柿放进去，”弗雷迪说，“我跟你说，那个我可搞不定。待会儿我送她回家。可以吗，妈妈？”

“来吧，”艾拉对柯斯蒂说，“咱们把脸上的妆整理好，然后去喝点酒。你需要借酒消愁。”

“不许喝酒！”她们往她的卧室走去，我在后面喊道。

“谢谢你，弗雷迪。”柯斯蒂经过她哥哥身旁时说，他捏了一下她的肩膀，那是兄妹之情流露的瞬间。

“谢谢你，弗雷迪。”我说。

“别客气，”他咧嘴笑道，“顺便说一句，爸爸在外面的草坪上睡着了。我想他还搂着一瓶伏特加。我跟罗比说，给他也做一块鱼条三明治。他这个岗站得挺好。”

6月25日

派对结束后，我用了很长时间才想出该拿柯斯蒂怎么办。后来不可避免地，她确实喝了酒，所以在半夜，我们把所有人赶走之后，我又花了一个小时，陪着她趴在马桶上一边呕吐一边哭泣。那哭得真是肝肠寸断。

她喝得这么醉，我也许应该罚她禁足，但我不忍心。她已经够痛苦了。

整整5天，她一句话不说，家里一直循环播放比莉・艾利什[1]的歌，我都听得想“割腕自杀”了。我知道必须得下猛药了，我需要激进一点。

我上楼到她的房间，先敲了敲，然后推开门。往里一看，我不禁倒抽了口冷气。我女儿的房间显然被最残忍的窃贼给洗劫了，不过我心里纳闷，他们怎么没去其他房间？

我再一看，她正疲惫地倒在床上，盯着窗外看。

“家里什么时候进贼了？”我问她。

她颓然地看了我一眼，没有说话。

“我是指，你的房间。”我说。

她耸耸肩，翻身面向墙壁。那个是……那个是我祖母最好的皇家道尔顿[2]（Royal Doulton）餐盘吗——上面还放了一块吃了一半的发霉的吐司？那个餐盘失踪了好几个星期。盗贼们是先闯进柯斯蒂的房间，快速到楼下烤了吐司，用我祖母的餐盘盛着，返回楼上，享受了一顿美餐后，洗劫了她的房间，然后匆匆逃走了？

“不要说我房间乱了，”她咕哝着说，“我今天还没来得及整理。”

今天！今天！所以并没有窃贼，只是我女儿喜欢住在垃圾堆里。我忍不住要唠叨了，然后记起了自己为什么来找她。还是等稍后再好好教育她吧，现在是谈话时间。

“带上外套，”我跟她说，“我们出去。”

“去哪儿？”她问道。

---

① 比莉・艾利什是一位2001年出生的美国女歌手、词曲作者、模特。她那张酷酷的“厌世脸”露出的不屑表情，丧丧的“颓废嗓”唱出的暗黑歌曲，让其成为青年文化风潮的“暴风眼”。——译者注

② 皇家道尔顿是英国最大骨瓷出口制造商，创立于1815年，创始人约翰・道尔顿在1887年荣获维多利亚女王授予骑士爵位，并在1901年得到爱德华七世授权为皇家制作御用餐具，从此开始有权使用“Royal”皇家字样。——译者注

“到了你就知道了。”

“但我不想出去，”她说，忧伤地盯着手机，“我就想在这儿待着。”

“我们去的地方有手机信号，”我叹口气对她说，“所以如果有人要给你打电话，你能接到的，好吗？”

“好，”她终于同意了，从床上起身，“但我们要去哪儿？”

“酒吧。”我告诉她。

“酒吧吗？”她一下清醒了，感觉很意外，“但现在是下午 4 点。”

“我知道。动作快点！我们只去那儿喝一杯，一个小时内就回来。”

“我不要进去。”我们的车停在“希望之臂”酒吧外时，她说。这是一家看起来很可疑的酒吧，位置在荒凉的郊区。

“这儿很危险。本杰明·福尔克的妈妈来过这里，结果被人用叉子戳在胳膊上，就因为她在洗手间看一个女人的眼神不对。”

“没事，我们不去洗手间就好了。”我跟她说着，下了车。

酒吧里空荡荡的，有几个辍学的孩子和流浪汉。这不意外，周日下午 4 点在一家郊区酒吧里你总能遇上这些人，他们从中午开始就在那儿，一直待到半夜才回家。

“凯茜！”传来了一声我意料之中的吼叫，“是你吗？凯茜！哇噻，太久没见面了。”

一个大块头从吧台后面走了出来。或者说，他的大肚子先出来，然后是邋遢的身体，套着一件满是油脂污垢的大号围裙，一看就是拜后厨里的一口油炸锅所赐。他一把抱住了我，身上有一股薯条、油脂和尼古丁混合的味道。

“你，”他咧嘴笑着说，“越老越漂亮。我说真的。”

“你看起来也很好，菲尔。”我说，忍不住冲着他的肚皮点头。

“滚犊子吧，”他大笑道，“我一条腿生了坏疽，前阵子还做了胆结石手术。我这身体算是完了。等到了 50 岁我就高兴了，他妈的终于有借口多坐少动了。”

“这是我女儿。”我说，指着柯斯蒂，她几乎是藏在我身后。

“我猜到了，”他低吼着说，“跟她妈妈长得一模一样啊。”他边说边同时盯着柯斯蒂和我的胸部看。也许来这里的确不是什么好主意。我把柯斯蒂往身后推了推。“给我们来两小杯干白葡萄酒好吗？”我问道。

“你可以来两杯葡萄酒，”他说，“我他妈的可不知道哪种是干白。”他走到吧台后，弯下腰（腰后面露出了长长的屁股沟）从冰箱里拿出了一瓶酒。然后他把酒哗啦啦倒进两个大小不一样的玻璃杯，递给了我们，没问一句柯斯蒂是否未成年。我付了钱，他给我找零时，用双手握住了我的手，意味深长地盯着我的眼睛。他一松开我就赶快撤回了我的手。

“好了，你忙你的吧，”我说，“见到你很高兴。走前我再跟你道别。”

我拉着柯斯蒂走到最远的一个角落，匆忙坐下，喝了一口酒，味道很酸。柯斯蒂狐疑地看着她的酒和我，一头雾水。

“那个人是谁啊？”她谨慎地喝了一小口酒后问道。她假装喜欢酒的味道，发出了一声欣赏的“嗯——”的鼻音。其实那酒难喝得要死。

“他是我的卡尔。”我告诉她。

“什么？”她说，猛地抬起了头，脸涨得通红。这是近些天来她脸上颜色最多的一次。她真的需要用用腮红了，苍白的脸一点儿都不适合她。

“他是我的卡尔。”

“你是什么意思？”她问，转头盯着那个大块头男人，他正坐在一个常客旁边，背对着我们。他身体前倾，靠着吧台，所以在可预见的时间里，他的屁股沟会是一道固定的风景。

我喝了一大口葡萄酒。

“他是我的初恋。”我告诉她。

“真的吗？”她说。我感觉她差点吐了。

“我当时 15 岁，”我开口说，“他和我同岁。当然了，他那时候比现在瘦得多。我知道这很难相信，但他那时候体格健壮！我是说，非常健壮！”她回头看了一眼吧台尽头的那一大坨肉。这真的令人难以置信。但是说真的，我还能清晰地回忆起来，他的脸，他的微笑，深深地吸引着我，老实说，这种吸引力依然还在。我不能否认，今天我们走进来时，看到他的笑容，我的心还狂跳了几下。它依然还在，那种感觉，那种初恋的感觉，即使已经过去了 30 多年。

“我喜欢了他好久，”我告诉她，“是那种远远的喜欢。我们不同校，但我们上同一个少年迪斯科班，所以我一个月只能见到他两次，其他时间我都用来想他了。可以说是所有时间，醒来后的每一分钟。就好像如果我一直想着他，他就会被我吸引，注意我，爱上我。”

柯斯蒂低头盯着地板上什么东西。她没有看我，但我知道她在听。

“每次一接近他，我都会紧张得全身发软。那是最好的，也是最糟的感觉，”我沉吟了一会儿，“那是天堂，也是地狱。”

她抬头看着我。“后来呢？”她轻声问道。

“那时候在迪斯科舞厅，晚上结束前我们会跳慢舞。那真是绝佳的交友场所。我想，可以说是交友软件的最原始版本。女孩们会在舞池边上闲逛，装作漫不经心的样子，然后一个男孩会过来，把你拉到舞池中。他一句话也不说，就是直接偷袭你，然后慢音乐开始，你们的身体紧紧贴在一起。他们称呼这一节为‘勃起’，原因就不必说了吧。”我告诉她。

“妈妈！！”她叫了一声，然后抓住酒杯。她喝了一口，脸扭曲成一团，就像刚喝的是纯柠檬汁一样，这么说倒也不算夸张。

“有一天他偷袭了我，”我继续说，“菲尔偷袭了我，紧紧贴着我的身体。我感觉自己像中了彩券。那天播放的是惠特尼·休斯顿的歌，《把我所有的爱留给你》（*Saving All My Love For You*），你听过那首歌吗？那可能是我人生中最浪漫的时刻了。”我在幻想中流连了一会儿。那首歌让我如此怀念那个爱情至上的年代。爱情就是绝对的一切。它让我几乎想重回爱情的喜悦和痛苦之中，感受那纯粹的浪漫。

“后来呢？”柯斯蒂问道。

“哦，让我想想，”我说，从幻想中逃出来，“我们跳了舞，然后他把我带到社区中心外面，把手放在了我的胸部。”

“妈妈！”柯斯蒂再次大叫，她用手捂住耳朵，“求你别说了！”

我把她的手拿开。“你需要听一听，这个信息很重要。我和他约会了一阵子，”我继续道，“我们是男女朋友，不过说起来，也就是一起出去散步而已，在公园找个安静的地方，他摸我的胸部，然后回家，没有什么更深层的关系，但我当时感觉自己幸福极了。然后他把我甩了。他打电话来告诉我，前一天晚上他去了一个我没被邀请的派对，德比·莱特克里夫整晚坐在他腿上，他很喜欢，所以要跟我分手。我哭了一个星期，整整一个星期，柯斯蒂。我感觉世界崩塌了，我全部的未来都完了，我注定余生都要与这种残忍的被剥夺感为伴。当时我以为世界末日到了，就因为我不能和他共度余生，就是现在那个坐在吧台凳子上，正用铅笔挠屁股沟的男人。”

她看过去，发现他真的在那么做，不由得皱眉、蹙额。

“你为什么跟我说这个？”她问。

“我跟你说这个，是因为你也许认为我老了，什么也不懂，但我是从你这个年纪过来的，我还记得年轻时的感觉。我不能阻止你有现在的感觉，我能做的就是告诉你，在你未来人生中的某个时间，你会放下这件事，回首往事时会自问：我当时怎么会爱上那个叫卡尔的浑蛋？”

回到家后，我有点心慌意乱。我想，直面自己的过去会让你有这种感觉：你同时看到了当时你的位置以及现在你的位置。它让你陷入漫长的沉思，关于你做过的人生选择，人生中那些“滑动门时刻”[①]（Sliding-door moments），我们在经历时大都是无知无觉的。菲尔当年甩了我。可如果他没这么做呢？如果他当时喜欢我就像我喜欢他那样呢？如果我们一路发展顺利，从少年恋人到结为夫妻，再到为人父母呢？我现在会是什么样子？他又是什么样子？我会在“希望之臂”酒吧围着一口油炸锅炸薯条吗，或者我们两个可能会在完全不同的地方吗？我会塑造他的生活还是他会塑造我的？这种思考让我浑身颤抖。它让我思考我们为自己的选择所承担的责任之重大，它是完全随机的。如果菲尔爱上我了呢？我现在会在哪里？我不敢想。

晚上 10 点左右，柯斯蒂下楼跟我道晚安。她平常从来没这么做过。

“谢谢你。”她说。

---

① “滑动门时刻”是心理学家约翰·戈特曼在《爱的博弈》（*What Makes Love Last？How to Build Trust and Avoid Betrayal*）中提出的，用于描述亲密关系。这个概念指的是，当某一方通过语言或者动作向伴侣寻求支持和理解的时候，对方可以选择拉开门走进伴侣的内心，也可能选择关上门转身离开。——译者注

然后她回房休息了。

我今天做出了正确的选择。我走进的是那扇正确的滑动门。

6 月 28 日

今天的读书会又有两个人缺席。坦妮娅发信息跟大家道歉，明天黑泽尔要住院，所以她们全家今天要聚餐。当然所有人都在问我细节，非常关心坦妮娅妻子的病情。我尽力说得具体一些，最后抱歉说，我一听见医学信息脑子就会糊涂停摆，我只知道坦妮娅没说结果一定会好，所以让人非常非常忧心。我们坐下来，分享了我们认识的人得了癌症但最终康复的故事，就好像如果我们能想出足够多的例子，黑泽尔最后就一定能好起来。没有人提她们知道的结果不好的例子，大家都心照不宣，这不是对的时间或地点。

好消息是，据说葆拉喜欢我们送她的自制卡片，把它摆在她的壁炉架上。她现在已经完成了一个疗程的咨询，索妮娅说她现在是抑郁症早期，病情不像她想象得那么糟。葆拉又请了 3 个月假，但她现在不会每天都躺在沙发上，而是考虑开始北欧式健走[①]，这应该是恢复积极心态的一线曙光。

发生了这么多事，所以只有菲奥娜和露易丝读完了这月指定的惊悚小说，她们给我们简要介绍了下情节。菲奥娜再次宣称，她不喜欢这部小说，但对其中的主要人物做了事无巨细的描述，然后露易丝说漏了嘴，剧透了凶手就是那个整形外科医生，所以我们其他人现在读也没意思了。不过也没什么关系。

---

① 北欧式健走即拿着握杆走，把它想成是脚下没有滑雪板的越野滑雪。这是一项全身运动，可强化背部、腹部、腿部和手臂肌肉，同时可促进心肺功能，和正常走路只用到双腿的原理不同。——译者注

7月

July

减少我的碳
（既指碳水化合物又指碳）足迹

7 月 1 日

回想一下，我至少进行过 25 次不成功的节食计划。

我至少有 2500 次抱着乐观的心态上秤，然后至少 2500 次对读数感到失望。

我参加过两个瘦身俱乐部，上了 5 次课，价格不菲。

我买过市面上能看到的每一种代餐食品。

所有这些对我的体重没有任何影响。

显然，在更年期逼近时，我必须开始努力减肥。想想真的很好笑，宇宙诞生以来都找不到一个女人会认为减肥是件容易的事。

必须承认，在过去 5 年中，我的体重磅数有所上升。我不能自欺欺人，说是洗衣机让我的牛仔裤缩水了，而事实上，是我膨胀的腰线让牛仔裤感觉，我正努力把一大团棉花软糖塞到一个小酒杯中。

我感觉自己在体重管理上走到了“一个岔路口”。去他的。我快 50 岁了，谁还会在意我现在体重多少，干脆放任自流算了。我整个成年生活都在与充满罪恶的快感搏斗，现在就放飞自我吧。早餐吃白吐司配真正的黄油；在咖啡店点一块蛋糕和一杯拿铁；在麦当劳大快朵颐；出去吃饭时点一份布丁和一道前菜；在家里饭桌上分千层面时，把最多的那份留给自己；买饼干，买很多很多饼干……那听起来太爽了，那听起来太自由了，你能听出来我多喜欢吃东西吧。但是我知道这条路会通向哪里。那些卡仕达酱会很快落在我的大腿上，比有衣服要洗时迈克离开房间的速度还快。苹果派上的奶油会很快转化成我上臂日益增多的凹陷，快过芭芭拉·史翠珊吐出鱼条的速度。配着巨无霸汉堡吃的油炸小食蘸烧烤酱，会堵塞我的动脉，让我感觉自己似乎把灵魂出卖给了魔鬼。而且我根本不敢想如果被熟人看见我一个人坐在麦当劳里大快朵颐，那会有多丢脸。

不，我不确定我能承受美味的代价。我知道当我早晨吃下第4块燕麦饼干时，那种纯粹的满足感将很快消失，取而代之的是懊悔，因为我意识到大快朵颐正在让我变成大块头。

为了让自己在这一关键路口选择正确的岔路，我会到城里一条商业街去，这里的人流量低得可怜，街道两旁有一元店、电子烟商店、快餐连锁店以及……“胖子”。这很刺耳，我知道，也许也很残忍，很可能还带有严重的歧视性，但总的来说，这个方法非常非常有效。在英国一条破败的商业街上待上5分钟，你就会看见一堆50岁以上体重超标的女人。我在想，她们在我这个年纪，是否也曾面临岔路的选择，然后决定放任自流，或者她们是否终生都走在放任自流的道路上。总之，她们看起来并不开心。她们听到“大块头”① 的双关语时并不觉得幽默，她们看起来悲伤、苦恼、局促、迷失。而我，不想让自己迷失。

所以我会继续走在控制食欲的路上，徒劳地希望这至少能一定程度上让我控制体重、保持健康。我不想去看所谓的专家，付钱给他们，让他们告诉我什么能吃什么不能吃，我决定自己给自己制定原则。我要让事情简单化。所以除了要减少碳足迹（现在所有人都有义务这样做），我还应该尝试减少我的碳水足迹。

---

① “大块头”的英文为“go large”，既有讲排场之意，又可表示身体发福。——译者注

面包，拜拜！

意大利面，再见！

土豆，走你！

当然，我不会完全不吃碳水。我决定把谷物作为主食，因为不爱吃大米、燕粗麦粉和藜麦，所以这些食物的分量控制得很好。不过，我会尝试花椰菜牛排，并且会买一台令人生厌的螺旋切丝器。

可能行得通，也可能行不通。关键还要避免对脂肪和糖的过量摄入。

但至少我有动力。下个月要去加州，一想到要和我那个身材苗条的姐姐站在一起，就足以让人对烤土豆倒了胃口。

7 月 8 日

我这辈子都没有这么饿过。在坚持了一周早餐只吃水果和酸奶后，现在我饿得只想啃自己的手。谁早晨不吃碳水还能活下去？

今天我很紧张。这是一个大日子，以前我要缓解紧张情绪时会怎么做？当然是大吃特吃碳水了！没有什么能像饼干那样让我平静下来。我考虑要不要开一瓶葡萄酒，但为了避免中断我减少碳水足迹的计划，决定不能现在就屈服。

让事情更糟的是，迈克毫无来由地穿着西装、打着领带走了进来。

“是谁的葬礼呀？”弗雷迪下楼看了他爸爸一眼，问道。

我转头，看到我儿子穿着牛仔裤和 T 恤衫，T 恤上讽刺地印着一个领带图案。

“你就不能打条真正的领带吗？”迈克恳切地说。

“不能。在大学开放日尤其不能，”弗雷迪说，“只有怪咖才打领带，就这样。”

“那你为什么还要穿一件印着领带图案的 T 恤衫呢？”迈克问。

“这不一样，”弗雷迪说，“你要是打领带，我哪都不跟你去。”

迈克看了看我，我点点头。他把领带解下来，在手里卷成一团，放进口袋里。

弗雷迪把手伸出来。

迈克又看了看我，我再次点点头。他又从口袋里拿出领带，递给了弗雷迪。

然后，弗雷迪不愧是弗雷迪，他把领带打开，套在自己的脖子上，整个过程中他一直盯着他爸爸的眼睛。现在他穿着一件印着领带图案的 T 恤衫，上面压着一条真正的领带。

“你真的要打扮成这样去学校吗？”迈克问。

“哦，是的，”弗雷迪点头道，“我喜欢这种主张。”他指着他身上的行头说。

“您的主张究竟是什么呢？”

“反体制。”弗雷迪说。

“你现在要去一家拥有百年历史的英国大学，你想被它录取，却穿着一件希望传递出‘反体制’主张的衣服？”

“没错，”弗雷迪说，在他爸爸的肩膀上拍了一下，“今天我们这些学生必须玩一把‘欲擒故纵’。我不期待你能理解，因为你们当年上大学花的都是纳税人的钱；但是，就因为你们这代人投票废除了大学免学费的制度，现在所有的‘体制’想要的只是我们的钞票。所以你看，我必须玩点‘欲擒故纵’的小手段。所以我今天要穿这件高度智慧、反体制的衣服。现在，我可以开车了吗？”

一路上我们都没有怎么说话。我被贬到了车后座上，就像某个老阿姨一样，就差拿条毯子盖住腿了。我盯着车窗外，想着我们正在去那个地方的路上，一年多后我儿子可能就要离巢到那里去。至今我们都没再讨论过迈克原本也想上这所大学的事情。弗雷迪过于自信，以为他那次夸张的表演确保了迈克不敢在他周边 50 英里以内当学生，但我并不十分确定他让迈克完全断了念头。毕竟迈克是一名管理咨询顾问，熟稔驭人之术。有可能他始终不放弃上伯明翰大学的决定，是为了让弗雷迪完全专注于剥夺他的这个梦想。如果这是迈克的有意设计，那真的是一出高招，我必须为他点赞喝彩。同样地，我非常清楚，如果目标明确，迈克是会一条道走到黑的，所以很可能弗雷迪所有的吁求对他没有丝毫影响，迈克依然打定主意要重新培训，成为一名教师。

我一直期待着和儿子一起漫步校园，讨论它的优势和劣势、住宿条件以及学生生活，但显然事情没有像我预想的那样展开。

我们停了车。弗雷迪看了下他的手机，说稍后准备回家时他会给我们打电话。听完校长的介绍致辞后，他要跟我们分开，去见基姆·王和她的父母。他计划先去心理系参观，接着基姆的父母会带他们去吃午饭，最后他们会去看看不同类型的宿舍。

我不知道从哪里开始评论，脑子完全懵了。所以我只说了我认为最重要的话。

“你要去和基姆的父母一起午餐吗？你们两个是认真的？你们确定男女朋友关系了吗？”

弗雷迪困惑地看了我一眼。

“差不多，我猜是吧。我没有认真想过这件事。只不过他们知道一家很棒的中餐厅，据说那儿的炒面是全国最好吃的。”

“哇哦，我们能去吗？”我没多想就冲口而出。

“对你减少碳水足迹可没好处，妈妈，”弗雷迪摇着头说，“今天我不打算让你们见基姆。”

“你等会儿，”迈克打断他说，“所以你可以跟你女朋友的父母待一整天，而我们只是去打个招呼都不行？”

“她不是我女朋友。”弗雷迪口气坚决地说。

“要我说，如果你和她爸妈一起吃炒面，那你们就算是男女朋友了，我们至少有权利见见他们。”我说。

“你根本不是想见他们，”弗雷迪说，“你就是想吃全国最好吃的炒面而已。”

一想到炒面，我的肚子就咕噜噜地响。但他错了，我也很渴望见见弗雷迪未来的岳父岳母啊。不过我也许有点想多了。

“听着，弗雷迪，”迈克说着挺直了腰杆，“别忘了将来你还要让我们负担你的食宿费用，你的钱根本不够用，所以我想你至少要做到的，就是让我们参与你今天要做的事情。我们有权利参与进来。”

“好吧，”弗雷迪沮丧地说，“你们可以过来一起吃炒面。”

我正要欢呼，结果被迈克一声坚定的“不”给打断了。“我不喜欢吃炒面。”他说。

我喜欢啊！我心想。我想要尝尝全英国最好吃的炒面，什么碳水足迹的先扔一边吧。

“校长介绍致辞后，我们在心理系外面跟你见面。基姆也要参观心理系吗？”迈克问。

“不，她在考虑人类学系。”

我感到前所未有地自豪。我儿子的女朋友居然这么聪明，在大学要修一个以“学”字结尾的专业，我完全不知道那是干什么的。这多让人难以置信啊！弗雷迪真是长进太多了。而且基姆的父母还知道哪里有全英国最好吃的炒面。这简直是天作之合。他们两个必须要成啊！

所以校长的介绍致辞很有意思吗？并不！她看起来是一个可爱的女人。对她的大学和这里培养的所有学生感到骄傲无比，充满溢美之词。我不确定最后是不是有提问环节。事实上，在一个坐满500人的讲堂里，我敢肯定没有安排现场提问环节，但在校长结束致辞后，我的丈夫站了起来。是的，就好像有人等着他，他也准备好了受邀发言一样。我扭头去看弗雷迪，谢天谢地，他坐得离我们非常远，跟基姆·王的父母在一起。当校长问迈克她能解答他的什么问题时，弗雷迪无奈地摇了摇头。

“我从贵校去年的财务报表上注意到，自从引入学费制度，贵校的收入有大幅增长。在利用增长的收入方面，您能分享几个将其用于引进学生资源的具体例子吗？以及您在下一个5年内的投资计划是什么呢？”

我的老天呐。我往座位里缩了缩，感到十分尴尬。校长显然之前遇到过这种讨厌鬼—— 一个争强好胜的父亲，在一个他既不能控制又无法领导的环境中，渴望展示自己的控制力和领导力。

“在过去5年中，我们的资本花费提升了28%，其中95%都用于投资学生基础设施建设。还有更多问题吗？没有……好的。外面还有一组等着进来，所以请大家到校园中，充分了解伯明翰大学，诚挚地希望一年后我能和你们中的一些人再次见面。”

“我觉得她的回答很粗鲁无礼。”大家起身离开时，迈克说。

“你的提问很不合时宜，”我答道，“经过这个小插曲，我怀疑基姆的父母是否还会邀请我们去吃炒面。我猜弗雷迪刚才都尴尬死了。”

“你对炒面这么着迷究竟是什么情况？我从来不知道你这么喜欢吃炒面。”迈克说。

“当你连续三周几乎没吃任何碳水，你也会对炒面着迷的。”我跟他说。感觉如果再不赶快吃点东西，我就要饿昏了。

“王先生，王太太，”迈克的目光越过我的肩膀，“见到你们真是太愉快了。我们听说了很多关于你们的事。”

“还有炒面。”我没来得及堵住自己的嘴。

王先生和王太太疑惑地看着我。

“我……我目前正在减少自己的碳足迹，”我赶紧解释，“所以一听到任何含有碳水的东西，我就会不由自主地产生应激反应，想马上吃到它。”我觉得自己解释得不是很清楚。

王先生和王太太一句话没说，还是一脸困惑。

“柯林斯太太正在努力减少她的碳水足迹，以及她的碳足迹。”基姆帮我进一步解释道。她微笑着冲我点点头，真是一个可爱的女孩。

“不坐飞机？不开车？”王先生问。

我点点头。“还有，不吃面包、土豆、意大利面。这是为了健康着想，当然我也关心环保。我几乎每天都会做垃圾回收。”我绝望地看着弗雷迪，感到自己有点失控了。

王太太向前一步握住我的手。“你一定要和我们一起吃午餐，”她的语速很慢，好像在跟一个孩子说话一样，“那是我们朋友开的餐厅。那里真的非常棒。”

“好的，”我喘息着说，因为成功获邀而激动，“当然。那真是太好了。”

“好的，”弗雷迪说，“很高兴我们不用做那些尴尬的介绍了。我们 12 点在这里会合好吗？好的，一会儿见，老爸老妈。”

“这里有太多新鲜的东西可以尝试了，对不对？”在我们参观了中央大厅后（那里有学校所有社团和运动队的展示），迈克说。他变身成了社交先生，跟所有外表邋遢、看着像流浪汉一样的学生聊天，显然有人跟他们交代过，让他们多跟意向考生的父母聊聊。他问了他们关于社团和运动队所有能想到的问题，然后对关于课程的问题，询问他们的看法。他甚至还要到了一个大一心理系女生的电话号码，那个女生表示很愿意和弗雷迪聊聊课程结构。她还碰巧是烘焙协会的秘书，我很想问她烘焙协会的秘书要做哪些工作。而且，为什么有人考进大学后，会去做什么烘焙协会的秘书？

看了所有这些展示，我感觉有点难过。我回想起当年我上大学时曾经拥有过许多机会，但我并未珍惜。我在大学加入的社团数量是 0。

我只是觉得我不属于其中任何一个。一想到要尝试新事物，我就感到害怕。还记得我去参加过一个蹦床俱乐部的活动，是因为我的舍友很想参加，但不愿意一个人去。这个活动是面向初学者的，但显然许多人以前都蹦过。我不属于那里。

“哦，烘焙协会，我猜是不是还有一个由成年学生组成的足球队。”我听到迈克说。

我转头瞪了他一眼：“你可 10 多年没踢过足球了。”

“所以呢？”

“你都过了 50 岁了，很容易摔断这儿撕裂那儿。对超过 50 岁的人，足球就是极限运动了。你应该玩健步足球。”

“那是什么运动项目啊？”

我看着迈克，叹了口气：“你打算什么时候告诉弗雷迪你还在考虑申请大学啊？”

“在他申请之后，”迈克答道，“在那之前暂且先不提。我们不想让他的雄心壮志化为泡影，对吧？等他录取了，一定会兴奋过头，也就忘了我在旁边。特别是如果他还跟基姆约会，她要来家里，他也没时间顾及我。我保证离他远远的，我想我们几乎碰不着面。”

我心里一沉。我很怀疑。弗雷迪的性情极不稳定，最小的一件事都可能让他失去兴趣，任何对他爸爸和他上同一所大学的暗示，都足以让他大发脾气。不过在基姆这件事上，迈克是对的。弗雷迪之所以对上大学有持续的兴趣，很大程度上是因为基姆出现在他的生活中。我们必须培育这个关系，我们需要尽全力让他们的关系发展下去，至少要持续到 A-Level 考试之后。我可能需要想想办法，怎样让弗雷迪对基姆更有吸引力。比如告诉他洗澡再勤一点？教他做出一顿好歹像样的饭？把他那些古怪的衣服都淘汰掉？

“说不准我还能当上学生会主席呢。”在我思考如果弗雷迪穿得正常点会是什么样子时，模糊听到迈克说了这么一句。

“你说什么？”

“如果回到大学，我可以竞选学生会主席。当年在拉夫堡大学时我就一直想竞选，结果后来拿到了去咨询公司做培训生的录用通知，那真的没法拒绝。但现在没有什么能阻止我了。想象一下，我要是当上学生会主席，工作会多么轻松。这么些年我积累了那么多的经验和知识，都可以派上用场。我跟你说，我不会再让校长那样敷衍过去。”

“我以为你想回到大学是为了回馈社区，学习怎么教学，而不是在整个大学操作一个管理咨询项目，对吧？”

“是的，前者是我的目标。我只是说我的经验会让我成为学生会主席的绝佳人选。”

我看着我的丈夫，好像有什么东西在啃噬我的胃。他并没有放弃换工作的想法，但他想出的种种解决方案完全不着调。超过 50

岁了还当学生会主席？而且还是在他儿子的大学？烘焙协会？足球队？教书？上帝啊！他还不如出个轨，可能事情反而简单很多，那似乎是解决中年危机更直接的方法。而且他显然还在想，要是我找到一份比在芥末工厂挣得更多的工作，所有这些都有可能实现。我已经从托比同办公室的吉米和维罗妮卡那里获得了更多的工作，但挣的钱远远不足以填平迈克丢掉薪水后留下的深坑。

我胃里那种可怕的啃噬感在滋长，我知道只有一种解决方法，那就是碳水超载。我是说多多摄入碳水。现在又到午饭时间了。

7月9日

昨天在饱餐了一顿炒面后，虽然感觉罪恶得要死，但我整个人都变得不一样了。我的碳水足迹很不幸地大幅增加了，但我的满足感都回来了。

为了充分推动弗雷迪和基姆的关系向前发展，昨晚我邀请基姆到家里吃饭。她来的时候，我看见她手里拿着过夜的包，我猜她计划在弗雷迪的房间过夜。他们也没提前打招呼。当他们明确表示这个想法之后，我匆忙把迈克拉进了杂物室，紧急开会讨论这件事。

“弗雷迪想让基姆今晚在他房间过夜。”我压着怒气低声说。

“真的吗？”

“是的。我们该怎么办？”

“跟他们说不行？我们准备好在家里迎接这件事了吗？”

“嗯，我是没准备好，但万一他们因此分手，弗雷迪不去上大学怎么办？”

迈克看着我，有点不知所措。

“像我们之前讨论的，”我表明态度，“基姆对弗雷迪上大学很关键，所以我们需要把他们的关系维持下去。如果我们不许她在弗雷迪房间过夜，可能会毁了他们的关系。”

“你是说，如果我们不许他们在家里滚床单，弗雷迪可能就不会去上大学。”

我想了想。“是的。”我答道。

“我肯定你是碳水摄入不足，”他说，“这想法太蠢了。弗雷迪的性生活跟他上不上大学毫无关系。”

我知道我的想法是有逻辑的，这两件事直接相关，但显然迈克不这么看。也许我确实需要摄入更多的碳水。

“你想让基姆今晚在弗雷迪房间过夜吗？”迈克问道。

“我希望还是不要了。”

“那好吧。”他打开杂物室的门，大步流星地走了出去。弗雷迪和基姆正坐在厨房餐桌旁看着平板电脑上面的什么东西。

“跟你说一下，”他宣布道，“你妈妈要去楼上准备一张床，让基姆今晚在那儿睡。”

“谢谢您，柯林斯太太。”基姆对我说，笑靥如花。

7月15日

“妈妈的膝盖”群聊

丽兹：现在进入倒计时模式了。我等不及要见到你们所有人。我给你们都注册了我们泳池俱乐部的会员，所以别忘了带比基尼！到时我需要工作几天，但是欢迎你们跟着我一起上课。我不会向你们收费的！

妮可拉：太兴奋了。我需要带几件比基尼？

我：太兴奋了。20岁以后我就没买过比基尼！

丽兹：你们定好怎么去机场了吗？

我非常清楚接下来会发生什么。

妮可拉：我不知道——你在干什么呢，凯茜？

我需要小心地斟酌措辞，否则我就得负责把所有人送去机场。

我：我还没来得及考虑这件事呢。

妮可拉：那等你考虑的时候，把我们一家四口一起带上吧？

话怎么赶到这儿了？

我：四口人？

妮可拉：如果你在考虑订一辆小巴送大家去机场，我们家要算四口人。

该死！

我：我没有考虑订一辆小巴。

妮可拉：那你要怎么把我们所有人送去机场？

我：劳伦斯不能开车送你们去机场吗？

妮可拉：那样的话，他就得把车停在机场，付10天的停车费。

丽兹： 我确定你们能想出办法。就是别忘了还有妈妈和爸爸！！！

我： 听我说，妮可拉。我来负责妈妈和爸爸，你们家你自己想办法。

我（内心戏）： 但迈克的车里也塞不下 6 个人，所以我还是要订个小巴。

但我不想那么做，因为那样我就得花很多时间在网上调研小巴，然后打一圈电话询问报价。一半司机都会拒绝，因为我们出发时间太晚，或者他们不愿意去我要去的地方，而且中途还要停几个地方，接那么多人，取许多行李。最终等我把小巴的事搞定了，告诉大家几点来接，费用多少，有人就会抱怨太贵，质问我为什么不找个便宜点的；还有人会抱怨出发时间太早或太晚，问能不能调换下接的顺序好方便所有人。然后我还要问下车上有没有儿童安全座椅，还要问清楚司机计划走哪条路，因为上次一个朋友的邻居的同母异父的妹妹去希思罗机场，在 M40 高速公路上堵了 40 分钟，所以我们必须确认司机走 M1 高速公路，因为那天的那个时间这条路会比较畅通。然后有人就会说："你知道吗，我们决定还是不跟你们坐小巴走了。我一个大学朋友住在离希思罗机场 5 英里的地方，我们决定提前一天去她家住一晚，把车放在那儿，第二天她会送我们去机场。我们在那儿跟你们会合吧！"

我： 我不要订小巴。

妮可拉： 但你刚才说你正考虑着。

我： 我之前没考虑，但刚才考虑了一下，结论是我不要订小巴。

妮可拉：你还在减少碳足迹吗？你看起来都不像你自己了。

我：你怎么知道这件事的？

妮可拉：妈妈告诉我的。她说你最近脾气暴躁，无精打采的，最好早点重新开始吃薯条。

丽兹：我觉得不吃碳水是对身体的极大解放。好样的，凯茜。

我：滚，丽兹。

7月16日

现在我不知道有多期待度假时不用考虑例假的事。我以为我已经搞定这事了。距离上一次例假已经过去6周了。6周！我以为我终于摆脱这可恶的诅咒了，但是并没有。它又回来了！现在我必须打包卫生巾、毛巾，还要担心会弄脏一张陌生的床。

我需要灵丹妙药停止例假。

我需要巧克力！

我需要碳水！

7月19日

今天我穿了一件新上衣，原本是为度假准备的。我也不知道我为什么要特地准备它。这件上衣的码数是12。我减少碳水足迹的努力似乎初见成效，我的胸部变小了。这真是太令人振奋了，也不枉我晚上老做关于碳水的梦了。在我们前往加州之前，这是我最后一次到芥末工厂。不知为什么，我觉得今天应该好好打扮一下，坦白讲，现在我知道自己能穿12码的衣服了，就再不愿穿14码出去了。因为那样会让人心情郁闷，也没有必要。而且“工作姆妈”这个名号似乎又重新浮出了水面，托比时不时给我扔封奇怪的邮件，标题是“工作姆妈，我需要你！”吉米给我设计了一个电脑形象，那个“我”穿着一件围裙，看起来像20世纪50年代某个温顺的家庭主妇！我，不，开，心！

上楼往那3个孩儿共用的办公室走时，我看见托比正在门口等着我。这很不寻常。

“嗨，凯茜，你好，芭芭拉。”他说，弯腰拍了拍狗狗。

“你在外面干什么呢？”

“里面给你准备了一个小惊喜。”他说，冲我挤了下眼睛。是的，挤了下眼。他把头伸进办公室，问里面的人是不是都准备好了，然后把门打开，让我进去。

在那最黑暗的角落里，放着一张桌子和椅子，桌上放着一个马克杯，旁边有一个狗盆，上面还挂着彩灯，光芒在桌上跃动。

“什么情况，”我说，“是有人要搬进来吗？”

“这是给你准备的，”托比说，“其实是楼上有人要把桌椅处理掉，我们就想也许你有时愿意把笔记本电脑带来，就在这里工作，这样如果我们需要你的话，你就在这里，近在咫尺，我就可以随时来骚扰你，问费用标准啦、合同啦，告诉你谁没有付账啦，等等。但你也知道，主要看你的意愿。不是强迫你来，我们大家只是想，你有时可能更愿意在这里而不是在家里处理我们的破事。”

我环顾四周，他们3个都满面笑容地看着我。

“你看，”吉米说，“我们还给你准备了一个马克杯。”他拿起马克杯，送到我面前。它是黑色的，上面用黄色大写字体印着“力挺特殊人群”的字样。我接住杯子，大笑起来。手抚摸着那几个字，笑得停不下来。

“我们还给芭芭拉准备了一个狗盆，”维罗妮卡说，“所以她也可以来。我们还会给她准备一罐狗饼干，对不对，哥儿几个？”他们全都用力地点着头。

“你喜欢这个工位，对吧？”托比说，“我是说，你不用明说你喜欢。你不一定要使用它。我们只是觉得这会让你的生活更轻松些，啊，准确说，也是让我们的生活更轻松。”

我大笑起来。

我再次看向那个角落——我的工作角。我有一张桌子，一把椅子，一个印有前卫标语的马克杯。而且……而且我还有彩灯。我这辈子都没见过比这更美丽的工作环境。

“我很喜欢，”我说，努力抑制自己的情绪，“我非常非常喜欢，是的，我知道你们把这个没人要的破玩意儿放在这，就是为了方便让我随时给你们办事，但尽管如此，我还是很喜欢，我很乐意偶尔在那张椅子上办公，处理你们的破事。”

“太棒了！”维罗妮卡说，“我觉得这值得庆祝一下，你们说呢？谁想来点康普茶吗？我刚进了一个新品种。”

“滚吧。”所有人异口同声地说。然后我们大家笑成一团。这就是我的“新室友”，给我准备了印有前卫标语的马克杯和彩灯的年轻的“新室友”。

这一刻，我感觉生活好极了。

“顺便说，我喜欢你的上衣，”托比说，“你瘦了，是不是？”

这一刻，我感觉生活无比美好。

世界上还有什么能比有人注意到你瘦了更好的感觉呢？尤其在你为了瘦身吃了许多苦头之后。

“谢谢，”我咧嘴笑道，“这是新买的，我确实在减肥。”

“啊，这件衣服真的很适合你，”他说，脸上浮现出一个令人垂涎的笑容，“减肥这事干得漂亮。真的不容易。”

“谢谢。”我又说了一遍。我的思绪短暂闪回到今天早晨，我走进厨房，弗雷迪正在吃从冰箱里拿出的冷炒面，他看了我一眼，说我看起来像是要去百货商场面试。我问他为什么，他说我看起来整洁、聪明、无聊。

“那些加州的男人不知道什么正要向他们高速驶来，”托比评论说，拿起我的马克杯，“来点咖啡吗？”

7 月 20 日

“妈妈的膝盖”群聊

妮可拉： 跟你说一下，现在坐小巴的只有我们 3 个人了。

我： 我没有订小巴！我说了我不订！我不要订小巴！

妮可拉： 那我和孩子们怎么去机场呢？

我： 我不知道。你和你的医生男朋友自己想办法吧。

这时候我摔了电话，感觉心灰意冷。半小时后，我又拿起电话，想打给柯斯蒂，这时看到了我妹妹的最新消息。

妮可拉： 你是一个没有心肝的婊子。

我的天呐——这话也太狠了吧！

我：哇哦，妮可拉——就因为我没有订小巴吗？

妮可拉：不！因为你对我刚被甩了这件事完全没有同情心。

她在说什么？我往上翻聊天记录，看是不是漏看了她半小时前发的信息。

妮可拉：他不再是我男朋友了。他不去加州了！

妮可拉：从你的沉默中，我只能猜测你不在乎。我男朋友上周失联了一周，直到昨晚才露面跟我说，他开始跟一个儿科护士约会了，他要跟她一起去科孚岛，不跟我去加州了！

妮可拉：为什么你一句安慰的话都没有？

在那条信息之后，她指责我是一个没有心肝的婊子……

我：太抱歉了，妮可拉！这件事真是太恶心了。

没有回应。

我：你还好吗？我真的很抱歉。我知道你很喜欢他。

没有回应。

我：我能帮你做点什么吗？

妮可拉：我不知道自己该怎么办。我真的以为他就是我的真爱，凯茜。

我：我知道。我非常非常为你难过。你会遇到更好的男人的，一定会的。

半小时没回音。

我：这样，如果对你有帮助的话，我给大家订一辆小巴去机场。这样你就少了一件要劳神的事，好不好？

妮可拉：那真是太好了——谢谢你。我现在状态不好，没法组织任何事。我要走了，稍后聊，再见~

我就知道，最后还是得我来订那个该死的小巴车去机场。我花了一小时上网搜信息、打电话，终于订到一辆。然后我从架子上拿了一瓶普洛赛克葡萄酒，去看我的妹妹。

我进门时，看见她正在炉灶边，一边搅拌听装的意面，一边泪流满面。我从她手里拿走勺子，让她坐在椅子上，然后替她给孩子们做意面比萨，一边祈祷自己不会搞砸。

两个小时后我才离开。蒂莉和裘德似乎很开心，他们得到允许，坐在客厅一边看电视，一边吃便餐，而他们的母亲在厨房里痛哭流涕，一会儿大声喊“真是十足的浑蛋”，一会儿啜泣着说“我以为他就是我的真爱”。

我决定不告诉她我第一次见劳伦斯时就有这个担心。他是典型的吃嫩草找乐子的老男人。我也决定不跟她说爸爸认为劳伦斯傲慢。别人分手后，你再去当事后诸葛亮，一定没好处。我跟不少人说过我对她们的前男友本来就没好感，结果人家又复合了，然后我还得往回找补，好继续做朋友。所以为了姐妹情着想，我只是一边给她倒普洛赛克酒，一边递纸巾，一句多余的话都没说。

7 月 22 日

今晚纸巾和普洛赛克酒再次派上了用场。坦妮娅过来，眼眶红红的。黑泽尔的父母到家里来给予“精神支持”，所以她离开家，给他们一些独处的时间。对坦妮娅而言，他们的来访往最好了说也是令人痛苦的，因为黑泽尔的父亲内心仍然无法接受他女儿的妻子，尽管坦妮娅是他女儿梦寐以求的伴侣，深爱着他的女儿，对她关怀备至、一往情深、非常尊重（这在婚姻中是非常难得的）。而在黑泽尔父母的婚姻中，她父亲把她母亲当受气包，她母亲满腹怨愤，等他一走远就会开始抱怨。

显然，黑泽尔的父亲无法原谅坦妮娅的性别，就因为她是女人所以不喜欢她。我想，要是有选择的话，他宁可看到女儿长大嫁给一个她不爱的男人，生活不幸福。这也正是他的妻子所走的路。

坦妮娅坐在厨房桌子旁，说黑泽尔的父亲从没正眼看过她，压根儿不接受她的存在。

“看起来他是真的怪我，”她说，脸上浮现出恐惧的神色，“他认为黑泽尔得病全都是我的错。”

她看起来心烦意乱、筋疲力尽，一点都不像我以前的朋友坦妮娅，我那位沉稳、可靠、务实、令人愉快的朋友。黑泽尔的病也在改变她，这让我心碎。

“我能理解他的痛苦，”她说，“毕竟黑泽尔是他的女儿。但她也是我的妻子。我们的心情是一样的，因为我们都深爱着她。这应该让我们团结起来，而不是彼此疏离。为什么他看不到这一点呢？”

“也许他是嫉妒呢，”我说，“你们拥有幸福的婚姻，而他没有。

他不知道怎么面对这一点。你们是两个女人，拥有比他们夫妻更幸福的婚姻。这在他的世界里说不通。”

“但是面对当下的情况，我们需要……我们必须联合起来，”坦妮娅说，“我现在不能跟他闹翻。这对黑泽尔没好处。我不能让黑泽尔来对抗他的偏见。我需要为她承担起来。”

“你会找到办法的，”我对她说，“你从来没被难倒过。”

她叹了口气。

“这也是她深爱你的原因，”我又说，“你会担起来的。你肯定没问题。”

“我知道，”她点头说，“我只是希望我不必这么做。”

然后她看了我好一会儿，我有一种强烈的感觉，就是我不想听她接下来要说的话。她顿了一顿，我也努力稳住自己。

“我们昨天去看了医生，”她说，“她的手术做得很顺利，但是……”

一听到“但是”这个词，我的脑子“嗡”地一下懵了。我非常努力地想理解她说的话、听她讲相关的细节，但我听到的都是巨大的危险信号。诸如“扩散”“多个器官”“深度化疗”这些词，以及，也许是最糟糕的那句话，“我们需要积极乐观”。

我想用手捂住耳朵，不听她说。

当然我没有这么做。我握住坦妮娅的手，尝试说一些正确的话，但说出的当然都是错误的话，因为这时候没什么话是正确的，都是些没用的、愚蠢的、同情的话，对你的朋友毫无帮助，你只能眼看着她的心在你面前破碎。

晚些时候，已经筋疲力尽，眼睛红红的她回家了。我上床睡觉，躺在那里，努力地想，生活怎么会如此可怕。

7 月 30 日

读书会今晚在索妮娅家里举办。

我们到的时候，发现葆拉已经到了。这真是一个惊喜，尽管她看起来状态不佳，比上次我们见她时瘦了一圈，看起来苍白、干瘪、楚楚可怜，跟以前判若两人。我们见到她都喜出望外，但努力不让她有压力。每次有人跟她说一句话，她都往大椅子里缩一分，似乎是在努力让自己消失。

这的确让我们陷入了某种尴尬，因为坦妮娅也决定要来。原来黑泽尔很严厉地跟她谈了，告诉她需要继续做一些正常的事。黑泽尔说："你没有时间在家里自怨自艾了。"

但我们应该谈些什么话题呢？我们应该从哪里开始呢？坦妮娅？葆拉？书？

显然今晚书不会成为主角，我们紧张地互相看看，不知道怎么开口询问她们两个的情况。幸好葆拉打破了沉默，为我们做了决定。

"黑泽尔怎么样了？"坦妮娅一坐下，她就开口问道。

房间里立时一片静默。我紧张地看看坦妮娅，对她来说这一定是最艰难的事情之一，她需要不停地回答关于病情的询问。

她叹口气。"葆拉，实话说，不太好，"她说，"癌细胞扩散了，所以她要进行新一轮化疗，这会让她身体更虚弱，但我们在努力保持积极乐观。"

她点点头。房间再次安静下来。

葆拉支撑着从椅子上站起来，走向坦妮娅，给了她一个"癌症拥抱"。那种夹杂着眼泪的由衷的拥抱，就是你能看到一定岁数的女人在这种境况下给予彼此的最暖的安慰。这个拥抱告诉你，癌症的浓重阴影笼罩在她们生活中的某个地方。

我们围绕这个话题小声谈了很长时间，尽我们所能来安慰坦妮娅。直到坦妮娅明显不想再站在聚光灯下。她回答我们的问题变得简短生硬。她出来原本是要散散心，而我们没有提供这样一个场所。

从患癌的妻子到抑郁症，这个话题转换得有点危险。当露易丝终于对葆拉说，很高兴看到她回归时，葆拉的脸涨得通红。她看了一眼索妮娅，似乎想让她帮自己解释一下。她们互相点了点头，然后葆拉开口了。

“我想见见坦妮娅，”她说，“看看她怎么样了，所以才会过来。你们不需要打听我。我的事情和坦妮娅遇到的相比，什么都不是。”

“胡说八道，”坦妮娅说，突然又有活力了，“抑郁症是非常痛苦的。不要贬低你正在遭受的痛苦。咨询做得怎么样？有帮助吗？请告诉我一些好消息吧。”

葆拉点点头，泪水涌上了眼眶。“有一些进步，”她小声说，“但我们能不讨论它吗？求你们了。我不想在这里讨论这件事。”她边说边摇着头。索妮娅靠过去，握住了她的手。

接下来是尴尬的停顿。

“见鬼，”我咕哝着说，“所以接下来我们是不是必须讨论书了？”

所有人都大笑起来，然后我们尽力像平常那样聊八卦，喝酒，努力让葆拉和坦妮娅从她们私生活的地狱中获得些许解脱。

我决定分享我带柯斯蒂所做的那次练习，从头到尾地跟大家讲了我带她去酒吧见菲尔的经过，我说我要让她亲眼看看，如果我和初恋修成正果，“事情可能会是什么样子”。

“你觉得有用吗？”菲奥娜满怀敬畏地问道。

“这么说吧，”我答道，“从那以后她再没提过卡尔，前天我还听到她边淋浴边唱歌呢。”

“了不起，”坦妮娅说，给了我一个引以为荣的眼神，“真是了不起。干得好。”

“谢谢。”我答道，有点自鸣得意，“你们都应该试试这个办法。”

“我的初恋男友是一个男爵的儿子，现在住在威尔特郡的家族庄园里。”菲奥娜说。

“该死！”我说，“你怎么把他甩了？不然我们今天可能是在你的私人图书馆里举办读书会。”

她想了一会儿。

“他和我妹妹上床了。”她说。

“是这种人的风格。”我大笑道。

接下来的晚间，我们一直在讨论我们的初恋。我高度推荐这个话题。通过今晚这场读书会我们得知，索妮娅的初恋现在是一名牧师，大家莫名觉得很搞笑；露易丝的初恋男友今天依然住在她的家乡曼彻斯特，露易丝每次回家，她的父母都会谈起他。

“他现在是一名律师，”她说，“一个毫无幽默感的律师，很可能依然有口臭，”她补充道，“但显然在我父母眼中，有了律师这个身份，其他毛病都可以忽略。”

然后坦妮娅承认，她 15 岁那年，在度假时曾和一个男孩相恋。他的名字叫迦勒姆，背上有粉刺。

“我想我至少应该尝试一下，”她说，“但是我在泳池边和他接吻，手摸着他的后背时，我就知道自己做不到。”

“不错。”我们都表示同意。

“理查德就是我的初恋。”葆拉说。

一阵短暂的停顿。

“哇哦，”我说，“好棒。看来初恋有时的确会修成正果。”

她点点头，但没有再说什么。

下个月没有组织读书会，因为学校要放假了。

离开时，我们彼此拥抱，力度比平常大了一些。这就是所谓的“癌症拥抱”吧。

8月

August

确定谁负责打扫爸妈家的洗手间

8月1日

唉，我永远不会想重温这一天的，真的！

我料到它从头到尾都会让人受罪，而它确实也没让我失望。

我自己在生活中从来不像个酋长，而更像普通土著。但今天大家公推我为酋长。我的部落成员有我的父母、我的孩子、我的丈夫、我的妹妹、我的外甥和外甥女。我要想办法把他们从西米德兰兹郡中心整整齐齐地运到加州。

事情在小巴车来接我们之前就开始了。

“妈妈的膝盖”群聊

妮可拉： 你们在哪里？

我： 在家，怎么啦？

妮可拉： 不是说好6点钟来接我们吗？

我： 没有啊——我说的是7点。

妮可拉： 但我们都准备好了。

我： 那你想让我做什么？

妮可拉： 孩子们都起床3个小时了！

我： 可以喝点咖啡。

妮可拉： 都喝第3杯了！我都要兴奋地上蹿下跳了。

我： 给妈妈打电话——她应该起床了。

妮可拉： 好主意。一会儿见。哦，你给丽兹买礼物了吗，表达对她邀请我们的谢意？

我：没有！你买了吗？

妮可拉：没有！妈妈昨晚提了一句。她说我们应该从这边带点东西过去，让丽兹感受到家的味道。

我：比如说呢？

妮可拉：奶酪？

我：我们在希思罗机场给她买点吧。

妮可拉：希思罗机场的伞——完美。一会儿见。

丽兹：不要奶酪，不要伞啊。你们什么都不需要带，就把自己带过来就行。

我们最后接上妈妈和爸爸。果然，他们正等在路边。妈妈穿着她的旅行马甲，那是25年前她在玛莎百货买的，旅行必备。这件马甲是夹棉的，镶着皮边，带着风帽，还是防水的，跟洛杉矶的天气完美契合！爸爸穿着他的拖鞋、袜子，戴着草帽。他去任何地方旅行都是这套行头。

“帽子酷毙了，外公。”弗雷迪说着，从他头上拿下来，自己戴上试试尺寸。

“这是我1985年在马略卡岛买的，”他说，“应该是上次跟你妈妈一起去度假的时候。”

“他让我唱卡拉OK，”我告诉弗雷迪，“这件事我至今都不原谅他，并且发誓再也不跟他一起出去度假了。”

爸爸爬上小巴后排的座位，随即拿出4块巧克力，分给他的孙辈们。那是早晨7点半。弗雷迪、蒂莉和裘德兴奋地尖叫，立刻开始吃。柯斯蒂向她外公道了谢，把巧克力放到包里等晚点再吃。

“现在人都齐了，”迈克站在前面说，“检查一下，你们都带护照了吗？把它们拿出来看看吧。等我们上路了，再说把护照落家里就没用了。都拿出来看看吧。”

我确实不想当这个特殊旅行团的领队，尽管如此，我也不想让迈克担当这个角色。他在准备工作上啥也没干。他甚至都没整理衣服，只是挑了几件扔成一堆，指望我来决定他要带哪几件。不，在出发之前他一直扮演普通土著的角色。然而，一有团体活动，我们和其他人一起时，他立刻就变身为领导。这是典型的迈克风格。这真让我恼火。老天，那是我订的小巴！我定下的接送时间！因为大家不停改变主意，我至少跟司机沟通过 3 次。我甚至还从银行取钱跑去给他付款，就这样我还不能当领导。哦不！结果迈克成了这场盛大聚会指定的领导。如果是他们家的人，他当领导我没意见。但他居然在我家人面前充当领导，前期还没有获得任何资质——做任何准备工作。

让人恼火的是，大家居然还都听他的指挥！所有人都拿出了护照，乖乖地给迈克看，等于承认了他的领导地位。如果是我让他们这么做，他们会当面嘲笑我，告诉我不要庸人自扰。

“你自己带护照了吧，迈克？”我问他。

他茫然地看着我。“我以为你都带了。”他说。

“我没有带。”我说。

他的脸霎时变白了。

“真的吗？”他说。

“你的护照在哪里，迈克姨夫？”蒂莉问道。

“你真的没有带吗？”他看着我说，“你通常会把全家人的护照都带上。”

我把手伸进包里，做出盯着里面看的样子，然后掏出 4 本护照。“哦，在这里，看，”我说，“你走运了，我确实带了，否则你就糗大了，还问大家是不是都带了护照，结果自己的忘带了。”

“你带我的护照了，对吧？”我听见爸爸轻声问妈妈。

“我们可以走了吗，德里克？”我问司机道，“牛津服务区是第一站，如果你还记得的话，我妈妈说那里的洗手间是 M40 高速公路上最棒的。”

到机场后，事态开始失控。爸爸和弗雷迪迅速消失了，快得就像听到冰激凌车的叮当声的学步儿童。前一分钟还能看见他们，下一分钟他们就不见了。

“爸爸去哪儿了？”小巴把我们放在航站楼外的人行道上时，我问妈妈。

她耸耸肩说：“谁知道他去哪儿了。”

“我上飞机后不要跟弗雷迪坐在一起！”柯斯蒂在我耳边大声说，“挨着谁都行，就是不要弗雷迪。他身上有味道，睡觉时还会靠在我身上。”

“跟我坐一起吧！”蒂莉大喊道，她一边抓着柯斯蒂的手，一边上蹿下跳。

柯斯蒂的脸变白了。

“我肯定柯斯蒂愿意跟你坐在一起。”妮可拉笑着说。她用口型对柯斯蒂说谢谢，柯斯蒂回了她一个茫然的微笑。起飞前半小时，她就会求着要跟弗雷迪坐一起了。

“弗雷迪在哪里？”迈克问。

我看看四周，弗雷迪和我爸爸都消失不见了。两个人都擅离职守了。现在想想，但凡爸爸和弗雷迪一起度假，必定会有灾难发生。我经常说弗雷迪很像他，想到什么马上说出来，完全不加过滤，不担心别人怎么看他。爸爸穿着袜子和拖鞋去旅行的行为，就像弗雷迪穿着我的裙子去参加除夕派对一样。他是真的毫不在意。“看来我们只能在这儿等他们回来了，”我叹口气说，“他们总归要回来的，对吧？”

“裘德要上洗手间，”妮可拉说，“你带他去好吗，迈克？他现在长大了，不想再去女士洗手间了，我不愿意让他一个人进男士洗手间。”

“没问题，”他说，向裘德伸出手。“走吧，小家伙。”

我们看着他们的背影远去。

“有个丈夫还是有用的，对吧？”妈妈说。

“偶尔吧。”我说。

“肯定有用啊。”妮可拉叹气道。

10 分钟后，我们还在人行道上，等我们团队所有的男人归队。我本来希望跟妈妈讨教怎么办，但现在是我控场，她什么负担都没有，所以对家里 4 个人一到机场就不见了这件事毫不在意。

最后我给迈克打电话。

“你在哪儿呢？”他一接，我就喘着气问。

“在报刊亭这儿呢。”

“在那儿干吗？”

“我们在洗手间碰见你爸爸，他提议我们去买点糖果在飞机上吃，所以我们正在选糖果呢。”

“弗雷迪和裘德跟你们在一起吗？”

“在呢。”

“你们是不是该回来了，在准备飞机上吃的糖果之前，我们还要办登机手续呢。”

“啊，我刚才提醒了，但你爸爸说糖果在安检外面买更便宜，我也不想争辩。等一会儿，弗雷迪想跟你说句话。”

“嗨，妈妈，”他沉着嗓子说，“我和外公能在飞机上坐一起吗？我想飞机上会有《死侍 2》(*Deadpool 2*) 这部片子，我们要一起看，外公肯定会喜欢，但我可能需要给他解释一些东西。他还说会把他的酒给我，因为他不喜欢在飞机上喝酒。跟外公一起度假是最棒的。等会儿啊，他问你想吃什么糖果。”

“放猫”[①]（herding cats）这个词被发明出来，当然是描述你尝试将家里年龄跨度在8—78岁的九口人赶进机场去搭乘国际航班。整个过程有许多低谷，没有高潮。

弗雷迪跟办登机手续的女士（名叫黛博拉）软磨硬泡，想给我们全家升舱，这真是太丢脸了。他显然跟我爸爸聊过了，所以编出来一个故事，说他的遗愿就是跟全家人一起坐一次商务舱。可怜的黛博拉吓坏了，但仍然努力挤出笑容。

“我真的很难过，听说您身体不太好，先生；但是我们这趟航班的商务舱没有空位了，真是抱歉。”

“哦，我没有身体不好，”我爸爸说，“事实上我硬朗得很，就我的年龄而言。”

“有遗愿不代表人就要死了，”弗雷迪说，“来点免费的香槟也是可以的哦。”

我确信就是这句话让黛博拉把我们安排到了飞机尾部，靠近洗手间的座位上。所以整个飞行过程中，旁边一直有人在排队，一股股尿骚味扑鼻而来。

不过，爸爸倒是挺开心的。他坐在挨近走廊的座位，因为他认为坐这儿表示自己的腿最长。在10个小时的飞行中，他主动跟所有排队上洗手间的人聊天。以至于最后有人故意避开这边的卫生间，因为他们不想再跟坐在后面的那个怪老头讨论了。我想他涉猎了几乎所有的话题，从英国政治到美国政治，再到他喜欢的番茄酱

① “放猫”是英文中一个习语，指试图去控制或管理一群无法控制的个体，代指不可能完成的任务。因为猫咪都散漫成性，无法被驯服。——译者注

品牌。他跟一位美国女士就英国番茄酱烘豆和美国番茄酱烘豆的区别，进行了一番相当长的对话。她之后就再没用过这边的洗手间。

同时，他用自己特有的迷人方式，一直在问空姐要罐装啤酒，等我们在洛杉矶机场降落时，弗雷迪已经喝醉了。

这一切的发生就像一场梦。

出关时看到前面排的长队，所有人都故态复萌，开始烦躁、抱怨。让每个人乖乖排队简直是一场噩梦。而且怎么也没法说服爸爸，如果他跟安保人员进行有关“英国烘豆VS美国烘豆”的大讨论，可能会被逮捕。

丽兹和帕特里克在接站大厅里等着我们，看上去精神饱满，而我们9个人看起来好像才刚从地狱爬出来。接下来是很多个拥抱和许多次握手。妈妈掀开裙子，骄傲地向丽兹和帕特里克展示她的新膝盖，感谢他们的慷慨。帕特里克看到妻子这一大帮亲戚，神色有点不安。我想，住在另一个大陆上，意味着他不必经常面对这一切。他表面上看起来是一个热情好客的主人，但眼神后面是慌乱失措，因为他想到这一大帮没教养的英国人将会打乱他井井有条的生活。我看到迈克走到他面前，感谢他慷慨邀请亲戚们过来做客。我还听到他说，你真够勇敢的，你知道接下来要迎来什么局面吗？

帕特里克看着他说：“下面一定会很好的。丽兹把你们都邀请来真是太棒了。只是我很抱歉，工作太忙没法请假，所以不能一直陪你们。”

“我理解，”迈克说，“完全理解。”

8月3日

今天真是充满灾难的一天。我觉得它很可能会摧毁我。我是说，亲眼看到一个跟你同父同母的人已经成为人生赢家，还有什么比这更糟的吗？

“哦，我的天呐，这真是豪宅。”这是我儿子走进我姐姐房子时的原话，这栋房子在洛杉矶外某处。同时，我看着她无比漂亮的住处，努力表现得平静，嘴里不停说着飞机餐多么难吃，而实际上，我想做的是把下巴颏从地板上捡起来，在房子里到处看看。

“妈妈，借一步说话。”弗雷迪后来在厨房找到我，我姐姐正在用她那台精致闪亮的机器给我们所有人做咖啡，我坐在一个非常高的吧台凳子上。我好不容易才刚刚坐上来，所以让他凑近我耳边说，担心我掉下去了就再也上不来了。

他双手拢在我耳边。“他们家有一个‘无边际’的游泳池，”他轻声说，“是真的无边际游泳池。”我看着他，惊呆了。他一定在开玩笑。我姐姐说这是她们上一幢房子的改善版，6年前我们去过他们的老房子，但无边际游泳池也有点太夸张了吧？就我们家的基因序列来说，我想没有任何线索表明，有人能住在一幢有着无边际游泳池的豪宅里。

“我需要跟弗雷迪去找点东西。”我说着就从高凳子上下来，差点闪着膝盖。我必须去亲眼看看。弗雷迪可能是在骗我。

但是，它就在眼前。不是特别大，但依然……是一个不折不扣的无边际游泳池。而且，还可以眺望海景。

“我们怎么会跟住在这种地方的人是亲戚？”弗雷迪问道，“我真的无法理解这是怎么发生的。”

我知道他的意思。我站在这儿，穿着从玛莎百货买的松紧腰旅行裤，腋下汗津津的，脚上是一双没有牌子的一脚蹬帆布鞋，比早晨邮局外面排队的人还要更像中老年妇女，我从没觉得这样格格不入。我感觉自己像个山里的乡巴佬，赢了一场奢华度假比赛，结果发现到了这里手脚都不知该怎么摆。

“帕特里克姨父是个容易让人讨厌的人吗？”弗雷迪问，他还站在我身边。

“有一点吧，”我认真地回答，“为什么这么问？”

“需要一个理由，好不嫉妒他们的豪宅。”他叹口气，转过身。他往回向房子的方向走了几步，然后转身，穿着他的旅行服装全速奔跑，尖叫着往上跳跃，而后落入无边际游泳池中。我看到他的 T 恤衫在水面鼓起来，而后他的脑袋冒出水面，还咧嘴笑着。

“哦，弗雷迪，”我姐姐喊道，从我身后跑来，“别穿着衣服进泳池。你帕特里克姨父不让这么干，去年春假时他发现艾莉西亚一个朋友的上衣堵住了地漏，就要求大家进泳池必须穿一件式泳衣或短裤，而且要先淋浴，不然就会破坏 PH 酸碱度。他很关注泳池的 PH 酸碱度。”

“他真的是个特别讨厌的人！”弗雷迪兴奋地大叫，举起拳头做出胜利的手势。

我发现这次假期并不全是对姐姐生活的艳羡，也想跟他一起庆祝了，但丽兹看到弗雷迪还在泳池里，非常焦急。

“出来吧，弗雷迪，”我训斥道，“不要破坏帕特里克姨父的 PH 酸碱度。”我转向丽兹，“他刚到这里太兴奋，”我补充道，“他很快会平静下来的。”丽兹只有一个女儿艾莉西亚，今年 19 岁。她不了解普通男孩子是什么样，更别提弗雷迪了。

“帕特丽克还提议带他去骑车，”丽兹眉头紧锁地说，“以为他可能喜欢去山里徒步。还有迈克。”

我知道这事不可行。弗雷迪骑车？户外？弗雷迪和所有运动都不是朋友。他没有展示出在男性体育技能方面的任何优势。而迈克呢？他太聪明了，知道比赛赢不了，不会跟帕特里克较量。他会装病，不去骑车，避开这种奠定地位的比赛。

“咱们再商量吧，好吗？”我说，“你刚才煮的咖啡呢？”

“我出来就是问你要不要低咖？”

“不！”我说，“正常就好，以后不用问了。”

“丽兹大姨，家里有啤酒吗？我想喝。”弗雷迪从泳池里出来，就像从某个深深的泻湖里出来某个东西一样。他廉价的牛仔外套掉色了，颜料滴进了 PH 值达到最佳平衡的水中。

“他快满 18 岁了，”我告诉她，“在家偶尔会喝一杯。”

“我们家里没有酒，”丽兹说，“帕特里克的父亲是个酒鬼，所以他很抗拒酒，当然在艾莉西亚到 21 岁法定年龄前，也不会让她喝酒。”

“她上大学了，是吗？”弗雷迪问，他大步跑过来，搂住我的肩膀，胳膊还是湿的。

“是的，她在普林斯顿。她让我跟你们道歉，因为她要上暑期班，走不开，所以没法陪你们。”

“她不喝酒？”

“不喝，她答应她爸爸了。”

“好吧，”弗雷迪说，“好吧，为她点赞。那我就来杯拿铁吧，加两袋糖。”

“家里没有精糖。”

“帕特里克姨父的某个远房兄弟是个糖尿病患者吗？”弗雷迪话接得太快，我差点没憋住笑。

丽兹失望地看了我一眼，转身往房子走去。我对弗雷迪扬起了眉毛。显然这个假期不会有任何姨父和外甥的联谊活动了。

“哇哦，”丽兹的身影消失后，弗雷迪轻声说，“显然帕特里克姨父没有关注艾莉西亚的照片墙账号。”

"你什么意思？"我问道。

"嗯，看起来她在普林斯顿玩得很开心。"

"什么，你是说喝酒、派对什么的吗？"

"哦是的。很多这样的活动，我想。"

"她真的在上暑期班吗？"我问。

"除非地点是在夏威夷海边的一艘船上。"

"最好不要跟你帕特里克姨父和丽兹大姨提这件事。"

"放心，我的嘴很严。"

8月4日

"妈妈的膝盖"群聊

妮可拉：你可没跟我们提过你家有个泳池男孩，丽兹！我正坐在这儿，看他处理网络，好开心啊！

丽兹：那是安顿。他正在星巴克（Starbucks）上医学专业。

我：星巴克？

丽兹：该死的打字联想功能。我是说斯坦福（Stanford）。帕特里克在暑期雇他来家里检测PH值这些东西。你们懂的，科学家干的事。

妮可拉：说到这，他真的扰动了我的PH值！

丽兹：他只有20岁，拜托！

妮可拉：那又怎么样！我至少可以看看，对吧？哦，他现在在跟孩子们玩。哇哦，他都不介意蒂莉拽他的头发。他要过来啦！镇定。我正努力吸气收肚子。

我：他说什么了？发生什么事了？

妮可拉：我从没屏住呼吸这么长时间过。他过来问我可不可以带孩子下泳池跟他们一起玩排球。他简直帅得要命。我真想跟他们一起下水玩，但我不能屏气太久。他刚把上衣脱掉了。额滴个神啊。我想我快要晕倒了。

丽兹：他确实经常锻炼，而且还参加了学院的足球队。

妮可拉：过来看看，凯茜。我保证你不会失望的。你到底在哪儿呢？

我：我刚刚换好衣服，马上就下去。

丽兹：对他好一点，我是说，别把人家吓跑了。斯坦福的泳池男孩可不好找。

我：有时候你真的要听听你自己说的什么话。

8 月 5 日

我必须得说，这种生活方式很适合我。醒来后，身上沐浴着和煦的阳光，耳边传来海浪的声音。每天都能睡个长长的懒觉，等我漫步到楼下悠闲地吃早餐时，帕特里克已经上班了——时间卡得刚刚好。不过这里的早餐的确缺了点什么，有足够的水果、酸奶以及用料理机做出的各色饮品，就是没有碳水的痕迹，但必须承认，这对我摄入的热量水平以及我的碳水足迹产生了奇效。早餐后，丽兹会组织我们所有人在泳池边做做瑜伽，起初大家又是咯咯笑又是翻白眼，但我得承认，这是我这么长时间以来感觉最放松的时刻。然后我们在泳池边懒洋洋地躺着休息。我甚至还读了书。我读完了读书会指定的所有书，真是太有成就感了。

早晨太幸福了，简直是天堂般的感觉。直到今天早晨。

“柯斯蒂正在泳池屋里和安顿接吻！”蒂莉尖叫着来到厨房，

妮可拉和我正在准备午餐。

我们惊愕地互相对视了一眼。妮可拉正在对安顿发起追求攻势，几乎不加掩饰，她总是第一个来到泳池，对 PH 酸碱度表现出异乎寻常的兴趣，背后的驱动力只能是饥渴的欲望。丽兹一直在劝退她，但妮可拉的自尊心现在很脆弱，她需要一个年轻帅气小伙子的关注，好把她从被劳伦斯抛下的地板上重新扶起来。至少这种追求让她不会消沉度日了，而安顿看起来也很享受一个有魅力的成熟女人对他的关注，所以丽兹和我商定，随她去吧。反正也没什么能阻止她。

到目前为止，柯斯蒂并没有对安顿表现出特别的兴趣。感谢老天，她似乎对他的帅气和魅力无感，所以我们听到蒂莉带来的消息才会这么吃惊。

“你确定吗，蒂莉？”我问她。

“绝对没错，”她说，使劲点着头，“他们两个单独在那儿待了好久了。”

我不确定妮可拉和我谁先到泳池屋门前的。但我们两个都握住了门把手，然后几乎是闯进了这间被美化的储藏室。

“把你的手从她身上拿开，她才 16 岁！”我听到妮可拉喊道。

我说不出话来。我妹妹说了我该说的话，尽管我很确定她的动机跟我截然不同。

我看着眼前这偷偷摸摸的一对。他们根本没有挨在一起。柯斯蒂站在一边，手里拿着几把小椅子，安顿正从架子上拿一些充气玩具下来。显然没有发生任何不适宜的行为。

“你在说什么呢，妮可拉小姨？”柯斯蒂问。

“是啊！”我大声说道，“你到底在说什么呢，妮可拉？”我给了她一个无比吃惊的眼神，双手举了起来。她用嘴型对我说“贱人”。可真行，我心想。

“太抱歉了，”她脸红了，“蒂莉刚才进来说你们在泳池屋接吻，我和你妈妈当然很关心了。”

谢谢你啊，我心里说。

“我们正要拿一些设备出去。”柯斯蒂不可置信地说。

“我现在看到了，”妮可拉说，“我就是想确认下，你们没有惹麻烦，如此而已，柯斯蒂年纪还小。”

“妮可拉小姨！”柯斯蒂喊道。

“你们放心，柯林斯太太，妮可拉女士，”安顿说，“我不会做任何伤害您女儿、您外甥女的事情。永远不会。但是……但我得承认我一直想问你们是否同意我带柯斯蒂去海滩看一场沙滩排球赛。她说她从没看过。我很荣幸带她去，如果你们允许的话。”

这可奇怪了，他看着妮可拉和我两个人，希望得到我们的许可。

“哦，哇哦，”柯斯蒂说，“求你了，妈妈，我想去看。”

我看看妮可拉，“你怎么想呢，妹妹？”我问她。

她拉下脸，一句话没说就走了。

我对她的自尊心感到抱歉，但意识到，也许我女儿也需要这种自尊心的提升。

“听起来挺好玩，”我说，“你们当然可以去了。”

8月7日

明天就是妈妈75岁的生日，今天我问丽兹，筹备庆祝工作方面我能帮上什么忙。

当时丽兹告诉我，一切尽在掌握之中。

保洁人员早晨 9 点到，这时候我们所有人都在帕特里克的乡村俱乐部吃早午餐。

下午花店的人会来，带来几个小型花艺装饰，我们没订太大的。妈妈不想大张旗鼓，所以丽兹跟花店说只要 3 个装饰。

负责餐饮的人下午 2 点到，开始准备庆祝晚宴。不过丽兹以前没有用过这 3 个餐饮负责人，因为她以前感恩节常用的那个人上次做得不好，所以这次的人是朋友推荐的。不过她的邻居朋友珍妮一直用他们，珍妮是她见过的对饮食最挑剔的人，所以她觉得他们应该会很好。

侍者会在下午 6 点 30 分到，他们会在 7 点准备好在泳池旁的露台给大家端上香槟。晚餐会在 8 点开始，然后摄影师会在 9 点 30 分到，给大家拍几张全家福。

所以，我唯一能做的工作，就是通知所有人会有摄影师过来拍照，让大家都穿得精神点。

在她跟我说这些的时候，我脑海中闪回去年妈妈过生日的情景，我在路上给大家买了些炸鱼薯条，到爸妈家里，我们围坐在厨房桌子旁，边喝着一瓶葡萄酒，边狼吞虎咽。我确实做了个蛋糕，但没有放任何装饰，就那么光秃秃地插上了蜡烛。我当时还有点得意，因为蛋糕是我自己做的，不是从合作商店买的巴滕伯格双色蛋糕。

“我能做个蛋糕吗？”我主动提议。

“哦不用。已经订好了，吃完早午餐回来的路上我会去烘焙坊取。蛋糕是无脂肪的，味道好极了。”

丽兹为了妈妈的生日宴会真是什么招数都用上了。这不太光彩，用力过猛，奢靡腐朽。

就是那种“请让我做你最喜欢的女儿”的方式。

8月8日

我真的努力了，不是吗？整整一天我都努力保持礼貌，努力享受妈妈75岁的生日派对。这可能是几十年来第一次不是由我来张罗给她过生日。今晚本该过得很愉快，真的，有香槟、餐点、花朵、日落，全家人都聚在一起。

我不是故意把丽兹推进游泳池的。

我怎么知道她穿的那条有着奇怪裙摆的连衣裙会变成透视装，而且因为她骨瘦如柴，不必穿胸衣，所以当她从游泳池爬出来的时候，耳朵里冒着蒸汽，看起来活像一只湿淋淋的老鼠。

今天早些时候，房子里就传开了，说厨房有香槟，而且更令人兴奋的是，还有真正的面包，还是法国面包。柯斯蒂过来告诉我，她在厨房看到了碳水，我们都松了口气。这是重大新闻。和我姐姐住在一起，进一步减少了我的碳水摄入。20年来第一次，我怀疑我也许可以穿上那条东方风裙子，假如我没有充满仪式感地把它扔掉的话。为什么总是这样？断舍离后就会后悔。总是这样！为了能再穿上那条可恶的裙子，我可足足等了20年啊！

下午6点30分，弗雷迪和柯斯蒂一起来到我们的房间，问他们晚上能不能喝几杯香槟，我说可以，因为帕特里克这个禁酒的王国已经令人难以忍受了。

我们决定，为了确保今晚的宴会成功，赶在帕特里克和丽兹之前到，尽情喝酒、吃面包。等他们6点55分准时来到露台上时，我们每个人都已经喝了3杯香槟，吃了整整一条法国面包了。

“很棒的香槟。”迈克咯咯笑道，举起了酒杯。

“不是法国的，所以不算真正的香槟，”帕特里克指出说，“这是加州本地酿的酒，但我觉得和法国香槟不相上下，你觉得呢？”

“哦，是的。”我们都快活地表示赞同。因为吃饱喝足了，所以精神都很振奋。

“这是从法国运来的面包吗？”弗雷迪问。

“是一家法国人开的面包房（‘boulangerie’①）做的，对吧，丽兹？”帕特里克答道，“没有添加剂，没有防腐剂，和他们在巴黎那家分店的做法一模一样，那家店好像在香榭丽舍大街附近。”

“什么是‘boulangerie’？”弗雷迪问，他的眼睛睁得大大的，看起来无辜。

“你不知道什么是‘boulangerie’吗？”帕特里克问。他吃惊地看着我。弗雷迪当然知道什么是“boulangerie”。

然后我们全都进到餐厅，坐下，准备享用丰盛的家宴，庆祝妈妈 75 岁的生日！

服务生走进来，把主菜放在我们面前。这好像是某种蛋白质，可能是一块白鱼，下面是几层什么东西，放在不知是什么汤里。

“土豆在哪里呢？”妈妈问，“他们没有做土豆吗？你爸爸需要吃些土豆。他们是忘了吗？”

“鱼下面是一层土豆，妈妈。”丽兹说，然后微笑着开始吃起来。

妈妈怀疑地往盘子底部看去。她用叉子碰了碰，然后无精打采地拿起餐刀，开始吃起来。整个房间都安静了。

“很好，亲爱的，真的，”爸爸说，“东西很好吃。我还想再添点菜。”

---

① “boulangerie”，法语，“面包房”的意思。——译者注

祝他好运吧，我心想。

“还会添菜的，对吧？”他问，看起来有点恐慌。

“吃得健康真是太好了，这些都是本地食材，你们觉得呢？”帕特里克在桌子那头大声说，“让你从里到外都感觉很好。”

我们都点点头，心想我们可以吃下更多健康的、本地食材烹饪的食物。

然后妮可拉喝醉了。应该说是喝得烂醉。

她坐在长长的餐桌尽头，服务生从旁边的厨房走出来上菜。我注意到每当有人端着一瓶酒出来，她就对她的酒杯点头，一直在不停地把酒杯加满。

“你还记得去年这个时候，我们在你家吃鱼和薯条吗，妈妈？”她吃完盘子里的食物后，开口说道，“跟今天有点不一样，对吧？不过，我和凯茜确实每年都会到家里给你庆祝，对吧。”

丽兹和我彼此对看了一下，然后很快把目光移开了。

“我的意思是说，这跟你花多少钱无关，对吧？重要的是你是不是有心。在你需要的时候随时出现，”妮可拉继续说，“比如，他们想去什么地方，或者想买什么东西的时候。这才是重要的，不是给他们花钱就行。”

我一边盯着丽兹，脑子里一边努力回忆上次妮可拉带妈妈购物，或者单纯的外出是什么时候。

“你知道我很想多陪陪他们，”丽兹为自己辩护道，“帮他们多做点事。我同意，妮可拉。那确实重要，但在我真的可以见到他们时，我至少要做到保证他们过得愉快。”

“我们过得很愉快，亲爱的。”爸爸说，把刀叉放在盘子上，然后探身把最后一点面包拿走了。

妮可拉转头看着他说：“这不公平，对不对，爸爸？她可以过这样的生活。而我……而我……我每周都要给孩子们准备10份盒装午餐，每天晚上一个人熬夜看电视，陪伴我的只有半瓶兰波瑞尼。我为什么不能过上这样的生活，爸爸？我才是家里最漂亮的那个！这应该发生在我身上才对！”

餐桌上可以听到惊讶的喘息声。

哇哦，她肯定醉得不轻。

“我必须提出异议，”迈克插进来说，“我想你们都会同意凯茜才是最漂亮的那个。”

哇哦，他肯定也醉得不轻！

我惊讶地看着迈克。这可能是他对我的最高赞美了。当然，这是在撒谎。我在三姐妹中颜值肯定是垫底的。妮可拉确实是最漂亮的，一直都是，这很可能也是她很容易吸引渣男的原因。丽兹的加州生活方式，意味着她充分利用了自己所拥有的一切资源。她的身材非常好，脸蛋不是传统意义上的漂亮，但可以说有趣。此外，我永远都处在“化妆前”状态。一头卷发，什么产品都弄不直，化妆水平最多算业余，体重超标，衣服都是90年代复古风，我真不是有意走这个风格的。化完妆我可能会跟丽兹处在同一等级，但就目前的状态而言，我差得不是一星半点。

“谢谢啊，迈克。”我笑容满面地说。他是不是瞎说无所谓，至少他说了。

“我必须说丽兹保养得也很好，”帕特里克说，“打了美容针后，完全不一样了。”

“你打了美容针？”我妈妈、我妹妹和我异口同声地说道。

“就打了一点点，”她说，“几乎可以忽略。”她瞪了丈夫一眼。

“这太不公平了，”妮可拉说，“她还打了美容针！我也想打美容针。”

“我们可以帮你，”帕特里克说，“我们那个医生很棒。如果你在这儿想打，我们可以安排。可以在你的眼袋那里，或许脖子上也可以打一点？”

妮可拉哭了起来，而且是大哭。黑色的睫毛膏顺着脸上流下来。

“咱们出去吧。”我对她说，起身抓住她的胳膊，还有一瓶葡萄酒。

“我也去。”丽兹说，跟着我们走出了餐厅。

“听着，”丽兹在露台追上我们后，说，“我真的希望我能多在家里帮助照顾爸妈。这是真心话。”

我瞪着她。她以为这是妮可拉哭的原因吗？

“我为什么没有嫁给帕特里克这样的男人？”妮可拉拖着哭腔说。

我瞪着妮可拉。她是认真的吗？

丽兹转向我说：“如果我在英国，我会跟你们两个一样，经常去看爸妈，尽力照顾他们。就像你们所做的那样。”

“不，你不会的，”我说，“我的意思是，你今天做什么了？组织其他人来做所有事。你自己其实什么都没干，对不对？等到爸妈什么都干不了的时候，你不会给他们刷马桶，妮可拉也不会。最后还得我来刷，对不对？一直以来都是这样。”

丽兹看着我，有点茫然：“或者，到那时候，我们付钱请保洁来做呢？这不是什么大事，凯茜。我很愿意尽我所能来出力。你知道我会的。”

“这是个好主意，”妮可拉插嘴说，她已经不再因为没有嫁给帕特里克而哭泣了，刚才一直听着我们两个的危机谈话，“付钱请个保洁不就完了。”

我感觉她们没理解我真正的意思。

“但不只是刷马桶，对不对？还有带妈妈去购物，去看医生，去探望玛贝尔阿姨。最后这些都得我来做，不是吗？”

“给他们注册个优步账号，”妮可拉说，“这很简单。你不这么认为吗，丽兹？”

“好主意，”丽兹赞同道，“事实上，帕特里克跟优步的创始人还能搭上线。”

“那谁来付钱呢？妈妈不可能付钱让出租车带她四处走。”

“我们来付，”丽兹说，“我不能像你们俩一样经常陪他们，这就当作我的补偿吧。”

“你是说帕特里克会付钱。”我没过脑子就说出了口。

一阵短暂的沉默。

“你这话太刻薄了。”丽兹说。

“我知道，”我说，“对不起。”

“就因为帕特里克比迈克能挣钱，也不用这么刻薄。”

“跟迈克没有一点关系，”我说，“没人在乎谁的老公更能挣。如果你问我，我会说一个迈克抵得上 10 个帕特里克。就算全世界着了火，只剩帕特里克一人有水龙带，我也不要他。”

“如果世界着了火，只剩下迈克一个有水龙带的人，他会发起一场咨询，确保所有人在是否使用水龙带上有发言权，与此同时，全世界都烧光了。”

我们的谈话走偏了。这不应该是比拼老公的谈话，应该是确保我不被困在刷马桶那些杂活里的谈话。

“如果他像帕特里克那样努力，”丽兹最后说了一句不可原谅的话，“那付钱给妈妈做膝盖手术，还有请保洁的人可能就是你了，你也不用在这纠结谁要刷马桶了。”

我不知道为什么我推了她。真的不知道。我想因为她是我姐姐，在记忆中，我这辈子唯一推过的人不是我的姐姐就是妹妹。所以我就推了她，她就掉进了游泳池里。她身上那条有着奇怪裙摆的白色连衣裙，加上没穿内衣，让她看起来活像一只湿淋淋的老鼠。

8月9日

今晚，妈妈和爸爸给我们宣读了他们的遗嘱。

所有东西都被平均分成了3份。

所有东西。

平均分成3份。

显然他们早就计划好趁这次假期向我们宣布。想趁他们还在世时，确保没有任何争端。如果有人有意见，可以找他们理论。很聪明，不是吗?

想到这件事的重大，我们3个都哭了。我们在被迫面对一个事实：有一天世上只会剩下我们三姐妹，一直以来的精神支柱不在了。

我拥抱了丽兹，告诉她我很抱歉。她也跟我说抱歉。

妈妈问我们是为什么闹翻的。

“等你们不能刷马桶的时候，谁来负责刷马桶?”妮可拉说。

“噢。”妈妈说。

“丽兹说她来花钱请保洁。”她补了一句。

“噢，”妈妈紧皱着眉头说，“这个不可行吧。”

“不，不用她花钱，”我说，“我会刷的，妈妈。小时候你一把屎一把尿照顾我。现在该我照顾你了。”

“你确定吗?”丽兹说，“我每年春天回去探亲时都会大扫除的，给你们全都做一遍大扫除。”

我点点头。

“我也会刷的，”妮可拉说，“我有空就去。我跟你轮着来。”

“不，你不会的。”我们异口同声地说，连妈妈也在内。

8月10日

今晚，丽兹和我沿着海滩一起散步，因为这是我们在这里的最后一晚了。我们晚饭时喝了几杯酒，所以现在很放松，可以谈谈了。认真地谈一谈。

“我不想让你们走，”她说，“你们在这里多好。”

“继续待在这儿？”我说，“我肯定你等不及把我们送走，然后把房子赶紧收拾干净。”

“其实我会想念这几天一团乱的日子，”她说，“直到上周，我才意识到我一直以来多么想念你们。想到自己错过了那么多和家人团聚的时光，我心里很难受。”

“哦，得了吧，”我说，眺望着远处的大海，感觉着脚趾间的沙子，“你的日子不好过，我能看出来。”

她叹了口气。“我知道这看起来是梦想中的生活方式。我知道我非常幸运。能住在这里，想做什么几乎都可以……但说心里话，我希望我能和你们多一些时间在一起。我好高兴，因为妈妈的膝盖治好了，你们都能来这里。这真的让我说不出地高兴。”

她看起来想哭了，我拥抱了她一下。

“你还记得你送我的那本日记吗？”我说，“其实，我已经用上了，我也……总算给自己制订了一些目标。”

“真的吗？”她叫道，“你这么做了？你一直没提过。”

“嗨，我知道你肯定会问东问西的，我不想承受压力。”我承认道。

“所以呢？你都做什么了？”她问。

我思考了一会儿，一时不知道该跟她分享我清单上的哪件事。

“跟你所说的目标完全不是一回事，但我的确吃了停止例假的药，终于行动起来了。”

“哇哦，凯茜，真是太棒了。”她说，好像我终于跑了个马拉松。

“这个月，我的目标是，在爸妈老得不能动了之后谁负责刷他们的马桶这个问题上达成一致。”

“哦，所以前天晚上的事都是因为这个？”

“是的，简直是史诗级别的失败，对吧？最后还是我来刷马桶。但你知道吗？我并不介意。因为我们谈了这件事，达成了一致。我心里不再有怨气了。我的目标算是达成了，所以挺好的。”

丽兹点点头说：“刷马桶，从没想过这都能成为一个行动目标。”

“姐姐，我想这说明了一切。这就是你和我两个人的区别。”

8月12日

终于回家了，露台上是个小水洼而不是无边际游泳池，看到的是邻居的车库而不是大西洋。但我无法抱怨。总的来说，这次度假很成功。结果有很多好事发生。我又开始在脸书上关注丽兹的动态了，因为我现在完全理解她为了享受丈夫的成功做出了多少牺牲。迈克公开表态说我是三姐妹中最漂亮的，这大大满足了我的自尊心，提升了我对自己丈夫本就急需的好感度。跟帕特里克的对比，进一步提升了他的形象，这让我们的相处变得暖意融融，我回到家也决定让这份暖意持续下去。

我还看到柯斯蒂在她跟安顿的关系中变得更加健康。安顿是斯坦福大学的医科学生。这对她来说太好了。她重新变回了原本自在的模样，不过是加州晒黑的版本，更健康，晒得更黑，充满了丰润的果味。

看到弗雷迪每天晚上都和基姆视频时，我掐着自己，想到柯林斯家的各种关系终于全面向好发展了。也许我们并不像我原先想得那样糟糕。

现在我清单上的事情已经过半，但我意识到还有几件大事没做。就是那几件我确信会真正影响我幸福感的事情。而且我还没有解决迈克和他中年计划的问题。还有一些大的挑战就要到来，时间很快就要不够了。哦，还有我的例假，也还没有停止。

8 月 16 日

考试成绩今天出来！柯斯蒂不让我跟她一起去学校取成绩单。我告诉她，我认识的好几个妈妈都要陪孩子去，她口气坚决地说，如果我一定要去，她就干脆不去了。所以我只能坐在家里，等她回来，准备好茶和蛋糕，视她的分数而定，看是要为她庆祝还是对她表示同情。实话说，我完全不确定。她准备考试期间正在为了卡尔要死要活的，所以她可能全考砸了，那样我就会责怪自己没有提早干预。

一个小时后，她慢悠悠地走进厨房，我抑制住自己大喊“怎么才回来”的冲动。我在她脸上寻找着过去一小时留下的痕迹，但她只是面无表情地看着我，然后扔了张纸过来。我努力想看懂，但脑子里一团糨糊。上面只有一堆数字。它们看起来不赖，但学校分数体系改得太频繁，我也不太确定。

“这是什么意思？”我绝望地说。

“意思是，你女儿是个天才。”她咧嘴笑道。

“真的吗？”我喘着气说。

这时，弗雷迪走了进来，拿起那张纸，快速看了一眼。

“臭丫头除了心理学，其他都比我高。”他咕哝着说。

“真的吗？”我尖叫道。我知道这是好消息。弗雷迪的 GCSE 其实考得还行，如果柯斯蒂考得比他还好，这真是非常好的消息。我尖叫着冲向我的女儿，给了她一个大大的拥抱。

“真是太好了！”我说，“你真是好样的。我太为你骄傲了。”

“再见了，老妈，”弗雷迪说，“我看出来谁是咱家最受宠的孩子了。”

“我确实比你聪明，”柯斯蒂得意地说，“现在这是板上钉钉的事实了。”

“就因为你会考试，不代表你比我聪明。”他回击道。

“事实如此，”柯斯蒂说，“你心里知道。你是家里的差生。”

“不，我不是。你就是运气好而已。所有人都知道我们那年的考试超级难。”

“胡说！妈妈，你告诉他，”柯斯蒂喊道，“我就是比他聪明。让他说，他必须说！我比他考得好，所以我是最聪明的。妈妈，告诉他。”

“停！”我喊道，“我们能不能先庆祝下你考得很好这件事？别理弗雷迪。我真的，真的很为你骄傲。要不你和安顿视个频？他肯定想知道。”

“为什么？”

“嗯，我肯定他会感兴趣的，对吧？你们在加州走得很近……

不是吗？”

“是，但你知道，那不过是假期的一段罗曼史，”她耸耸肩膀，“当时确实感觉挺好的，但没必要拉长战线。而且，我短时间内也不想交男朋友。我不是很需要男朋友。”

我简直不能再骄傲了。

“不过我要给罗比发个消息，”她说着拿起手机，“他说想知道我考得怎么样。”

“罗比说了吗？”我问。

“是的。他说如果我比模拟考试考得高，就给我做个红丝绒蛋糕。”

“他这么说了？”

“对。”

“这提醒我了，”弗雷迪说，“他说我们度假回来后，他会过来教我做火鸡千层面。给基姆一个惊喜。”

“他这么说了？”

“是的。你能提醒他一下吗，柯斯蒂？”

“当然。前提是我也能学。”

“随你吧。”

“好，好，罗比真不错，”我说，“你们为什么不邀请他过来呢？我们可以反过来，给他做顿饭吃。”

“什么？”柯斯蒂叫道。

“你疯了吗？”弗雷迪问道，“就说让他过来教我们做火鸡千层面就好。我们可不想食物中毒。”

9月

September

关于更年期做出必要的声明

9月1日

我决定提前预警，以确保有备无患，所以这个月，我要做一件成年人做的事，就是向我的家人好好科普一下更年期。我在谷歌上搜索，看市面上有没有相关的书，能够解释得简明易懂，让孩子们理解。有点像那些给他们解释鸟啊蜜蜂啊什么的图画科普书。但似乎没人写这样一本关于更年期的书。老实说，我觉得一本简单的图画书更有用，但能找到的都是些大厚书，写书的女人们全都妆容精致、发型完美。

所以我尽力为家人解释了更年期，希望能够缓解他们对我要经历的这个人生转折阶段的恐慌和不安。

“听起来，你是要再经历一次青春期了。”我做完简短的介绍后，弗雷迪说。基姆坐在他身边，看起来有点尴尬。之前我问大家周五晚上是不是都在家吃晚饭，我有事要跟他们谈，当时我没想到他会带基姆来。我说我要谈的是家事，弗雷迪说只要能跟他说的话都可以在基姆面前说。显然他们从上周开始已经正式升级为男女朋友了。那意味着什么呢？我不知道。可能意味着只要她愿意，她随时可以在我们开家庭会议时不请自来。哦，她还穿了那件“力挺特殊人群”的T恤，这让我感觉有些尴尬。

“我是说它们是一样的，对吧？”弗雷迪确认道，“荷尔蒙分泌、烦躁、焦虑、抑郁、思维紊乱、健忘，诸如此类。”

“‘思维紊乱’这个词用得好。”迈克欣赏地说。

“不过青春期的人不会健忘。”柯斯蒂说。

“怎么不会！”迈克和我同时说。“还记得那次我说等你练完曲棍球后在学校外面接你吗？结果你忘得一干二净，和贾斯汀一起回家了。”他说。

“我倒不认为这是健忘。”我说。“这就是十几岁孩子的自私，”我指出，“完全不会为他人着想。这跟自慰①完全不同。”

“什么！”弗雷迪说，用手捂住了基姆的耳朵，“你刚才说什么？”

“十几岁的孩子都自私，但自慰的女人只是健忘而已。”

“妈妈！”柯斯蒂尖叫道，捂住了自己的耳朵。

“怎么了？”我问。

“你是不是想说更年期，但刚才一直在说自慰。”迈克说着用一只胳膊搂住我的肩膀。

“不可能吧？”我说着用手捂住了嘴。“对不起，基姆，”我转向她说，“看吧，我已经开始健忘了。连……连……‘更年期’这个词都记不住了。”

事实上，把它比作青春期，似乎更容易让人理解。让它变成一件正常的事，让它变成一件自然发生的事，我们应该完全开放地来谈论它。

“我想，你妈妈要表达的是，我们可能会在她身上看到变化，”迈克说，“大家都要理解，因为这不是她能控制的。”

“就像我说因为我现在在青春期，很累，所以起不来床，你说现在就起来，否则就会把我的小鸡鸡割掉？”

我看着基姆，她的眼睛突然瞪得像盘子一样大。

---

① 此处凯茜想说“更年期”（menopause），结果误说成了“自慰”（masturbation）。——译者注

“我真的没有那么说过。”我告诉她。

“你说过。”柯斯蒂说。

“你是站哪边的啊？”

“真理这一边，”她说，“上次我问你，我来例假了能不能在家休息，你让我去学校挨着暖气坐，真希望你当时对我有更多同情心。”

我感觉到青少年抗挫力训练计划正在向我发起反击。

“听着，我只是请你们，嗯……”我意识到不能再用“同情”这个词，因为显然我自己对孩子们生活中的状况没有表现出太多同情心。

“我只是请你们意识到，”我终于找到了词，“我可能会经历一个特殊阶段。如果我的行为异常，你们就知道原因何在了。”

他们点点头。基姆迷惑地看看我，又看看弗雷迪。她张张嘴要说话，然后又闭上了。显然感到她选择置身事外比较好。

“接下来，爸爸，听完这场精彩的对话，你有什么关于成年人的事情要和我们分享吗？”弗雷迪问。

迈克看着他。“我的膝盖有点疼。”他最终说道。

“你真行，”弗雷迪说，“好了，虽然我们很喜欢这次谈话，但我要和基姆出门，带芭芭拉·史翠珊去散步，这样基姆可以问问我，刚才到底是怎么回事。”

“你要带芭芭拉去散步？”我感到又震惊，又不可置信。

“都是荷尔蒙在作祟，”他告诉我说，“我突然有遛狗的冲动了。”

“好啊，这真是太好了，弗雷迪，”我说，“不容易啊，这么多年你第一次主动遛狗。”

“他们是要去树林亲热，”柯斯蒂起身说，“别兴奋过头了，妈妈。”

9 月 4 日

迈克从曼彻斯特打来电话。他正在那里给当地一家报业集团做咨询。我很高兴他不再去利物浦了，因为这表示他不能再见海伦，也就没人支持他一直以来想转行做教师的想法了。但我错了。

“你看到我转给你的海伦的邮件了吗？”他说。

“哪个海伦？”我问。

“生活顾问海伦啊。”

“你现在不是在曼彻斯特吗？”

“但我会跟海伦进行视频会议。我们在修改申请书中的个人陈述。”

我可以帮他写一份个人陈述，我心想。“我叫迈克·柯林斯，我想成为一名合格的教师，把我的大好事业毁掉。谢谢。”

“她一个前同事公司的财务部门有个职位空缺，问她有没有合适的人选推荐。那家公司是克林戈兹，凯茜。听起来正适合你。”

克林戈兹是一家高端针织衫制造商。我偶尔会去光顾他们的工厂特卖会，出手豪爽地买一些品质极好的毛衣。迈克可能觉得这是个一箭双雕的机会：如果我到那儿上班，除了领工资，还能拿到员工折扣，买衣服能少花点钱。

我想到我在芥末工厂办公室角落里那张脏兮兮的桌子、上面的彩灯和“力挺特殊人群”的马克杯。我不确定多少件羊绒毛衣才能抵得上我在那儿的待遇，完全不确定。

“我在芥末工厂工作得很开心。”我说。

“但这是全职，凯茜。退休金、假期、个人医疗保险、病假工资。这可是货真价实的。这也是你回到职场的绝佳机会，你知道，再往后……再往后……”

“我就彻底凉凉了？”

“你知道我的意思。我知道那是什么感觉，凯茜。对于快 50 岁的人，回归职场的机会并不多。但是，克林戈兹公司那个人说他受够了刚毕业的年轻人，他们总是在入职后刚培训完就走人了。他想要一个有经验的人，更重要的是，要有忠诚度。他想要一个能保证连续工作几年的人。”

坦白说，这感觉像是被判了死刑一样。

“我认为你至少应该试一把。又没坏处，对吧，去聊聊看，好不？”

确实没坏处。这样迈克就不再烦我了；我可以借机去他们的工厂店逛逛；还可以问问他们上一次审查公司的平面设计和网页设计是什么时候；我可以做点调研；或许还能帮托比和吉米揽点活。

“好吧，”我叹口气说，“但如果我还要做简历，我就不去了。我老了，搞不了那些了，迈克。真的。”

“我就想到你会这么说，所以已经给你做了一份。如果我现在发给你，你就可以发给海伦介绍的那个人，告诉他你是海伦推荐的。齐活儿。你看怎么样？”

我感觉自己被架上去下不来了。不过，如果我不用做简历，又有什么损失呢？看看我老公给我描画了怎样的职业前景，也是很有趣的。

于是我跟他说，把简历发过来吧。

9 月 12 日

我想我丈夫能把唐纳德·特朗普介绍得像一位诺贝尔和平奖候选人。我看了他给我做的简历，不由得肃然起敬。他让人以为我在大学上的蹦床课是为参加奥运会所做的准备；他让人以为我在建筑公司的角色是整个公司运转的关键，而当年就是他判定我那个职位是冗余的；他还让人以为我是整个芥末工厂的财务总监。如果我不认识迈克，我会对他歪曲真相的能力深感不安的。

所以，凭借他给我做的这份漂亮的简历，我在本周内就坐在了克林戈兹公司财务总监对面的椅子上。

他跟我想的很不一样。我以为他会是个胖胖的老男人，穿着西装，打着领带，想要个美其名曰私人助理的人来帮他干所有脏活累活。但事实并非如此，基尔斯既不胖也不老。他看起来不到 40 岁，穿着西装，但没打领带。他戴着眼镜，是那种没什么个性的眼镜，所以也说不好他是不是在耍酷，但跟芥末工厂那些非常讲究眼镜款式的年轻人比，倒是令人耳目一新。他看起来疲惫不堪——好像压力真的很大，克林戈兹公司的情形可能不大好。哦，他左肩膀上还有一团呕吐物，显然没人提醒他。但他居然闻不到，这我就不知道怎么回事了。我考虑要不要告诉他，但想到指出他外套上的呕吐物来羞辱他，可能不是开启一场面试的正确方式。

开始聊的时候一切都很顺利。他问到我在建筑公司时接受的培训以及工作内容。我试图回忆相关情况，但因为都快过去 20 年了，我不得不承认我的记忆有点模糊了。然后他让我说说在芥末工厂的角色。我一开始努力让它听起来像迈克描述得那样高大上，但基尔斯打起了哈欠。那是一个大大的哈欠，他用手支着头，努力让眼睛睁开。

“托比的平面设计公司在账目方面一塌糊涂，”我告诉他，“我刚来的时候，他 70% 的支票都没收回钱。现在所有的欠款都收回了，我们引入了新的付款条件，保证所有债务人都能按时付款。”

“真不错，”他点头道，他困得眼睛都要闭上了，“你是怎么做到收回欠账的？”

“恐吓。”我说。他的眼睛一下睁开了。

“恐吓？你是说带着打手吗？”

“是的，”我没有看自己胸部，我发誓，“我亲自去见债务人，说服他们还账。”

“你威胁他们了吗？”他问。

“用我自己的方式吧。”我答道。

他若有所思地看着我。

“你怎么描述你的管理风格呢？”他问。

“不瞎扯。”我答道。

我现在有点厌倦这个面试游戏了。这不都是撒谎吗？你走进一家公司，说一堆他们想听的话，通常都是一堆谎言。你用他们的话语体系讲话，不是你自己的。然后他们录取了你，又奇怪为什么你没干多久就走了。

“我就是有一说一，”我解释道，“不瞎扯。如果有人没有尽全力，我会告诉他们。你可以把管理这件事说得玄而又玄，但其实说到底就是实干。不瞎扯应该是最好的管理风格了。”上帝啊，如果迈克听到我现在说的话，他会得疝气的。

基尔斯的手机在他的桌上急促地响起来。他看了一眼手机，然后抱歉地转向我。“你不介意我接一下吧？”他问，“就一小会儿。”

我知道那是他老婆，从他脸上无奈的表情能看出来。我一边看着墙，努力想找到点有趣的东西，一边听他打电话，他正在宽慰她：“罗宾宝贝很可能就是吃饱了，所以才不吃奶。”

“多大了？”[①] 我问，他放下手机时，我冲它点了下头。

---

① 此处原文为“How old ?”既可理解为询问年龄“多大了”，也可理解为询问物品“买了几年了”。——译者注

他好奇地看着手机。“不确定。这是工作用的手机，可能有几年了。当然如果你进我们公司，会领一部新手机。”

“我指的是你家孩子。”我说。

“哦，对，哦，当然。3周。”

“哇哦，这么小。晚上睡不好吧，我猜。”

“睡不了什么觉。”

“会好起来的。你要享受这个阶段。要是你有两个十几岁的孩子在外面疯玩不回家的时候，就会想念现在这些不眠之夜了。”

他咧嘴笑了。“是啊。我能想象。只是……只是我天天，唉，这是她从医院回来和孩子单独在一起的第一周，她现在……怎么说呢，她正在挣扎。”

“那你还在这儿待着干什么？”

“我的陪产假都用完了。”

“所以呢？请一天假呀！给她个惊喜。回家好好抱抱罗伯特。”

“罗宾。”

“对不起，罗宾。赶快回家，去补补觉。你看起来一团糟，后背上全都是呕吐物。”

“是吗？”

“是的。”

他努力往后看。他把手放在肩膀上，把呕吐物擦下来，然后放在鼻子底下闻了闻，厌恶地往后缩了缩。

“我……我很抱歉。我的状态不佳。我平常面试不是这个样子。”

“想想吧。你可以贴一个‘不在办公室’的纸条在门上。然后去找你的副手，让他们代你处理工作，但是如果有紧急事宜，就给你打电话。你今天在这也干不了什么事，对吧？那就回家吧。调整好状态。明天来上班的时候，眼袋也没了，肩膀上也没有呕吐物了。”

“但我还有两个人要面试。”

“让你的副手去干吧。这对他们是很好的经验积累。我完全赞成权力下放。如果你想要成为一个称职的父亲，做到准时回家，参加学校音乐会什么的，那你需要学会下放权力，否则你就完蛋了。更何况，如果他们两个确实有可取之处，你还可以再约他们谈一次。”

基尔斯现在张着嘴看着我。

“我不想再见他们了。”他说。

“为什么？”

“因为我要录用你。”

“为什么？就因为我跟你说，你浑身散发着呕吐物的味道，你需要翘班？”

“没错。我需要一个人来……做你刚才说的那些。不瞎扯淡，把活干了。这个职位的上一个人——这么说吧，我和他去人力办公室的次数，比我上厕所的次数还多。他永远都在抱怨环境，抱怨其他同事，还有他的破手机信号。你可能对新系统还有最新的财务条例有点陌生，但我们可以教你。但我们教不了的是——”

“态度？”我问。

他点点头。

“当上妈妈就会这样，你要跟这个星球上最棘手的一群人，也就是家人，天天吵架。没时间扯淡，你懂的。”

“好吧，我想我们需要更多妈妈到这儿来工作。所以你会接受吗？这是全职工作，除了双休日，一年有 21 天假期，我们有基本的养老基金。海伦说，这应该是你一直在找的工作。”

海伦说！海伦说！她怎么知道我在找什么？不过也许她说得确

实有道理。基尔斯看起来是个正派老板；工作就在本地，而且是全职，无疑我挣得会比在芥末工厂多得多，当然还有那些漂亮又便宜的毛衣。我不敢相信我居然动心了。

“我能去见见咱们的财务团队吗？”我问，“我知道这听起来一定很古怪。但如果可以，我想去看看办公室。”

“当然可以，”他说，“等我一会儿啊，我先把‘不在办公室’的条子贴上。”

当然，在回家前，我必须去逛逛工厂店。我本来可以再花上一大笔，但说真的，谁会收三个颜色的同一款羊毛衫呢？

然后我看到了它——一件完美的可以买的东西。如此完美，我都流泪了。即使有工厂店的折扣，它也并不便宜，但真的是一分价钱一分货。

我都没有费事回家包装一下，而是直接去了坦妮娅家。我敲了敲门，祈祷她们两个都在家。我没有失望。她们刚刚从医院做完化疗回来。

“你们方便吗？”我问，“我可以晚点再来。”

“别，快进来。”坦妮娅说，“我们刚才在喝茶。黑泽尔在客厅。”

我在门口探头看了看，担心她可能在睡觉。我不知道人们在化疗之后会干什么。

她正坐在一把椅子里，眼睛盯着电视。

“我打扰你了吗？”我问道。

“哦，当然没有，”她说，“我正在看《倒计时》[①]（*Countdown*）。

---

① 《倒计时》是一档英国老牌喜剧智力竞赛节目。——译者注

虽然身体在把我往下拖，但我要努力让头脑保持活跃。”

她脸色苍白，一览无遗地苍白，而且更瘦了，不是以前充满活力的样子了。她头上包了一块头巾，上面有一个十字骷髅头。

我告诉她，我给她带来了一件礼物，因为坦妮娅提到她坐着做化疗的时候，很希望肩膀上能盖点东西。

她看着我，接过了那个棕色纸袋。她把电视静音，拿出了那条全羊毛的披肩，上面好像包含了彩虹的所有色彩。

她敬畏地看着它。然后她哭了。坦妮娅走进来，说：“你把她弄哭了！”

“我不是故意的，”我惊慌失措地说道，“我真不是故意的。”

“我喜欢，”黑泽尔说，她泪眼蒙眬地看着我。她把披肩披上，耸起肩膀，“一件完美的化疗披风。”

“太美了！你从哪儿买的？”坦妮娅问，“为什么不给我也买一条？”

然后我坐下来，喝着茶，我们开始聊天，好像一切都无比寻常，虽然一切其实都不正常。我告诉她们我去克林戈兹公司面试而后被录用的经过。

黑泽尔坐下来，认真地听我说。她似乎在观察我，我感觉自己在被审视。她非常努力地听我说，把所有话全都听进去了。

我说完以后，她仰靠在椅背上，披着那件化疗披风，光彩照人。她问道：“你还记得你列的那个清单吗？几个月前你拿过来的那个让你感到开心的事项清单。”

“是的。”我答道。

“上面有写，你想去一家羊毛衫工厂当一名全职的财务人员吗？”

“没有。但是这份工作还可以，对吧？”我说，“这样迈克就可以没有负担地辞职。我是说，我能胜任这份工作。我不一定喜欢，但我可以胜任。”

“它会让你开心吗？”黑泽尔问。

我不能对她撒谎。

“我有点怀疑。”我承认道。

“那就不要做。答应我你不会做。到你这个年龄，为什么还要做任何不会让自己开心的事情呢？”

我看着坦妮娅。她耸耸肩。“你必须按她说的做，”她说，“她早上刚做了化疗。”

“是的，我要打化疗牌了，”黑泽尔咧嘴笑道，“我一出化疗牌，谁都不能反对我的意见。”

“化疗感觉怎么样？”我问道。

“糟透了，”黑泽尔说，“所以帮我个忙。我没有选择，但你有。不要做那份工作，凯茜。不要把你职场生活的大部分时间用来做你不喜欢的事。”

然后她说了那句话。我不想让她说那句话，但她说了。

“生命太短暂了，凯茜。生命太短暂了。”

9月14日

我苦苦纠结了两天，然后给基尔斯打了电话，之后又打给迈克。

“你说你拒绝了是什么意思？”迈克发脾气了，“我不明白。给我解释一下。”

“是这样，他们现在实行所谓的‘灵活工作模式’。”

“对，对。很多大公司现在都这么干。然后呢？”

“所以就没地方挂彩灯了。”我告诉他。

我能听到他猛吸了一口气。这也可以理解，我承认。

我继续说：“另外厨房里贴着一个大标语，说马克杯上不能有冒犯性的口号。”

“所以我要请你原谅，在考虑你的工作时，把这些视为细枝末节？”

“不，”我说，“不。我非常认真地考虑了这件事，迈克。我真的好好考虑了。但是……但我就是感觉自己不会喜欢这份工作。那里不需要你发挥任何一丁点儿个性。它就是……面目模糊的。他们就像机器人在真空里工作。我不想接下来十几年都那样度过。我不想每天去上班时，要别人告诉我可以在马克杯上写什么；以及我连一张自己的办公桌都没有，我不想白天的大部分时间都待在一个毫无特色的盒子里。”

“我肯定它不会毫无特色。我肯定墙上会有图案，周围会点缀植物。公司意识到他们需要在工作环境中构建一个清晰的愿景。而且，灵活办公也有利于加强交流。你可以和更多人见面交流，这让团队更加有凝聚力。”

“别瞎扯了，”我说，“灵活办公就是为了节省成本。这是关键。”

“你离开职场太久了，你只是不习惯坐办公室。很快你就会习惯的。”

“我在芥末工厂有自己的办公桌。还有一些彩灯，和一个印着‘力挺特殊人群’的马克杯。哦，芭芭拉还有自己的狗盆。”

“好吧，如果你选雇主是基于他们是否提供狗盆，那么我想你可以打电话给克林戈兹公司，问他们是否愿意在给你的待遇里加上狗粮。”

“我感觉到了讽刺。”

“我感觉到了愚蠢。你要知道，那栋楼里有 90% 的公司会在 18 个月内破产。你宁愿和他们绑在一起，也不愿意为一家拥有 100 多年历史的企业工作。你是认真的吗？”

“我不会接受那份工作的。”我口气坚决地告诉他。坦白说，唯一支撑我不向迈克屈服的就是想到我要面对黑泽尔，告诉她我接受了那份工作。

他深深叹了一口气。“我要怎么跟海伦说呢？她真的是极力推荐了你。”

“我没有求她。海伦可以收回她的推荐，顺便把长长的手也缩回去，不要再干涉我们的生活。我烦透了让海伦决定我应该怎么生活，以及你应该怎么生活。我必须说实话。”

“这话是什么意思？”

“你在让一个顾问操纵你的生活。”

“我不知道你在说什么。”

“你让她介入你的工作，把一个想法根植于你的头脑中，鼓励你走一条路，但没有想过这条路对你是否合适。她在推动这件事，因为她知道你会成为她网站上的最佳案例。咨询师变成了教师，这是多大的转变。过不了多久，你就会每晚对着没做笔记的书本哭泣。”

“但我想回馈社会，凯茜。我想要做点有积极意义的事。”

“那就在空余时间做志愿者，探望老人，为慈善机构当顾问。但教书？你知道那有多难吗？”

“我现在的工作也很难。”

“你跟真正教书的人谈过吗？你只跟利益相关的人谈过：海伦，伯明翰大学的教务长……而那些真正教书的、懂行的人呢？你接触过他们吗？你问过一个老师教书工作是什么样的吗？”

他又叹了口气，显然对我感到懊丧。“现在说的不是我的事，是你拒绝了一个很好的机会，只为了跟一帮毛孩子一起玩过家家的商业游戏。最后你会以眼泪收场的。”

我无法相信我的耳朵。我摔了电话，气冲冲地走出房间，抓住了狗绳。

这是我危急时刻的安全网。

我离开家，把门在身后使劲一摔。人们需要知道我生气了。邻居们需要知道我生气了。整条街需要知道我生气了。还有谁需要知道我生气了？我知道是谁。不知不觉，芭芭拉把我带到了她最喜欢的地方。那个有她的狗盆和狗食的地方。那个她得到的爱护比在家还多的地方。20 分钟后，我们就到了芥末工厂。我对前台点了点头，上了楼梯。我到“家”了。这多奇怪？尽管我一把年纪了，但在这个时髦的、年轻的、创造力十足的楼里，我感觉很自在。我知道我属于这里，不属于克林戈兹那一排排整齐的机器人。

办公室里只有托比一个人。我走进来，他抬头看了我一眼，立刻从座位上起身，抓住了我的肩膀。

“出什么事了？”他问，“你看起来脸色很差。”

“我和迈克大吵了一架。”我抽着鼻子说。

“上帝啊，”他说，“好吧，坐下，我把淡色艾尔啤酒拿出来，能让你好过一点。”

“是楼上新出的啤酒吗？”我问，脱了外套。

“是的，但味道没有那么糟。”他说着递给我一杯。

我喝了满满一口，差点没吐了。

“所以是因为什么事？”

我解释了迈克想让我离开这里，去为“黑暗势力”工作。我已经拿到了录用通知，但还是决定拒了。

“他就是不理解我为什么喜欢这里。”我说。

“你想让我去跟他谈一谈吗？”

“不！”这是个烂主意，但我欣赏他的义气。

其实我还挺喜欢这个想法，托比愿意去找我丈夫，为我辩护。

“我很高兴你把那份工作拒掉了，”他继续说，“凯茜，我不知道现在没有你我们该怎么办。说真的。你把我们团结了起来。要不是你，我早就破产了。你一来，我的问题就解决了。你……你……让我完整。”

上帝，他有时真是脸皮厚，但是我有点喜欢。坦白说，就是让我提升了自信。我是说，我让托比完整，这真是个荒唐的想法。这是双人戏历史上最罕见的组合——一个时尚潮人平面设计师和他的工作姆妈。

“实际上，”他继续说，“如果情形不同，那……我会……我只能这么说。”

他对我微笑着，眼睛里闪着光。

他刚才在说什么？是我想的那个意思吗？

“你是什么意思？”我问。

“你知道的，”他说，“我是说如果你没有……你知道……”

“结婚。”我补充道。

“哦，我其实在想如果你不是年纪这么大……”他把这句话悬在半空，让人玩味。

好吧，所以婚姻不是障碍，但年龄是！太无礼了！

“哦，谢谢你，托比，”我说着站起身，“但你真的不是我的菜。你和我？不，永远不可能发生。”

我低头看着他，我必须说，他看起来有点震惊。我不知道他以前是否被拒绝过，即使是在我们刚刚踏入的这个古怪的理论领域。我怀疑没有。

我感到心底涌上一股力量感。刚刚发生了一件不寻常的事。我想我刚刚拒绝了一个男人。我从来没有拒绝过男人，从来没有。我交的所有男朋友，都是以结婚为目的的，我会偷偷跟踪他们一段时间，然后制造出一个情景，引诱他们和我亲热。公平点说，我在寻找目标上还是很理性的。我知道我能钓到什么样的男人。如果大卫·贝克汉姆跟我是同学，我都不会想去跟踪他——因为根本没有意义。我的目标更多是在保罗·斯科尔斯①这个级别，使劲全身解数，也只能钓到加里·莱茵克尔②，而且是在他当主持人涂脂抹粉之前。我永远不会把自己的目标置于职业的超级联赛运动员之列，我瞄准的更多是业余周日联赛的水平。这些运动员身体不够好，所以跑不掉！

但我听说有些女人会把男人灌醉。显然有些女人会怂恿男人主动、大胆，引诱男人向她们倾诉自己至死不渝的爱。我不是这类人。即使在我跟迈克亲热前（很滑稽，对吧？回想过去你跟自己丈夫“亲热”：第一次偷偷拥抱接吻，通常是在一个黑暗拥挤的房间，烂醉如泥，其他人都不怀好意地看着你），我已经跟踪他好几周了。他那么自信、聪明、机敏，有本事让所有人感觉自在。当他叫我的名字、冲我微笑时，我承认我的膝盖软了。我真的很喜欢他，也表现出了这一点，比如在他开会时总是主动提出做记录，会议结束后帮忙清理那堆便利贴，就是为了和他单独待在一个房间。实话说，

---

① 保罗·斯科尔斯是一名前英格兰职业足球运动员，一直效力于英超曼联足球俱乐部，现在是足球教练。——译者注

② 加里·莱茵克尔是一名前英格兰职业足球运动员，如今是英国广播公司（BBC）的体育节目主持人。——译者注

我很惊讶他来参加我的离职欢送会。他说自己一般不会受到邀请，因为他正是举办这个活动的罪魁祸首。所以当我害羞地告诉他，大家要在酒吧聚会送我时，他很高兴。他请所有人喝酒，做得很好，然后提出送我回家。当我在黑暗中把他带到我家门前，因为杜松子酒和苦柠檬而醉意朦胧时，我就没有那么害羞了。下面的事，像人们说的，就是历史了。

所以今天这件事挺新鲜的。一个男人居然跟我说喜欢我（反正有这个意思）……这是全新的体验。我觉得我应该很享受！我看着托比，心想：如果他知道我已经有白色的阴毛，就不会做出任何这种暗示了。

“你真的不是我的菜，”我轻快地说着，然后在他脸颊上轻轻吻了一下，“周末愉快。”

9月20日

老实说，在跟托比谈完话之后，我的情绪很亢奋。别人对你的一点恭维，居然能让你自信心爆棚，想想真是挺奇妙的。我本来以为这件事之后，我们在芥末工厂的相处会有点尴尬，但他表现得好像什么都没发生过，那我也无所谓了。

今天是记账日，这一天对托比来说总是有点棘手，因为他在整理账目上糟透了。他总把发票扔在一个购物袋里，期望我能理解它们为什么在那里。

“这是一张宾馆的发票，”我说，“你去那里是参加投标？”

“对的。”

“成功了吗？”

“没，当时没有。”

“发票上为什么写着双人早餐？”

“哦，对。在投标之后，第二天早晨我和那个哥们儿一起吃早餐，想谈点具体合作的事。但后来也没有结果。”

“在你的房间吗？”

“什么？”

“在你的房间吗？你跟客户在你的房间见面。发票上写着你叫了客房服务早餐。”

托比盯着我，什么也没说，但明显有点不自在。

“刚才你说，客户是个男的？他点了火腿蛋松饼？不对吧，我知道没有男人会点火腿蛋松饼。”

他咧嘴笑了起来。“是那个品牌经理助理，”他承认，“她……活动结束后我邀请她到外面喝一杯。然后她错过了回家的最后一班火车。我总不能让她睡大街，你说是吧？”

我简直不敢相信自己的耳朵！

这个男人！这个有家有口还有一条叫雪暴的狗的男人！我本以为都是逢场作戏。我真没想到他居然是这种男人。他应该知道自己可以让所有人对他产生好感，包括我。但应该只是止于好感而已。

“你认为我们应该把这个记到公司账上吗？”我问他。

“这样吧，我自己来出火腿蛋松饼的钱，”他说，“这样就对了吧？”

“但是并不对，是不是？”我说。

“在税务人员眼里吗？”他问。

“在你太太的眼里。”我指出。

他的笑容消失了。“别这样，凯茜，”他说，把手放在我的手上，“就是找点乐子。我再也不会见她了。”

“你当然不会了。显然你的床上功夫并不好。你没有拿下那一单，对吗？”

“小声点。”他说。

“老实告诉我，她多大年纪？我就是好奇。”

“20 岁出头吧，我猜。”

“我原来以为你就是油嘴滑舌，没想到你还真是渣男一枚。你可以让我别插手，但是请不要做个渣男，好吗？”

“别插手了。”他说，脸色严肃起来。

我们在联络会议室的桌子两边对视。

我有权告诉他我的看法，我心想。毕竟，我是他的工作姆妈。

“我本来以为你可以更好，托比。”我说，并且立刻意识到我从没这么像一个工作姆妈。

他吞了吞口水，把目光移开。“我刚才说了，只是找点乐子。”

“菲比会这么看吗？”

“别插手了。”他又说了一遍。

“你知道吗？”我说，收拾好东西，站起身，“这是件好事，大好事。你给我敲响了警钟，真的。你提醒了我，我有一个直至地球末日都可以完全信任的丈夫，他觉得我很漂亮。你知道吗？这让我感觉非常非常幸福。他是个好男人，虽然很烦人，但是一个好男人。”

“你跟我说这些干什么？”托比问。

“我不是跟你说，是跟自己说。”

9 月 25 日

这月轮到我来办读书会。坦妮娅白天过来了一趟，说她不能参加，但给我们做了一个胡萝卜蛋糕。她是怎么做到的？她的妻子得了癌症，她还可以给一个自己无法参加的读书会做胡萝卜蛋糕。她真是太不可思议了！她来的时候，注意到弗雷迪在冰箱门上贴的标语。

爸爸：

青春期孩子和更年期妇女

在这栋房子里可以为所欲为。

这是妈妈说的。

看完她笑了。我告诉她，那天我发表更年期宣言时，弗雷迪听得很认真，后来自己还做了一些调研。我还跟她说，我之前一直没注意自己有更年期痤疮这个症状，是弗雷迪给我指了出来，现在我会定期检查一下。她听完很是叹服。

我们没聊多久。她看起来有点心不在焉，显然忧虑重重。她说黑泽尔在家里睡着了。我没问她怎么样了，因为我感觉坦妮娅不想告诉我。她的眼神里没有太多希望。我真希望自己看错了。

这次读书会很简短，气氛有点伤感。因为葆拉在场，我们努力提供一点轻松的慰藉。尽管我们都为坦妮娅感到难过，但我们不能愁眉苦脸，这对抑郁的人没好处。中间大家沉默了好一会儿，然后我问露易丝她最近工作怎么样，希望她能像往常一样给我们讲讲办公室里的风流韵事，让大家轻松一下。很不幸，最近什么也没有发生，除了她 4 岁的儿子在度假时卡在商场一个巨大的抓娃娃机里，最后还叫来了消防队。他太想要那个娃娃了，居然从抓娃娃机的出口爬了进去。

我们大笑起来，故意笑了很长时间，不过这很必要。就连葆拉都笑了，这真的是非常必要。

10月

October

进行“特别谈话”（非常非常重要的一次谈话）

10月1日

我感觉有点紧张。我觉得这很可能是我这一整年最重要的目标了，所以我真的很想把它搞定。

我心里知道，我和迈克可能在结婚前就需要进行这场“特别谈话”了。我们同居之后肯定是需要的，当他向我求婚时，我猜这场谈话会很有帮助。我很肯定，如果我们进行过“特别谈话”，我们的婚姻也许不会更幸福，但可能更令人满意。但那些都是过去时了，我要抓住当下。这场谈话已经迫在眉睫，我想，如果成功的话，加上一点运气，会让我们顺利抵达金婚纪念日。

10月5日

“我们能谈谈吗？”晚饭后我问他。我紧张得要命，但现在家里只有我们两个，我让罗比今天来家里做了火鸡千层面，希望迈克吃了心情能不错。

“谈什么？”他说，用责备的目光看着我。我的掌心开始出汗。

“你后来有机会跟当老师的人谈过没有？”我问。心想在开始这次“特别谈话”前，我最好问问教书的事他现在的进展如何。

“没有，没谈过。”他咕哝着说，眼睛都没有从电视屏幕上移开。

“你有这个计划吗？”

“有的！”他喊道，“等我找到机会。”

“所以在你跟真正的老师谈过之前，你不会申请对吗？”我问，努力听起来不那么急切。

“我不是这么说过吗？”他生气地看着我，然后拿起遥控器，调大了音量。

我想现在不是继续“特别谈话”的好时机，需要等他心情愉快的时候。在他心情烦躁的时候，不适宜进行这场谈话。我舌头打结，精神紧张。

“你收到我的邮件没有，关于去汉普郡的事？”他突然说，“你给我们订票了没有？”

太棒了，我心想。完美！在外过一晚，还有免费的酒喝。这真是再好不过的谈话机会。

10 月 7 日

“妈妈的膝盖”群聊安静了一段时间。从洛杉矶回来后，我跟我的姐姐和妹妹没少聊天。事实上，比以前还多。度假时的美好时光沉淀成了温暖的回忆，我们时常打电话，东拉西扯地聊天。但是，突然一个通知跳了出来，我被拉进一个名为“照顾爸妈”的群聊。

“照顾爸妈”群聊

丽兹： 妈妈的厕纸没了，现在天黑了，她不想出去。今晚你们谁能送点过去吗？

我想开个玩笑，轻松一下。结果弄巧成拙。

我：我可以去，但你要答应把遗嘱中的财产让一点给我。

妮可拉：这不公平。我比你更需要，你不能抢我的那份。

我：我在开玩笑！你听不出来是玩笑吗？

妮可拉：你不能拿爸妈去世开玩笑。

我：我没有。我说的是他们的遗嘱！

丽兹：我们能不能不要提遗嘱了？

我：对不起，我的错。不会再提了。我派弗雷迪开车去送厕纸吧。他通过驾照考试了，正要央求外公外婆给他买辆车。

妮可拉：什么？不行！如果他们给弗雷迪买了车，那等蒂莉和裘德满 17 岁了，也要给他们买。

我：我在开玩笑，妮可拉！！！弗雷迪当然没有通过考试！你疯了吗？

妮可拉：哦好吧。但等他通过考试了，你不会让他管爸妈要车的，对吧？因为你知道这不公平，对不对？

我：我估计等弗雷迪通过考试的时候，爸妈早就没了，那时候他也可以用遗产自己买辆车了。

妮可拉：他们给弗雷迪留钱了吗？他们从来没说过。他们给蒂莉和裘德也留了吗？我为什么不知道这事？

我：冷静，妮可拉。你听到他们说了，遗产只分给我们 3 个。我很抱歉又说到遗产的事了。

丽兹：现在有人能给爸妈送厕纸了吗？

我等了整整一分钟，妮可拉没说话。

我：我去吧。反正也要带芭芭拉·史翠珊去散步。

丽兹：谢谢，凯茜。

妮可拉：嗯，谢谢。下回我去。

10 月 7 日

所以我们今晚就要进行“特别谈话”了。迈克心情很好，因为他喜欢咨询公司每年一度的圣诞派对，大家都会带另一半来。这个派对一直在 10 月举办。之前是在圣诞节时举办，后来他们商议了一下，觉得如果换个时间，在淡季办派对，可能会更划算。然后他们靠在椅子上，对自己的聪明深感得意——典型的咨询顾问做派。不过，我必须承认，这是个好主意。我们在 10 月份的淡季，去了一些很棒的地方，这个时间婚礼没那么多，离圣诞节也还早。

这天晚上，我心里七上八下，知道我们终于要进行这场“特别谈话”了。我知道我需要往胃里灌几杯免费的鸡尾酒，让自己鼓起勇气来。

我们都结婚 20 年了，可要说出自己真实的感受时，依然需要借酒壮胆。

不过我得说，我还隐约记得，我和丈夫之前在外过夜，喝醉了酒，最后两个人抱头痛哭。

“我真的很爱你，你知道的。”他流着口水在我耳边说，时间已经过了午夜，我们坐在出租车的后座。

“我也爱你。”我也含混不清地说着，努力抑制住一个深夜烤肉串味道的嗝。

爱情被啤酒解放了。

真是典型的英式风格。

这天晚上的开始跟往年一样。迈克在派对上如鱼得水，跟所有同事都热情地打招呼，聊着咨询顾问行内的故事，比如“你还记得那次争取新客户的时候，我们请那个MD[①]走进他们总部的电梯，在从1层上到14层的时间里，告诉我们他的公司是做什么的，一层只说一个词，完全把他搞懵了。我们真是太天才了。以后应该多做这样的事，让客户来做所有工作。”他笑哈哈地说完还沾沾自喜地到处拍人家的背。

我甜甜地笑着，喝着免费的大都会鸡尾酒。只要有一杯免费的大都会鸡尾酒，我什么都能应付。

我开始是礼貌地问配偶们一些问题。当我说配偶时，当然指的是妻子，因为可悲的是，80%的咨询顾问都是男性。我对此一直想不通，你可以想象吗？给女人提供这样一份工作，需要在外出差很多天，住在宾馆里，有人给做饭、整理房间。我猜，大多数女人都愿意无偿做这份工作。

我们站在吧台前，这里有4对夫妇。男人们探身向前，确保他们的每个观点都能被听见，从我们住的宾馆，到英国政治现状。妻子们站在旁边傻笑着，耐心等着机会参与到谈话中，但男人们一点空隙也没留。他们急切地要在一些无聊的话题上显示自己比其他人看法高明，他们的妻子一句话也插不进去。我喝了第3杯大都会鸡尾酒后，有点烦了，所以插进去问了一些常规问题。你知道的，就是那种无趣的问题，比如他们是不是有孩子、住在哪里、今年有没有去度假，尝试让大家都能参与进来。但男人们老是插嘴。他们太急于分享，完全无视了一个事实：他们的妻子完全可以为自己发声。所以我想必须换个方法来提问。我问旁边一位女士，她是不是在做瑜伽，她50来岁，身材非常好，肤色漂亮，晒得很红，是80

---

① MD，Managing Director（董事总经理）的缩写。——译者注

年代的风格。当然她回答说是的。必须是，肯定是。

她不需要工作。

她的丈夫是一位咨询顾问。

她的身材好到爆。

我夸赞她的身材，然后问她瑜伽是不是对更年期有帮助。她看起来有点震惊，周围的人都安静了下来，因为我在抛出这个问题前大大夸赞了她，她回答说是的，她感觉有帮助。然后我问她有什么好建议，可以帮助顺利度过更年期，因为她看上去真是容光焕发。男人们突然沉默了，有些尴尬。他们低头看着脚，不安地扭动着身体，而妻子们也都不说话了，但显然都竖起了耳朵。她们在凝神等待着，这个话题勾起了她们的兴趣，而就在刚刚，坦白说，这场谈话还索然寡味得很。

那位女士冲我微笑着。“我有一个非常非常棒的心理医生。”她承认道。

她紧张地看着她丈夫。刚才他是说话最大声的，跟我们聊他周末花了一笔巨款买了一辆新自行车。他不好意思地冲同事们笑笑。

“你必须说出来，”她继续说，“不然你会觉得自己要疯了。真的。”

“所以你找一位心理医生聊过。”我说，点头鼓励她继续。这很好，真的很好。

“她很棒，”她说，“帮助我顺利度过了那个阶段。”

“是我一个伙计推荐的，”她丈夫补充道，忍不住要参与讨论，“显然她有一些非常有名的大客户，不过当然不能说是谁，要为客户保密嘛。但她的确有帮助，对吧，帕特里夏？我也这么想。她真是花了我一大笔钱！”

他大笑了起来。男人们也跟着笑起来。帕特里夏看起来有点无奈。

这是其中一个时刻。（总算有一次）一句正确的话就在嘴边，但我敢说吗？这是对的时机吗？人生终于有一次可以在正确的时间说正确的话？我并不是总能接上一句正确的话。我能浪费这次机会吗？我看了丈夫一眼，他正同情地冲着科林微笑。

"如果你能花5分钟时间听她讲话，也许她就不需要看心理医生了……女士们，我们再去喝一杯大都会鸡尾酒吧？"

帕特里夏一时有点吓着了，然后咧嘴笑了，像一只柴郡猫。"好主意。"她说着离开丈夫身边，带着一群中年妇女走向免费吧台。

等我们最后坐下来用晚餐时，迈克把坐在我旁边的一个男孩介绍给我，他叫路易斯，是新入职的毕业生，迈克是他的导师。他旁边坐的是他的女朋友玛尼，她低头用餐时，诱人圆润的胸脯呼之欲出，桌上所有男人都努力移开视线，所有中年妇女都盯着她，眼神里有羡慕也有嫌恶。

"您丈夫是一位很棒的导师。"路易斯靠在他女朋友的胸脯上告诉我。

"你不用捧他，"我跟他说，"他是我老公，不是我儿子。"

"不，我是认真的，"他说，"他是最棒的。大家都这么说。所有人都想让他当导师。那些毕业几年的人告诉我，我真是太幸运了，能选上迈克·柯林斯。他真的会很认真地带你，希望你学到东西。他不担心你会超过他，相反，他希望你比他强，并以此为傲。这很少见。"

"这样啊。"我说，好奇地看着路易斯。他看起来很真诚。也是，巴结我也没什么好处。

"他给所有新进来的毕业生做了开场演讲，"他继续说，"很幽默，但很鼓舞人心，让你马上就对在这里工作感到骄傲。”

“他在毕业生培训方面做的工作多吗？”我问。

“不太多。他只是导师。负责这个项目的家伙，老实说，不怎么样，他管招聘啦，培训啦，等等。还好他要提前退休了，所以希望他们会安排一个更好的负责人吧。”

大都会鸡尾酒让我的脑子转得慢了，但我确定这个对话里有一些有用的信息……在某个地方。我只是还不能把碎片拼在一起。

然后我发现没必要拼了。

“迈克应该来做这件事，”路易斯随口说了一句，“他会很棒的。不过，我想他不会想放弃全职的顾问工作。真是遗憾，因为他会做得很好。”

我盯着路易斯，真想亲他一口。路易斯，这个女朋友有着诱人胸脯的陌生人，提供了一个方案，正好可以解除我们当下的困境。我真不敢相信自己的运气。

“你应该跟他建议一下，”我赶紧说，“你知道的，随口提一下。你不知道他怎么想。我觉得他可能会考虑这个建议，特别是如果你告诉他，你觉得他会做得非常好。跟他说，所有毕业生都觉得他应该接手你刚才谈到的那份工作。如果你提了，他可能会考虑。”

我知道如果是我跟迈克说，他肯定不会考虑。如果我提了，那就会是一个策略，让他不要再考虑教书的事。如果我提了，那就会是我的主意，不是他的主意，那这事立刻就没戏了。

路易斯耸耸肩膀。“如果你这么认为的话，那好，我会提一下。你觉得他不会认为我很蠢才提这个建议吧？”

“不，不，”我说，“他会很高兴的，真的。答应我，一会儿你就跟他提。然后过来告诉我他怎么说。你会这么做的吧？可以吗？”

听起来我有点疯了，该往后退一步了。

“好的，”他耸耸肩膀，“我会提一下。”

我忍住冲动，没追问他到底什么时候会去问迈克。我端起玻璃杯，喝了一大口酒，努力让心情平静下来。

东西很好吃。酒在流动，是真的在流动。我其实在努力地保持镇静。迈克转行的计划有了一个可能的解决方案，这让人兴奋！还需要准备好，终于要开始进行“特别谈话”，我真是紧张坏了。

吃完饭，我们跳了舞。喝醉后，迈克和我跳舞时就像两个傻瓜。但是我喜欢。我非常喜欢。我们的手触碰在一起，像一对真正的舞伴那样让彼此旋转。我们在生活中需要跳更多的舞。跳舞让亲密感变得自然，触碰也变得自然。跳舞有助于爱情保鲜。我非常认同这一点，特别是当伴舞的曲子来自莱昂纳尔·里奇[①]时。

然后，人突然少了，大家都离开去睡觉了，我找不到我的丈夫了。

终于，我看到他和路易斯挤在一个角落里聊天。“想去呼吸些新鲜空气吗？”他说，“我想跟你谈点事情。”

这件事情成功的概率有多大?

其实还挺高的，因为我们通常在喝醉后或者开长途车时才会谈事情。

我们脚步蹒跚地走到宾馆后门外的台阶上，夜色很美。

“我有一个好主意。”他说着，眼睛里闪着光。

“哦，什么主意？”

“比尔，就是公司招聘和培训业务的负责人，也是公司大使，明年要退休了。我想去补他的缺。”

① 莱昂纳尔·里奇是一位美国歌手、词曲作者、演员。——译者注

“你的意思是教学，但是在你现在的公司？”我问，睁大眼睛，假装惊讶。

“没错！”迈克说，“我不知道自己怎么之前没想过这件事。刚才一个新来的毕业生找我聊天，问我是不是打算申请。显然所有新来的毕业生都想让我做这个工作，这不是很好吗？”

“哇哦，真是太棒了，简直完美！你可以分享你的知识，你可以把你学到的一切都教给别人。这不正是你想要的吗？”

“那样真是太好了，凯茜。我可以大部分时间都待在伯明翰的办公室，不用再住宾馆了。偶尔还会出差，但比现在要少一半多。我还可以负责招聘，我总说什么来着？”

“招聘、招聘、招聘。”我对他唱道。

“完全正确。招聘对一个公司至关重要。”

“你跟其他人提过这事吗？今晚你需要找人谈谈吗？你知道，趁热打铁嘛。”

“其实我已经约了查弗一起吃早餐。到时我跟他聊聊。但实话说，我把所有人都过了一遍，想不出还有人比我更适合这个职位。除非他们从外面招人，但这个职位需要一个了解公司的人。一个对公司里里外外的业务都熟悉的人。我跟你说，我已经有很多点子了。我想我们可以在全国各顶级大学做一场招聘巡回路演。不同于其他公司的打法，我们要在新生周亮相，在大学之初就跟学生谈，给他们树立一个目标，在一开始就让他们看到我们。你觉得怎么样？”

“像你说的，我认为你天生就是这块料。”

我敢问吗？不，还是算了。我不需要他确认已经放弃了改行教书的想法。他的热情说明了一切。

我感到全身一阵轻松。这真的是梦想成真了。听起来我们两个都找到了接下来几年让我们开心的角色。我差点开口问，我能不能替他通知海伦，说我们不需要她的服务了，但想想最好还是不要得寸进尺了。

我感到无比解脱，都想哭了。也许现在我真的可以躲进我在芥末工厂的小角落，那里挂着彩灯，椅子摇摇晃晃，还有一个印着前卫标语的马克杯，挺可笑的。

但我不能让这种情感打乱我今晚原本的计划。我必须往前走一步。如果我的牌打对了，今晚可能会一箭双雕。

“其实，我也需要跟你谈点事情。”我说。现在我终于说出口了，就在眼前。我需要用语言把我的想法表达出来。不能退缩。我需要说出来。

“哦当然，说吧。”

“我们走走好吗？”我问，指着一条灯火通明的小路。并排走着谈话，总比面对面要更容易。

我深深地吸了口气。这一刻终于到来，“特别谈话”要开始了。

我的手心出了汗，嗓子也干了。我感觉自己是在要求他摘星星，有点那个意思。我知道，他对我这个要求的回应对我们的婚姻非常关键。我从来没说过如此重要的事情，它对我未来的幸福无比重要。这件事我很长时间以前就应该说出来，但一直没有找到合适的时机。这个要求太重大了。这件事太重大了。我心里确信自己是不讲理。他会不高兴，或者发脾气，说我无理取闹。他会对我有看法。

我确信，如果我敢和他进行这场“特别谈话”，他可能会少爱我一点。

现在我们已经走到宾馆后面往山下延伸的花园尽头。天上的星星正看着我们。我从来没有跟迈克到过如此浪漫的地方。这应该是喁喁情话的时刻，不是什么“特别谈话”的时候。但我知道如果现在不谈，以后也没得谈了。即使他对我的爱会少一些，我也必须说出来，否则在余下的婚姻生活中我就要独自承受苦果。

“嗯，”我说，在一个石头围着的喷泉旁停下脚步，“像我刚才说的，我确实有事情要跟你谈。”

“当然，”他说，“说吧。”

“是这样，我考虑了很长时间，我想问你，我们能不能……能不能……平等分担所有的家务活？”

我停住了。

他紧皱眉头。

哦上帝，他已经少爱我一点了。但我还是要继续说。这很重要。

“我是说真正的分担。不是你答应多做然后忘了，或者只是口头敷衍一下，或者只是周日碰巧厨房垃圾满了你给拿出去，又或者你终于发现了马桶刷是什么，你以为你在分担家务。我是说真正的分担。我是说如果家里乱你真的去动手收拾，你启动洗碗机，然后再把里面的东西端出来；我是说在衣服篮子满了之后，你把衣服放进洗衣机里，而不是等着洗衣仙子来干；我是说你要拖厨房的地板，是的，真的去拖，不只是在晚餐派对之后，而是有需要的时候随时做；我是说你要经常用拖把；我是说有一天我回到家能看见你在收拾放盐和胡椒粉的橱柜，因为里面不干净……哦！我的上帝啊，我没法跟你说那会让我多高兴。应该说，那会让我对你的爱增加许多。如果我发现你在收拾橱柜，而不需要我动手了，我的天啊，那真是我能想到的最性感的事情，没有之一。”

“真的吗？我需要光着身子做这个事情吗？”

“不需要，只要收拾就行。我的要求就是你用女人的态度来对待家务。做家务是因为需要做，不是因为别人让你做，不是因为我心情不好、你为了不挨骂而做。只是因为需要做，因为绝对没有任何理由把家务活都推到我身上。你做家务，是因为你要明白那不是‘我’的工作——那是‘我们’的工作。”

我停下来喘了口气。我现在呼吸很沉重，情绪很激动。他关切地看着我。好像我有点发疯了。

我再接再厉。

“做家务吧，因为你不会希望在我们婚姻生活的后半段，我每次捡起你的袜子，清理你刚刚用过的马桶，或者收拾放盐和胡椒粉罐的橱柜时，都对你充满了怨恨。我真的会满怀怨恨。因为我不知道怎么避免这种情绪。做家务吧，这样我们后半段婚姻生活就会和谐美满，不会有‘家情厌恶症’（Domestic Situation Resentment，简称 DSR）。是的，就是这个词，DSR。我受够了，迈克。我想大多数婚姻都有这个问题。你去问当妻子的，十有八九都有 DSR。”

“‘家情厌恶症’？”迈克重复了一遍。

“是的！你理解了，”我说，“我不想下半辈子和‘家情厌恶症’为伴。”

“我没有意识到你的感受是这样的。”他说。

“所以你不知道我一直以来的轻度抑郁是什么原因？”我问。

他摇摇头。

“所以你会做吗？”我问，“这是重大的许诺，是思维方式的彻底转变。一进家门，立刻思考需要干什么，而不是想着我要坐下来看半个小时手机。做家务真的很累，我把丑话说在前头。”

“对不起，”他说，“对不起，我一直认为你应该负责所有家务活。”

“事情就是这样不知不觉发生了，”我承认道，“我们都是共犯。

我应该早点说出来。这真的是我的错。不，我也不是这个意思。这是我得‘家情厌恶症’的首要原因——认为这是我的错。这么说吧，事情已经发展成这样了，但现在它不能再继续这样下去了。”

他盯着我看了很长时间，思考着，咬着他的下嘴唇。他会说“不”吗？

“我能提点要求吗？”他最后开口道。

我点点头。

“我们能不能坐下来，你清楚地告诉我，希望我怎么做，来帮你摆脱 DSR。我不确定我能用女人的视角看待家务活。我真的看不到。我不知道什么时候需要收拾放盐和胡椒粉的橱柜。在我眼里，它一直都挺好的。我每天起床后的第一个想法不是要把洗碗机里的东西拿出来，或者打扫地板上的面包屑。你不能让我靠自觉来看到它。事实上，我跟你坦白，我看不到活儿，然后……然后……你就会生气，一言不发，然后——”

“DSR 就又来了。”我说。

“没错。”他说。

“你喜欢说 DSR，对吗？”我咧着嘴笑道。

“你知道我喜欢缩略语，”他笑道，“但你必须给我列个清单。你必须告诉我，我究竟要做什么，才能避免 DSR 靠近。因为我自己没这个意识。”

“常年不做家务的结果。”我说。

“恐怕是的。”他说。

“好吧，说定了，”我跟他说，“明天我们回到家后，就列一个清单，分一分谁干哪些。”

“好的。如果将来你再得上 DSR，可不可以告诉我？”他真诚地问道。

“我会的，”我答应道，已经是泪眼盈盈，“也许我们应该更新一下结婚誓言？我庄严宣誓在我们有生之年，如果我 DSR 发作就会告诉你。”

他握住我的手。“这真是个好主意，”他说，“那我们就这么做吧。”

“那我们要重写所有誓言，”我说，“让它们真的起效，比如你承诺看到我穿着紧身衣站在卧室时，不要笑话我。”

“那样真不好看。”他说。

“克劳迪娅·希弗[①]那样穿都不好看，更别说我了。”

“好，我们各自准备自己的誓言吧。”他说。

“一个升级的中年版本。”我说。

“好主意。”他点头说。

然后，亲爱的日记本，我们接吻了。

在星空下，在我和丈夫共处的最浪漫的环境中，我们终于完成了“特别谈话”，一次非常非常重要的谈话。

10 月 13 日

昨晚，我们当然利用了吃药的机会，你知道我的意思！那场“特别谈话”对我的性欲产生了巨大影响。真的非常大。想到未来的婚姻生活将没有 DSR 的困扰，可以说，这真的让我亢奋起来。

迈克和查弗（我确定那不是他的真名，但我也没心思听查弗这个名字的由来）一起吃了早餐，查弗也认为迈克是负责毕业生项目的绝佳人选，还问他是否考虑负责所有咨询顾问的常年培训项目。

① 克劳迪娅·希弗是一位德国模特、演员。——译者注

等着迈克办退房手续时，我在休息厅看到路易斯，我对他表示感谢，谢谢他的提议。

“他已经准备接手了吗？”他兴奋地问道。

“哦，是的，”我告诉他，“真是个绝妙的提议。你不知道我有多高兴认识你。你让昨晚变成了神奇的一晚，在不止一个方面。”

我冲上去要在他脸上亲一下，但不出所料，他躲开了，说自己赶时间，也没说具体原因。

10 月 26 日

这么说吧，这是一场有趣的读书会。不！它糟透了！我一回到家就打电话给身在曼彻斯特的迈克。我需要听到一个宽心的声音，需要一个朋友，需要我的丈夫。

坦妮娅没有来。她怎么能来呢？这周早些时候她来过我家，我们坐下喝白兰地，她告诉我一个消息，医生说黑泽尔很可能好不了。我握住她的手，摩挲着她的手背，听她语无伦次地抽泣着，精神几乎要崩溃了，然后擤擤鼻子，打起精神，回家继续假装“坚强”，此时她的家人都在经受煎熬。

“她只需要你们的关心和祈祷。”当读书会的人最终问到能帮上什么忙时，我跟她们说。

“我们现在祈祷好吗？”露易丝说。听到坦妮娅妻子的病可能治不好，她哭了半个小时。

“为什么不呢？”菲奥娜耸耸肩说，“感觉我们必须做点什么。”

“我们要拉着手，然后……然后说祷词吗？”索妮娅提议道。

我们这样做了。我们坐在菲奥娜的客厅里，拉起彼此的手，然后低下头，闭上眼睛。我们所有人都沉浸在自己的思绪中，背景是抽泣的声音。

然后一个声音出现了，是葆拉。

“上帝，求你，我们能否为坦妮娅的黑泽尔求一个奇迹，请让她好起来吧，因为坦妮娅如此爱她，想要留住她！”

“阿门。”我说。

“阿门。”其他人一起说。

10 月 29 日

哦我的天，事情终于发生了。我看着日历，终于意识到了什么。

我有一阵子没有来例假了！

这是我年初定下的目标，没有例假困扰的生活。我终于可以把它从我的清单上划掉了。

我自由了……终于，除去孕期，我受每月例假的折磨一定有34 年了。

但接着我心里突然震荡了一下。

我开始思考。这总是要命的。

为什么我的例假停了?

是因为吃药吗？我那个机智的计划终于见效了吗?

或者是更年期开始了？这是一个预兆吗？我是不是走上一条不归路了？我的卵巢此时是不是在萎缩？潮热、焦虑、抑郁、健忘这些症状是不是正在我身上显现?

我还没有准备好。我想要既没有更年期也没有例假的日子。一个小小的蜜月“假期”，我们能这么称呼它吗，在更年期的其他症状显现之前?

然后我冒出一个糟糕的想法，一个非常可怕的想法。这个想法如此吓人，以至于我“砰”的一声跌坐在沙发上，用手抱住头。

我的例假停止可能还有另一个原因，也许是最显而易见的原因——“万一我要是怀孕了呢？”

我们最近滚床单的次数很频繁，自从上次进行了那场关于DSR的“特别谈话”，我也在吃药，所以我们没太多负担。我知道吃了药我应该不会怀孕，但我们也都清楚，没有什么避孕措施是百分百有效的，我也可能哪天忘了吃药……唉，免不了会忘的，是吧，所以我也可能是怀孕了。

我可能怀孕了！

可我不能怀孕，我都48岁了。我真的不能。我不能再犯傻了，相信吃药终于让例假停止了，或者更年期已经开始了。

不管怎样，我希望例假再来一次。

只是为了得到绝对的、百分百的确定。

11月

November

再次坠入爱河

11 月 1 日

这是我意识到自己没来例假的第 3 天。我在认真考虑要不要买一个验孕棒。这件事一直困扰着我，我知道自己在犯傻，中招的概率真的很小。但我还是忍不住担心。

我去了药店，但下不了决心询问。店员会不会用异样的眼神看我，好像我年纪太大已经不能过性生活了，或者更糟，我是在给自己的女儿买！

11 月 3 日

例假还是没有来！说真的，今年年初我发誓再不要让阴道流一次血，结果现在我宁愿做任何事，只为看到一点血迹出现！我甚至开始有点疑神疑鬼，总感觉自己怀孕了，并且开始做各种噩梦，梦里我参加弗雷迪的毕业典礼，是在场唯一一个还带着个小宝宝的妈妈！还梦到柯斯蒂跟她六年级班的老师解释，她妈妈不能参加家长会，因为要给孩子喂母乳。哦，我的上帝，喂母乳？你能想象在我这个年纪喂母乳吗？我想我很可能都没有奶水了，对吗？我肯定就像一头又老又枯的母牛，是不是？

我知道我真的需要验一下。这真的很简单。验一下就会知道我到底有没有怀孕，但我感觉傻透了。上帝啊！我需要把这个心事解决掉，因为坦妮娅肯定没心情听我这个妄想症患者大谈那个我并没有怀上的宝宝，还有潜在的母乳喂养问题。我想我需要找其他人聊聊。

“妈妈的膝盖”群聊

我：你不会在48岁怀孕，对不对？尤其是这期间你还吃着药，对吧？

妮可拉：你还有性生活？！！！！你必须有性生活才能怀孕，对吧？怀孕必知的101件事。

她在感叹号后面还加了一个震惊的表情符，这太戳心了。

我：是的，我还在过性生活。

妮可拉：我和丽兹打赌你现在已经不过性生活了。

我：真的吗？为什么？我不敢相信你们竟然讨论这个话题。

妮可拉：是这样，你在洛杉矶的时候给人感觉有点焦躁。

我：这说的不是你自己吗？！

妮可拉：因为我没有性生活啊……唉！

我：好吧，我告诉你，我和迈克还在过……真不敢相信我们在谈这个话题。

妮可拉：是你先挑起的。

丽兹：你怀孕跟妈妈的膝盖有什么关系？

我：没什么关系，怎么了？

丽兹：你为什么在“妈妈的膝盖”这个群聊里谈这个话题？

我：因为这是我找到的第一个有我们3个人的群聊啊。我总不能再发起一个新群聊，取名“我怀孕了吗？”吧？

丽兹：你会吗？那你真是疯了！

我：我感觉我快要疯了。你知道，我在吃着停止例假的药，但见效还要一阵子，而我可能单数日忘了吃药，然后迈克和我过了性生活。

妮可拉：啊啊啊！所以你们是极偶然过了一次。

我：不！但你知道，那是个特别的日子，所以……

妮可拉：我感觉好多了。刚才我差点开始嫉妒你的性生活。

我：我已婚，你单身！我本来就应该比你性生活多。

妮可拉：那不见得吧？？？

她又发了一个挤眼睛的表情符！

丽兹：所以你是说，你在吃药，但有点不规律？

我：是的，所以现在我不知道我的例假停止是因为吃药、更年期，还是怀孕。

妮可拉：上帝啊——真麻烦！你已经到更年期的岁数了吗？

我：哦，到了。

妮可拉：天呐，那意味着我也快了。我还是单身。我不能既是单身又进入更年期！那就像被焊在了架子上。我永远都别想从架子上下来了。

我：我想指出，现在聊的是我，不是你，妮可拉。

妮可拉：这个群聊本来是应该谈爸妈的遗嘱的。

我：我刚才说了，我不会新建一个群聊，取名“我怀孕了吗？”。

丽兹：你为什么不验一下呢？

我：因为我觉得买验孕棒很荒唐，好像自己是个狼狈的少女。

妮可拉：我有一个。应该是上次跟劳伦斯一起破了避孕套之后买的。

丽兹：信息量太大了。

我：信息量太太大了。

妮可拉：我现在正好要出门，顺路给你送家里吧。

我：我没在家。我在外面为圣诞节购物呢。

丽兹：要是你敢告诉我你快买齐了，我就把你宰了。顺便问一句，今年我们给爸妈买什么？

妮可拉：没想法。

丽兹：我们要不要建一个“家庭圣诞礼物”的群聊？

我：哦，那可真是太好了（如果有讽刺的表情符，我要在这里要加一个！）。

妮可拉：我要走了。我会把验孕棒放到你家信箱里，凯茜。拜拜～

我：别放那里。芭芭拉·史翠珊会吃掉它的——或者尿在上面，那样我们只能知道芭芭拉是否怀孕，而不是我。

5分钟没人回复。

丽兹：我想她已经走了。

我：我得赶快走，不能让家里人在门口地垫上发现验孕棒。

所以我放弃了圣诞购物，赶在某个古怪的命运降临在验孕棒上之前，赶去把它救了。当我说放弃时，这当然是个极好的借口，因为我很讨厌圣诞购物。购物让我心烦意乱，我都想哭了。送祝福的事情怎么会……如此糟糕。结果呢，古怪的事还是发生了。验孕棒不见了。妮可拉信誓旦旦地说她放进信箱了。我在家里到处找，看芭芭拉是不是把验孕棒给叼到什么地方了。她的床？我们的床底下？埋在花园里？但是没有用，完全看不到它的踪影。这让人摸不着头脑，因为这意味着有人拿了，但他什么都没说。这导致我有了很多种猜测，我都不敢深想。我不能直接问谁拿了，因为那样我就要解释，为什么会有人把验孕棒放进我们的信箱。

所以我开始旁敲侧击地问，看能不能解开谜底。

我问柯斯蒂的问题是："你现在有跟什么人约会吗？"

"没有。"

"偶尔也没有吗？"

"没有。"

"过了夏天之后你交男朋友了吗？"

"没有，妈妈！"

她的嫌疑可以排除了。她不擅长撒谎，8 岁那年，她为了从牙仙子那里拿到更多钱币，"借了"她最好朋友的牙齿，后来被我逼得说了实话，从那以后，她就不大会撒谎了。

下一个，弗雷迪。我一把推开他的房门。

"你和基姆处得怎么样？"我问。

"很好！非常好！"

"你们上床了吗？"

弗雷迪目瞪口呆地看着我，这可真是少见。他可不容易被震住。然后他的脸红了，目光看向别处。

"没有，"他咕哝着说，"我们想慢一点发展。"

“很好的消息。”我说了一句，然后走出了他的房间。

现在只剩迈克了。他究竟为什么要藏验孕棒呢？我正要下楼去找他，结果他从我们的卧室出来，把我拽了进去，在身后关上门。

“孩子们在家呢，你知道吧。”我跟他说。

“我发现了这个，”他压低声音说道，把一个白盒子递给我，“这是一个验孕棒。”他对我耳语道。

“我知道，我以前见过的。”

“我回家时，看到它在门口地垫上。一定是柯斯蒂掉的。我们怎么办？”

他脸色苍白，非常苍白。

我努力让他平静下来。

“妮可拉本来是把它放到信箱里的。”我说。

“她认为柯斯蒂怀孕了吗？”

“不是，这跟柯斯蒂没有关系。她是给我送的。我怀疑自己怀孕了。”

他的脸色更苍白了。

“你……这不可能啊。你吃药了啊。”

“是的，我知道，但药不是百分百有效，对吧？我们近来性生活比较多——”

“那是因为你吃药了。”

“不——你记得吗？我吃药是为了停止例假，不是为了过性生活。实际上我的例假也停止了，但我不知道是因为吃药，还是因为怀孕，还可能是因为更年期，迈克。”

他的脸色比刚才还要苍白。

“你可能进入更年期了？上帝救救我们吧。我以为我们还有几个月，甚至还有大约一年的时间呢？”

他看起来有点精神错乱。我觉得我可能需要扇他一巴掌。实际上，我一直都想这么做。那样感觉很好玩。

“你看，”我说，“我的例假已经停止了，我对原因不是百分百确定，不能排除怀孕这个因素，所以我认为应该验一下，这样我们都不用烦了。”

“好的，好的，”他说，身体微微颤抖，“那就验吧。赶快搞清楚好了。”他抓住我的手继续说：“我们一起面对。不管结果如何。大不了我再打份工。我不知道，但我们总会有办法的。”他的脸色依然非常非常苍白。

我往验孕棒上尿尿，回想第一次这么干，已经是 17 年前的事了。是的，我感觉自己很可笑、不成熟、愚蠢。我们坐在床边，身体紧挨着，等着那条线出现。迈克像疯了一样身体有点摇晃。

当然我没有怀孕。我当然没有。我都 48 岁了！我吃着药呢。我们的性生活也没有那么多。要赶上我们滚床单，药失效，正好我又在排卵，那我们得是有多倒霉！我是说，这个概率得有多小？我一下子又感觉自己变得可笑、不成熟、愚蠢。

迈克大约 5 分钟没说话。显然还没从今晚过山车似的情况变化中缓过神来。他本来期待着回家吃个炒菜，然后打扫房间（今晚轮到他了），绝没想到有可能再当爸爸。

当他终于从幻想中走出来，他说了下面的话。

“我感到有点失望。我刚才在想，两个孩子现在都长大了，很快就要离开家，再要一个也挺好。”

我扇了他一巴掌。

这感觉真的很好。

11月8日

今天早些时候，一辆救护车停在邻居家门前，我知道事情不妙。果然坦妮娅给我发短信，告诉我黑泽尔已经转去了临终安养院，她们全都陪在她身边，我能去帮忙喂猫吗？我当然问还能帮上其他什么忙，坦妮娅只是说：“没……没有了。”

我潜进她们的房子，感觉自己像个闯入者。这是一个准备好告别的房子。房间里有卡片、鲜花，乱成一团。一个将要迎接告别的房子，是不可能整洁的。桌子上和水槽里散乱地放着没有刷的锅，好像她们一家是在慌乱中仓促离开的。我想我至少要把锅收拾起来，放进洗碗机里。这应该是可以的，不是吗？我在餐厅和厨房之间缓慢而无声地走着，不敢发出一点声音。现在需要压低声音。我喂了猫，把它放出去呼吸外面的新鲜空气。不知怎的，室内的空气令人窒息，沉重的悲伤压得人喘不过气来。

在我准备锁门时，我看到了餐厅墙上贴的几百张便利贴。有一张很显眼，上面的字迹有些颤抖，不像其他的那样清晰流畅。这肯定是黑泽尔最近写的，很可能耗费了她很多力气。上面的信息很简短：

你 = 爱

11月10日

坦妮娅那里还没有消息。迈克和我正在商量，要不要打电话给她，看她有什么需要。这时弗雷迪进来厨房，穿着他的扎克·埃夫隆——高中音乐剧化装舞会服装。

“我能跟你们谈谈吗？”他问。

迈克和我对视了一眼，叹了口气。我不知道他要谈什么。他看起来特别严肃。我们已经把他爸爸的新事业计划告诉了他，他仍然在和基姆交往，所以他的大学申请依然可以正常进行。不过，想想看，我不确定他是不是已经开始申请了。

他站在桌旁，迈克和我坐着。

“我就是想告诉你们，你们作为父母有多棒。”他说。我又看了迈克一眼。这有点令人不安了。赞美！后面肯定有坏消息。

“妈妈，”他说着转向我，“你收拾了我那么多次，我现在想让你知道，一切都是值得的，我正在努力成为你想让我成为的那种人。”我吞了吞口水，一滴眼泪差点从眼角坠落。

“爸爸，”他说，“你是我的榜样。你每周都出门工作，就像这是你的任务一样，你的工作我不懂，但我知道你干得很出色，因为我们能去很酷的地方度假，能喝得起星巴克的咖啡，等等。”

“谢谢，儿子，”迈克嗓音粗哑地说，“就当你是夸我了。”

“我想让你知道，我真的很感谢你放弃成为一个挣钱少、不被重视的教师的梦想，就为了我的大学不被父亲打扰。我真的，真的很感谢。我意识到，你决定在公司转岗是做出了很大的牺牲。我知道你负责招聘毕业生，会审阅几百份简历，从他们写的东西上识别出谁能为你的公司工作。我说得对吗？”

迈克点点头。“这是我工作的部分内容，是的。”

“好，既然如此，你能不能帮我写大学申请书？他们想要一份个人陈述，我实在不知道该写什么。我已经写了 3 稿，但每一稿都让我听起来像个笨蛋。所以你能帮我吗？求你了，爸爸。你做这种事情比我好太多，而且你真的很想让我进大学，不是吗？”

迈克看着他儿子，苦笑了一下。我屏住了呼吸。他会选择残忍地拒绝，还是善良地帮忙，又或者弗雷迪拍马屁起作用了，他会屈服？

迈克从椅子上起身。

“儿子，”他说，“给我看看你目前的成果，也许我可以给你一些建议。快走，咱们现在就去吧。”

“谢谢你，爸爸。”弗雷迪咧嘴笑道。然后他在爸爸身后冲我挤了一下眼睛。不要得寸进尺，我心想。

11 月 25 日

我近来一直在想，我这月的目标，就是再次和迈克坠入爱河。并不是说我们已经没有爱情了，只是我想要重新点燃最初的感觉。热恋中的人做什么都不会错，一切都感觉非常棒。我想要来一次系统重启，可以让我们幸福地步入老年。但我想不出来要怎么做。晚上出去约一次会？这太平平无奇了，我怀疑我们又会开始谈论孩子，或者房顶上的洞，或者要给他家人买什么圣诞礼物。我认为在我们的爱情中心放上电极也没什么创意。必须想点更特别的。我考虑是不是要故地重游，回到我们恋爱时常去的地方，但又震惊地发现很多地方都被拆了，现在那里晃悠的都是些持假身份证的满脸粉刺的小年轻们。

我甚至还考虑尝试点新花样，比如说跳伞，尝试有点危险性的事情，提醒我们内心依然年轻，还能尝试。

但我太害怕了。我不年轻了，不敢尝试，所以这个办法行不通。结果最后发现我什么都不需要想，事情就那么发生了。

在这样一个场合，我们总能重新找回相爱的感觉。

在这样一个场合，我们更紧地拥抱在一起，更用力地握着手，对爱情有了更深的感受。

一场葬礼。

黑泽尔在两周前去世了。

坦妮娅那样伤心欲绝，让人感到既可怕又敬畏。

她是我认识的人中最坚强的，我看着她痛不欲生，然后，她不知从哪里召唤出内心的力量，转而抚慰她的女儿们，帮助她们度过失去至亲的震惊和绝望。

她精心策划了葬礼，仪式非常隆重，非常顺利，堪比伦敦西区演出的水平。谢天谢地，我被叫去帮忙跑腿，找一些罕见的物品向黑泽尔致敬，比如猫柳枝条和粉色郁金香。能够帮忙让我感觉好多了，也让我和坦妮娅有了谈论的话题，避免总是沉浸在死亡的恐怖中。

然后昨天，我们做了烘焙。坦妮娅的家人从牙买加赶来，我们在她的厨房和我的厨房烘焙食品，准备葬礼结束后请前来吊唁的客人吃。罗比非常好心地主动来帮忙，还有柯斯蒂和弗雷迪。在这个可怕的时候，没有什么话可以让人宽慰，坦妮娅的亲戚们教我们唱牙买加歌曲，我们一边听，一边和面、揉面、摔面。我们唱歌、哼歌，可能还有人扭了几下腰，所有人都想从笼罩在我们头上的悲伤中喘息一下。

然后，很快，那个时刻来临了。我坐在迈克和柯斯蒂中间，紧紧抓着他们的手，坦妮娅跟在黑泽尔的棺木之后，走进了灵堂。

我眼睛盯着教堂后部那扇彩色玻璃的窗户时，坦妮娅上台开始致悼词。我听着她的话，找回了对丈夫最初的爱意。

黑泽尔生前曾经开玩笑说，她想要约翰·汉纳（John Hannah）来朗诵“停止所有的时钟”（Stop All the Clocks），就像他在电影《四个婚礼和一个葬礼》（*Four Weddings and a*

Funeral）中那样。请注意，是约翰·汉纳，不是我。这一点她说得很清楚。她说，约翰·汉纳在那场致辞中对爱情的倾诉，比古往今来所有恋人表达得都要好。

今天，我不会给你们念W. H. 奥登的诗，因为我不是约翰·汉纳，不然黑泽尔会失望的。我在这里要做的，是尽力用自己的方式表达出我对黑泽尔的爱，我希望不会辜负她。

怎么说呢，她给人感觉不像凡人。她是一个存在，一个天使。每当我走近她，就会被照耀得闪闪发光。她睿智、幽默、安静、平和、知足……她身上有太多我不具备的品质。

我们初识是在大学，那是1985年。

我们不是一见钟情。

那天，我走进大三的公共休息室，看到她霸占了磁带机，正伴着凯特·布什的曲子摇摆着，身上穿着一件嬉皮士风格的长裙，裙子上缀着一些镜子的亮片。她的自信惹恼了我，我走过去，告诉她我更喜欢麦当娜。我能看出来，她对我的音乐品味并不欣赏，但她主动提出请我喝一杯，好有机会向我宣扬她钟爱的凯特·布什的种种优点。就是在那天晚上，我们开启了关于麦当娜的《进入最佳状态》（*Into the Groove*）是否比凯特·布什的《巴布西卡》（*Babooshka*）更好听的辩论。这场辩论一直持续到她去世前一周，我终于让步了，好让她把这一条从她的遗愿清单上划掉，清单上都是她希望在去世前纠正我的事情。

她还想让我承认，是我先主动的。

事实不是这样的。

第2天，她把一个混音磁带放到我的信箱里，我认为这算是主动。

我整整一个星期没见她，然后她又放了一盘混音磁带到我的信箱。居然是古典音乐！我认为她是在教育我，她的自信再次把我惹恼了。

我去她房间找她，要她道歉。她没有道歉。她认为是我先主动的。

我 3 天以后才离开她房间。

我们再也没有回过头。

2010 年，我们去牙买加旅行时，她向我表明心迹。

我们终于在 2014 年举行了盛大的仪式，现场摆满了太平洋风味的食物，人们伴着音乐跳起了舞。从那以后，我们跳舞的伴奏永远是同一首曲子。

她看到了真正的我。她看到了我对人的防御、我对安全感的缺失、我的脆弱，而且在过去 10 年中，我在她面前暴露了更多脆弱的一面。她看到了我的全部。不完美的一面，也有好的一面。

我在这里要告诉你们，她并不完美。她会在马桶上看 iPad，把番茄酱涂在咖喱上。我的上帝，她为什么那么做我真想不明白！她死活都没办法把床上的羽绒被罩给抻平——她就是做不到。她还把巧克力放到冰箱里，你们说，哪个正常人会这么干呢?

但这不是我们怀念逝者的方式，对吧? 因为那些都不重要了。当悲伤袭来，那些都成为白噪声。当亲人逝去，所有曾经的不满都烟消云散了。

下面我要说的话听起来可能很怪，但请各位耐心听我说完。她的人生以这种方式结束，在某种程度上我是心存感激的，因为这让我们再度相爱，全心全意地相爱。

这个病让我们知道我们的时间不多了。

我们深深相爱，就像这是我们一起在世界上能做的最后一件事。我们深深相爱，其他所有一切都不重要了。特别是咖喱上涂番茄酱、皱巴巴的被罩、巧克力放进冰箱这些事。

我们得以体验百分之百、全力以赴、膝盖发软、心如刀绞、奔涌而出的纯粹的爱情。我们得以体验以前所未有的生活方式，怀着对彼此纯粹、忠贞的爱情。

过去几周可以说是我人生中最幸福的时光。我们更多地谈心、更多地大笑、更多地哭泣、更多地感受，我们成为……更多。

大多数下午，我们握着彼此的手，一起观看智力竞赛节目。在我的一生中，我从未感觉和另外一个人有如此深入的联系。

说到遗憾，当然有，我想遗憾就是我们之前没有一直像这样生活、像这样相爱。这种“相爱着”的感觉，经常会被咖喱上涂番茄酱、皱巴巴的被罩、巧克力放进冰箱这些事追赶上、吞下去，然后慢慢消失。我们忘记了把所有这些抛在一旁，全心全意地“相爱着”，就像我们最初坠入爱河时那样，就像我们意识到一切终将结束时那样。

想想这个人吧，她觉得我长得像惠特尼·休斯顿。在我认识的所有人中，只有在她面前，我不需要解释自己，不需要设防，她让我找到了归属感。她看着我，用她的眼睛、嘴巴和话语告诉我，我就是那个对的人。对她来说是对的，对她来说是完美的。

她选择我的那一天，我就像中了大奖。我赢得了她的心。她是我见过的最善良、最温暖、最温柔、最真诚的人。

我们曾经共度过美好的时光。现在我要带着对她的思念继续生活下去，那就像我翅膀下的风，让我飞翔，带着满满的回忆，回忆中是我们的爱、忠诚和与她“相爱着”的感觉。

再见，黑泽尔——谢谢你。

那天晚上，在所有的哀悼仪式都完成后，在庄严而安静的悼词说出后，在忍受了许多漫长尴尬的时刻后，当最后留下的人只有坦妮娅和她的两个女儿，以及坦妮娅的亲戚和她最亲近的朋友时，坦妮娅请求她的亲戚们再唱起歌。于是他们唱了起来，开始是悲伤的曲调，接着是高亢的、绝妙的、充满欢乐的乐曲。最后，坦妮娅抓住克雷西和玛贝尔开始跳舞，就像是某种对黑泽尔生命的光辉礼赞。她们在泪光中微笑着，拉着我们所有人都加入进来。

于是我们全都跳起了舞。

我和迈克。

我的读书会的姐妹们，大家都过来表示对坦妮娅的全力支持。

我和弗雷迪。

我和柯斯蒂。

柯斯蒂和罗比。

罗比之前问坦妮娅，他能不能来参加葬礼，他会坐在后面。自从他妈妈去世后，他就再没有参加过葬礼，他对当时的情景一点都记不起来了，他很想借这个机会，坐在教堂里，怀念他的妈妈。

坦妮娅不愧是坦妮娅，她张开双臂欢迎他，说他能来黑泽尔的葬礼怀念他的妈妈，她深感荣幸。

然后他帮忙预备食物，给大家的酒杯倒满酒，直到最后柯斯蒂拉他进来跳舞，我看着他们，似乎看到了一点火花。我吞了吞口水。该来的总会来的，我心想。但这次不一样，我知道罗比是一个好人，一个知道爱情多么宝贵的男人。他会珍惜她。柯斯蒂今年长大了很多，我知道她自己能应付。不过我还是会担心。母亲对孩子的担心是一辈子的。

迈克和我走到家时，时间已经过了午夜，我们瘫倒在沙发上。

迈克抓起我的手，握在他的手里，然后拿到嘴边，亲了一下。接着放到腿上，20 秒过后，他已经睡熟了。我不记得上次我们在沙发上牵手是什么时候。

我有一种感觉，我们会经常这样做。不，应该说，我要确保我们会经常这样做。

11 月 29 日

我现在不是很确定，为什么在读书会上还要给大家发书。我的意思是，现在我们的读书会每月定期举行，可是能把书读完的人不多，所以没办法好好讨论书，然后我们又会给大家发一本新的，明明知道不会有太多人读。但是这月大家做了约定，要努力把书读完，因为我们都热爱阅读，而且我们也承认自己需要阅读。我们都需要一个逃离的出口。

坦妮娅没有来。毕竟葬礼刚过去一个星期。这给了我们大家一个谈论这件事的机会，如果坦妮娅在的话，我们不会有这样的讨论。

我们都认为葬礼办得很得体，尽管我这辈子从没听过人们挑剔任何一场葬礼。我们对守灵也都非常感动。那天晚上最后的唱歌和跳舞，我们都觉得很不同寻常，但并不违和。它让生之快乐渗透到绝望的悲伤中，提醒所有人我们还有许多生存的理由，能活着就是幸运的。而这，我们都知道，是智慧的黑泽尔最想留给我们的遗产。事实上，我怀疑是不是黑泽尔要求坦妮娅在她的葬礼上唱歌跳舞，因为她知道这对坦妮娅好好活下去会有多大的帮助。也许在她们家里有这样一张便利贴，留下了这样的指示。

“我不记得上次这样跳舞是什么时候了，”索妮娅承认道，“它让我意识到自己多想念跳舞的感觉。”

“也许跳舞应该成为葬礼的必备一环，”露易丝说，“这是对生命的确认。为什么我们到了一定年纪就不再跳舞了？我真的很想念它。”

我们都衷心地表示赞同。然后我们又深入谈了坦妮娅的勇气，她献给爱人的激情洋溢的致词。谈话中我们不禁掉了几滴眼泪。

然后葆拉扔下了一枚重磅炸弹。

在喝了一杯普洛赛克葡萄酒后，她安静地宣布，她已经离开了她的丈夫。

大家的惊讶透过呼吸声清晰地传达出来。主要是索妮娅发出的，她哭了起来，然后非常生气地喊道，葆拉这个计划居然事先一点儿都不跟她透露。

“这是你做心理咨询后的决定吗？”我问，“它让你意识到什么地方不对？”

“不是心理咨询的原因，”她坦白道，“或者说，它只是让我开始思考。其实是在葬礼上听到的坦妮娅对黑泽尔的那番深情追忆，促使我做出的决定。”

其他的我们心知肚明，她不需要多说了。我们都非常清楚她是什么意思。一场葬礼能够奇迹般地让你突然想通一些事情。当意识到人生短暂时，你能做出的决定是惊人的。

“你感觉好些了吗？”露易丝终于开口问道，“我是说，离开他让你感觉好些了吗？”

“是的！”她嗓音粗哑地说，“我很难过我们的婚姻没能走到最后，但是我们两个都不快乐很长时间了。我感到解脱，而且是极大的解脱。”

然后最奇怪的事情发生了。我们全都鼓起了掌，说干得漂亮。

干得漂亮，葆拉。

12月

December

和休·杰克曼一起跳舞

12 月 1 日

那场“特别谈话”的戏剧性效果延续至今。我的 DSR 水平处于历史最低值。我和迈克在公司派对结束后列出的清单，已经贴在冰箱上，基本上我们都在照此执行。开始的时候有一些小问题。主要是在家务完成质量上有一些争论。一开始迈克连桌子都擦不干净，让人非常无语。不过练习几次后就好多了，现在他似乎已经掌握了窍门。当然也不能要求太高，他的水平仍然差得很远，但他做家务这一点对我幸福度的提升是巨大的。可以说是大到吓人。谁能猜到我现在的 DSR 症状还剩多少？

我们的性生活因此也变得更多，特别是在度过了上次的怀孕恐慌之后。主要也是因为看到丈夫主动清洗玻璃杯和启动洗碗机，我上床睡觉时对他感到满意，不像以前那样满怀怨气。我必须说，这对性生活很有助益，这值得那些每天晚上忽视家务的男人们认真思考下。

12 月 15 日

今晚是啤酒派对之夜。今年的最后一次！因为是圣诞节，合作方都受到了邀请。耶！

在思考了一番后，我邀请了迈克一起去，当然我需要让他坐下来，给他订一些非常严格的规矩。“今晚，迈克，”我说，“你是我的丈夫，不是一个咨询顾问。你知道这是什么意思吗？”

“你是说，我要总是走在你身后一步，保持恭敬距离，除非别人跟我说话，否则不能开口？”他问。

“差不多，”我点点头，“如果有人问你，就说你在招聘机构工作，不要说在管理咨询公司。”

“为什么？”

“因为咨询公司听起来，怎么说呢，有点令人反感。你可能会忍不住给他们提一些商业上的建议，这往好了说也会让人难堪。”

“但我有这么丰富的经验，可以提一些很有用的看法啊。”

“他们都很年轻，迈克，”我告诉他，“年轻人容易自以为是，觉得自己什么都懂，你一定会遇到一个这样的人。一旦你提到合作过的一些大公司的名字，他们就会嗤之以鼻，认为那些商业巨头只会把世界带向毁灭。他们会告诉你，未来还要看本地那些规模小但可持续发展的企业。这当然没错，但你会忍不住宣扬你这代人为经济做出了多大贡献，年轻一代似乎把这完全视为理所当然。最后你会跟别人大吵起来，我就没办法享受这次圣诞节啤酒派对，而我真的很想好好享受。所以求求你，就说自己在招聘机构工作，不要给他们提任何经营建议，好不好？就算为了我。我喜欢在芥末工厂的工作。不要毁了它。”

“我懂了，”他若有所思地说，“我会听别人讲，只听不说。我会把它当作一个调研任务。倾听，学习，不——”

“说教。”我说。

“不说教，”他答应道，“我努力做到不说教。”

“你过得愉快吗？”那天晚上派对结束后，在回家路上我问迈克。他的表现堪称完美。我的目光每次扫到他，他的脸上都带着浓厚的兴趣，对某个狂妄自大的小子认真地点着头。

“我其实还挺愉快的，”他说，“我认识了一些很有趣的人，他们有一些很有趣的想法。这……这挺让人惊讶的。有点出乎我的意料。我学到了很多。这让我认真思考，我们应该怎样跟下一代员工对话。他们对世界的看法和我们不同。我在下一次毕业生会议上要提出这个问题。让他们告诉我他们的想法。我真的感觉我应该了解一下。”

我们散着步，我牵起了他的手。尽管我总嘲笑他的咨询顾问思维方式，但当他决定倾听时，他真的听进去了。他还学到了东西。这是很好的事情。

“不过我没法评价托比，”迈克继续说，“他是第一个雇用你的人，对吗？”

“对的。”

“我感觉他似乎有点尴尬，不知道该跟我说什么。”

这不奇怪，我心想。“我想他有点不知道怎么跟成年人相处。我认识他的时候，老实说，他有点不成熟，但是他也在成长……他称呼我是他的‘工作姆妈’。这么说吧，我一直在努力帮助他长大。”

“有点自以为是吧，那小子？”迈克问。

“嗯，有点。”我说。自从我上次表达了对他行为的不满后，我和托比的关系一直有点紧张。但是我高兴地看到，他今晚带了菲比一起来，表现得也很体贴，甚至可以说亲昵。也许我的话他还是听进去了一些。

“顺便说，我喜欢那个展览。”迈克说，冲着我的胸部点头。

我穿着那件“力挺特殊人群”的T恤。11月末的时候，我给全楼的人群发了一封邮件，呼吁大家力挺特殊人群，从而也支持我减少碳水足迹的计划。我问他们今年能否不寄圣诞卡片，把节省下来的钱捐给我发现的一家慈善机构，这家机构致力于为改行的特殊女性提供住宿。我计划好今晚要穿着这件T恤，端着我“力挺特殊人群”的马克杯，找人募捐一下。效果不错，我募到了接近300英镑。有人还建议我在芥末工厂组建一支雇员团队，负责减少整栋大楼的碳水足迹，也许还可以组织其他一些慈善活动。

我融入这里了。我找到了归属感。我属于芥末工厂。我真的太酷了，不是吗？

12月20日

哇，这件事进行得很顺利，应该说是非常顺利，超出预期地顺利。可以说是本年度最棒的一次读书会。就像，当你计划了一件事，你原认为它会在你面前崩溃，所有人都会觉得你是个怪胎，但结果你成功了，你所有的梦想都成真了。这件事就是进行得这么顺利！许多地方都可能出问题，但我大胆地去干了。这是我想拥有的经历，幸运的是，我发现许多人都很想拥有这样的经历！这告诉我们一个道理——放手去干！不是吗？我真的要好好考虑一下明年是否可以靠写广告词来挣钱。

我们是下午3点开始的。普洛赛克酒当然是会有的。读书会的人有点吃惊，我很强势地表示我要组织这次圣诞聚会，但对细节讳莫如深。她们不停地问我问题，比如我们要去哪儿，当我宣布活动在周六下午的3点启动时，这么说吧，大伙儿还以为我要邀请她们去金星旅行。

“下午3点！”索妮娅惊叫道，“哦，我知道了。我们是要去喝下午茶，对不对？”

“不是，”我说，“没那么无聊。我们下午3点在红狮子酒吧喝点普洛赛克酒。然后步行10分钟到一个秘密地点，所以请大家穿平跟鞋，运动鞋也行，什么舒服穿什么。然后我们将在下午 4 点到 7 点参加一场非常欢乐的活动，届时会有一些神秘嘉宾到场，然后欢乐派对继续进行。”

“但咱们以前就是点份外卖，”菲奥娜抱怨道，“为什么不能点份外卖算了？我真的不喜欢被蒙在鼓里的感觉。”

“相信我，”我说，“你会喜欢的。”

我在身后交叉着手指，希望自己好运。

我知道普洛赛克酒的助兴作用很关键。我说了，下午 3 点到 4 点这个空隙可以用来讨论本月的书，但心里非常清楚大家不会讨论书。普洛赛克酒一喝上，八卦和聊天的意愿就会占上风，盖过评论文学作品。

今天的热门话题有：菲奥娜 17 岁的儿子想带女朋友到酒店过夜；露易丝的婆婆说她圣诞节当天不想坐出租车回家，而希望家里人下午 5 点开车送她回去……当然，考虑到葆拉和坦妮娅，我们都很努力地让话题保持轻松。她们两个都非常勇敢，同意来参加，但坚持聚会时不要讨论她们的情况。她们需要逃离和轻松，即使只有几个小时而已。

我随时关注着每个人的酒杯，空了还没一半就马上斟满，最后看到所有人都放松愉快，我很满意。下午 3 点 50 分，我拍了拍手，宣布我们现在必须出发，开始下半段的秘密圣诞派对了。在一阵喝空酒杯的喘息声和穿外套的声音后，很快我们就来到了彩灯点亮的街道上，最后来到了——

“卫理公会礼堂！”露易丝大叫道，“我们在这里干什么？上帝啊，我平常总带两个孩子到这上舞蹈课，可来得够够的了，大周末的我可不想再来。”

“你请了一位魔术师吗？”葆拉问，她的眼睛闪过了一丝亮光，“我很喜欢魔术师。”

我看着她，一丝怀疑掠过心头。“差不多，”我说，“我们今天下午要在这里玩个小魔法。”

“一位魔术师教我们玩魔术吗？”她问，“那真是太棒了。”

“不完全是。”我说，打开门把她们领进去。她们挤在一起，张着嘴，看着眼前的场景。房间是漆黑的，一个闪光球在缓慢地旋转，迪斯科的灯光划过地板和墙壁。中间站着一个人，穿着马戏表演领班的服装，他站在聚光灯下，低着头，一个看不见的喇叭开始播放电影《马戏之王》的主题曲。

“你把休·杰克曼给请来了！”菲奥娜低声说。

“抱歉，没有，”我说，“不过他也很好。这是利奥，他会教我们怎么跳舞，跳《马戏之王》的风格。”

“你在开玩笑吧！”索妮娅惊叫道。

“女士们，女士们，女士们。快来，快来，快来观看世界上最伟大的演出吧。”利奥宣布道，他大步走向我们，迷人的脸上挂着大大的微笑。

所有人的下巴都要惊掉了。

他真是完美。要知道，我花了不少工夫才找到他，在网上找了好长时间。我意外发现了女生派对上的一个新风潮，就是请人教一段著名演出或电影中的舞蹈表演。显然《油脂》[①]（*Grease*）很受欢迎，当然还有《辣身舞》[②]（*Dirty Dancing*）和《妈妈咪呀！》。然

---

① 《油脂》是 1978 年在美国上映的爱情歌舞片，讲述了澳大利亚姑娘桑迪与学校“硬汉”老大丹尼之间颇为曲折的爱情故事。——译者注

② 《辣身舞》是 1987 年在美国上映的音乐歌舞片，讲述了一个 17 岁的少女在暑期学习“热舞”的过程中了解了生活的真谛和爱情的故事。——译者注

后我看到一家公司宣传能教你跳《马戏之王》中的一段舞蹈。我知道我绝对想跳这一段，就是想要这个风格，假装和休·杰克曼一起跳舞。

我似乎感到，其他人也愿意跳。因为在上次读书会时，她们都说愿意生活中多一点舞蹈。我是说，谁不想呢？谁不愿意和一群志同道合的朋友，跟着《我就是我》[①]（*This is Me*）的旋律跳一段瘦身舞呢？

但是，我不能提前告诉她们。我知道中年焦虑会让我们所有人退缩。"我们太老了"，大家会这样喊道；"我们不能那么做"，她们会那样说；"这很荒唐"，她们会如此告诉我。

但她们都说过，想念跳舞的感觉；她们也都说过，跳舞让自己感觉生气勃勃。

而且，我真的很想学会这支舞蹈。我想跺脚、旋转，感受自由，感到和舞伴成为一体。我太想做这件事了，所以我诱使读书会的姐妹们加入进来。这对她们都有好处，她们会喜欢的，我知道她们会的，我要做的就是让她们迈出第一步。

索妮娅！上帝啊，我爱索妮娅。总要有人破冰，总要有人支持，谢天谢地，索妮娅站了出来。

"哇哦，"她说，"我一直都想这样跳舞。这……这真是太棒了！"她脱下外套，扔在了椅子上。

然后坦妮娅让我屏住了呼吸。她走上前拥抱了我。她从没这么用力地拥抱过我。

"我们跳起来吧。"她在我耳边轻声说，我努力抑制住泪水。

其他人咕哝着，也脱掉了外套，在利奥面前站成一排，做好了

① 《我就是我》是基拉·赛特尔为电影《马戏之王》演唱的主题曲。——译者注

准备。游戏开始了。

当然，我们不是达茜·巴塞尔[①]（Darcey Bussell），但是集中注意力，专注于音乐、舞步、协作、鼓励、举手击掌，是多么快乐啊！3个小时从没这样飞快而欢乐地流逝过！

我们全都完全彻底地投入其中了。以至于我手机上的闹钟在6点50分响起来时，我都忘了原因。然后我想起来了。

“姐妹们，最后排练一遍，我们的嘉宾马上就到。”我告诉她们。

“什么嘉宾？”葆拉问。

“一些神秘嘉宾要来，然后——呃——我们要为他们表演。”

“什么？你疯了？”

利奥举起双手，无声地示意大家保持镇静。

“你们准备好了，”他说，“准备得很充分。女士们，当你们表演时，一定要认真投入，你们会感到肾上腺素飙升，这种感受前所未有。相信我。你们不会不想展示自己。你们必须展示自己。这会是一个壮举。”

“但是给谁展示呢？”菲奥娜问。

“我邀请了你们的家人。”我说。

“什么？”所有人几乎异口同声地说。

“只是几个你们最亲近的人。给他们一个机会，看我们开心地玩一次。”

“不如说是给他们一个机会，看我们怎么出丑吧。”菲奥娜嘟囔着说。

---

① 达茜·巴塞尔是20世纪90年代以来英国最优秀的芭蕾舞演员之一。——译者注

“该死，”我对她们说，“听听你们说的话。10 秒钟之前，你们还说玩得有多开心，现在你们又说自己在出丑。这是什么情况？”

“得了，”菲奥娜说，“咱们自娱自乐也就算了，但是在其他人面前表演——你是说真的吗？我都是中年老母亲了，两个孩子都长大了。没人想看我表演的。”

“我想看。”我说。

“但我会做错动作。”

“那又怎么样？”

“我们会跳得乱七八糟。”

“那又有什么关系？”

“来吧！你能做到的。”索妮娅说，一只胳膊搂住了她。

又一次救场，感谢上帝，有索妮娅。

“我要走了，”葆拉突然说，她走向房间后面去取她的外套，“我做不到。”

“你可以，你能，”我说着，挡住她的去路，“你也想。你知道你想。刚才我看到你的脸了，葆拉。开心的脸。来吧，做点让你开心的事情。这是真正重要的。”

“你要是不参加，整支舞蹈就不一样了，”露易丝插进来说，“来吧——别犹豫了。我们大家都跳，享受跳舞的感觉。”

“我做不到。”葆拉摇着头说。

“和我一起跳呢？”坦妮娅说，向她伸出手去。“我想和你一起跳舞，葆拉。我想这对我们两个都有好处。”

房间安静下来。葆拉握住了坦妮娅的手。

“好了，现在问题解决了，”利奥向前一步说道，“在观众到来之前，我们最后排练一次。站好位，女士们。快，快。”

音乐起来，利奥举起他的手杖，我们跳了起来。肾上腺素飙升得不真实。

当我站在聚光灯下，看见迈克、弗雷迪、柯斯蒂、基姆和罗比在我面前时，哇哦，我觉得我的心脏都要从胸腔中爆出来了。但我们成功了，我们把动作都跳下来了。我撞到菲奥娜2次，某一刻索妮娅留在舞台中间，忘了和我们一起移到舞台左边，不过她急中生智，跳了几步踢踏舞，转回队伍中来，她儿子和儿子的女朋友大笑着为她欢呼。我之前辗转找到他，跟他说，如果他能来，会见证他妈妈本年度最开心的时刻。

最棒的部分是在最后。观众起立鼓掌欢呼。玛贝尔和克雷西跳起来，拥抱她们仅剩的妈妈，快乐的泪水从她们脸颊上流下来，其中也许也掺杂着几滴伤心的泪珠。露易丝7岁的女儿立刻要利奥也教她舞步。我邀请了葆拉的妈妈和爸爸，因为邀请她的丈夫不太合适，虽然他们看着眼前的场景有点迷惑，但我看到葆拉的爸爸拥抱了他的女儿，也许他也认为这是一件很好的事。

我的家人向我冲过来。弗雷迪第一个到，他宣布我太丢脸了，但他从没这么骄傲过，还问我们能让利奥多待些时间，好让他也学几个舞步吗。柯斯蒂满脸笑容，牵着罗比的手。“你酷毙了！”罗比说，柯斯蒂也表示同意。他确实对她产生了很好的影响。基姆看起来有点迷惑，不过她看我的眼神一贯如此。

迈克把我拉到一边。“了不起。”他说。

“我从上个圣诞节开始，就一直想这样跳舞，”我解释道，“我得想办法让它发生。”

他点点头。

“你做到了。”他说。

“是啊，我做到了，”我回应道，“是啊，我做到了。”

12 月 31 日

我刚刚重读了今年年初我在日记本上写的第一篇日记。那是一种非常奇怪的感觉，你回首过往，意识到与当时相比，自己现在处在怎样的位置。有很多事情没有像我预想中那样发生，但也有很多事情的发生在意料之中。

我的例假停止了。在许多次焦虑和一次怀孕恐慌之后，它终于停止了！

今年年初，我还在羡慕坦妮娅家的圣诞节，年中，柯林斯家却在拼命帮助坦妮娅填补黑泽尔留下的巨大空洞。我们大笑过，我们大哭过。坦白说，这可能是我们过得最好的一个圣诞节，因为死亡让我们对一家人团聚真正地心怀感恩。

妈妈的膝盖治好了，这值得欢呼，而我还在跟我的姐姐和妹妹聊天，这真是意外收获。尽管我对妮可拉不大高兴，她新建了一个 WhatsApp 群聊，名字是“你往验孕棒上尿了没？”。

我有了工作，跟年轻人一起，感觉很好。我感到自己充满智慧、经验丰富，我还能参加啤酒派对。不知怎的，这一点让我尤其高兴。

弗雷迪交了一个很好的女朋友，这一点完全在我意料之外，他还申请了大学。虽然和基姆申请的是同一所，但他们的关系肯定走不远，而如果她帮他进了大学，啊，那么也行吧，她还是发挥了作用的。

柯斯蒂度过了初恋的打击。哇哦！让人松了一大口气。这个栏能跨过去可真不容易，但是谢天谢地，这似乎教会了她怎么去找到好男生，这我要感谢卡尔，他在今年也以某种方式发挥了作用。她和罗比的关系是进展缓慢、坚实和温柔的，更像是友情的升华。我也不认为他们会走到最后，但起码现在对他们两个都有好处。

至今更年期的症状还没有出现。它依然躲在暗处，准备好猛扑过来，但我准备好了。我感觉自己准备好了。我感到很有信心。今年我已经直面过它，当它真正到来时，我相信我不会独自受苦。

读书会办得很好。我还在学东西，和朋友们交流。平安夜那天，我们在葆拉家临时组织了一场聚会，免得她孤单。我们没有讨论书，所有人都喝得很醉，又跟着《我就是我》的旋律跳起了舞。她一定会好起来的，那一天终会到来。

迈克和我再次牵起了彼此的手。事实上，他现在就坐在沙发上我的身边，在我写字时握着我的手。

我们现在总是牵着手。

我觉得这真的有帮助，我们两个在家庭之外都找到了让我们开心的事情。我爱芥末工厂，他爱他的新工作。这一定程度上卸下了我们的压力。关于白天的工作，我们都有一些积极的东西与对方分享，而不是分享抱怨和叹息。这很有意思。回想一下，我已经很久没这么做了。我能和丈夫分享一些他没听过的故事，他看起来对我的故事也很感兴趣。

因为那次“特别谈话”，我的“家情厌恶症”消失了。哦，我的老天，这是我的婚姻中发生的最棒的事情，没有之一。说真的，我意识到我们不需要什么小浪漫，我们只需要一次“特别谈话”。我想我最好和我的姐姐妹妹们打个电话，祝她们新年快乐。然后我想起妮可拉出门了，蒂莉和裘德在爸妈家过夜，于是我拿起电话，打给丽兹。

“新年快乐！”她一接起来，我就愉快地大喊道。

“现在这里刚刚下午 4 点，”她说，“我在准备餐饮。家里要来客人，晚上 8 点我们要办一个游泳池派对。”

“我和迈克刚刚看了朱尔斯·霍兰德的节目[①]，迈克已经睡着一个小时了。午夜时我亲了芭芭拉·史翠珊一下。”

“听起来不错。”丽兹说。

“我打电话其实是想跟你说声谢谢。我刚刚在翻我的日记，这么说吧，我必须承认它确实还是让我的生活发生了很大改变。虽然我的清单跟你会列的行动目标可能不一样，但它真的还挺有用的。我感觉自己比去年要开心。如果你没有送我这本日记，有些事我可能永远也不会做。”

“哇哦，凯茜，这真是太棒了。我太高兴了。”

“你也说说，”我说，“告诉我你今年跑了多少次马拉松，还完成了其他什么精彩的事。”

一阵意料之外的沉默。“我其实没有抽出时间进行马拉松训练，也没有跑过一次马拉松。”她承认说。

“什么！”我惊叫道，“那可是你去年1月份的行动目标。你真是弱爆了。”

“不知怎地，我就是找不到动力去做。”她说，听起来有点可怜。

终于有一次，轮到我为她感到有点难过。

“你找不到动力，可能是因为你心里知道它不会让你真的开心？”

“可能你说得对，”她说，“坦白说，去年最让我开心的事，是你们能过来度假，而这件事根本就没在我的目标清单上。”

---

① 指《朱尔斯·霍兰德深夜音乐脱口秀》(*Later With Jools Holland*)，节目自1992年开始播出至今，2010年4月16日第36季开播。在每周的节目中，主持人朱尔斯·霍兰德都会邀请几支乐队来到节目现场表演节目，进行亲切的交谈和采访。——译者注

“你看，我说过你对行动目标的观念是错的，”我说，“但我认为你今年应该再试一次，而且我很清楚你的行动目标清单上第一件事应该是什么。”

“是什么？”

“给爸妈刷马桶。”

她沉默了一会儿。

然后她大笑起来。

然后她说：“这确实会让我非常开心。”

致　谢

我首先要感谢让这本书得以出版的所有人。谢谢我的经纪人玛德琳·米尔伯恩，她在重要人物面前为我做推荐，照顾我的利益。我也很感激她的团队，他们帮助把各方意见反馈给我，确保我拿到版税，跟愿意为我的书出版而做点事的各种人沟通。

感谢凯特·布拉德利，是她促成了我第一次和哈珀·柯林斯出版社的顺利合作，虽然那发生在2020年！非常感谢她的理解和鼓励。我喜欢跟她聊天，真的很期待有一天能见到她本人！我还要感谢哈珀·柯林斯出版社的出版团队，他们把我的文字润色、打包，放到其他人手中。这是一件复杂而困难的事情，我对他们做的一切都心怀感激。我一定不能忘记出版链条终端的人们，那些为营销竭尽全力的书商、博主、书评人等。在此说一句，感激不尽。

我是妻子、母亲、姐姐、妹妹和女儿——女性生活中几乎全部的角色，这些角色在《凯茜妈妈的重生日记》这本书中都有充分体现。我要明确指出，本书中塑造的所有角色都不是以我的任何亲人和朋友为原型。我很幸运，我的亲人和朋友都是很棒的人。接下来，我必须感谢我的丈夫，他是我最强有力的支持者，我做任何事都会得到他的支持。2020年他大部分时间在居家工作，我们变成了同事。我很感激他从未有一次对我古怪的写作生活表示不满，是的，在他的见证下，我已经是一名作家了。他甚至开心地认可，在午饭时间看《厨艺大师》是必要的调研和我工作的一部分！你绝对是最优秀的，布鲁斯。我的两个孩子，汤姆和萨莉，在我写作本书期间，他们更多地待在家中。在对我的点子发表看法时，他们给予了很多鼓励，也很坦率直接。我不知道你们从哪里学来的！做你们的妈妈是我在这个世界上最喜欢做的事，你们两个让我惊喜。作为安德鲁和海伦的姐妹，我感到无比骄傲。你们都是“关键工作者”和善良的人，为我提供了很多无私的帮助，你们是最棒的。我也必须感谢我的妈妈和爸爸，你们是世界上最伟大的父母，在很多方面给我树立了很好的榜样。我的妈妈不仅仅是一个妻子，她还是一个农场主的妻子，这两个完全不是一码事儿。他们在整个婚姻生活中都是一起工作，妈妈对爸爸和农场的支持，真的令人敬畏。一个了不起的妻子！

感谢我的朋友们和读书会的书友们。你们是我生活中的重要角色，在这本书中我也着墨很多。感谢我所有的朋友，在我们需要设法避开险滩和暗礁的人生航程中，愿意听我叫嚷抱怨，同时也乐意向我抱怨叫嚷。我不知道没有你们该怎么办。最后要感谢“秘密读书会”（抱歉我不能透露这么称呼它的原因），可爱的、幽默的、充满智慧的你们，我喜欢我们一起读书，然后聚在一起谈论书以及其他各种事情的感觉，那真的很棒。感谢你们所有人，你们知道你们是谁！